禍國

來宜

HUOGUO

上冊

十四闕・著

作為人，我們先是個人。
家會亡，國會破，
歷史不因一人而成，
亦不因一人而敗。

月湧江流，林深見鹿。

禍國

目錄

你看風起，雨落，草長，花開。
世間萬物，成機緣的，皆是適時而來。

——題記

楔子

她夢見自己在水中，背著一艘船。

船緊緊地壓著她，卻因為有水的浮力而不那麼沉重。

她似不吃力，卻又憋著不敢呼吸。

有人划船，槳從上方拍下來，帶落一絲光。

她想那人救她，卻又怕救了她，船會沉沒。

水光瀲灩，她悠悠蕩蕩，不知身在何處，亦不知心在何處……

「貴嬪！貴嬪！」

一個聲音從上方依稀傳來。

喊誰呢？她想，終歸不是喊她。

於是那聲音又道：「大小姐！大小姐！」

還不是喊她。

一隻巨手突然出現在水上，「啪」的掀翻小船，驚得萬物四分五裂，重重砸在她背上！

姬忽一個驚悚，睜開眼睛。

眼前的宮殿，號「端則」，建於湖心。東西兩座六角飛亭，名「宜雙亭」，兩亭間連著一座軒廊小院，院內種著一株老梅樹，時值八月，只有葉子沒有花。樹下倒是有許多黃花郎（註1），正值果期，微風過後，白傘簌簌然如雪花飄揚。

有一些飄到她趴睡著的窗前。

她抬手接住幾朵，心頭有隱隱的浮動，想起自己的乳名——揚揚。

而這時，她的婢女站在一旁。其中一個眼神悲傷，低聲道：「大小姐，公子……薨了……」

姬忽一怔。

她看看身後，有一面巨大的白牆，牆上被人用墨酣暢淋漓地寫了一幅字，名字叫《長央歌》。

此歌寫於八月初二，那天，據說是百年一遇的黃道吉日。

一語成讖。

姬忽想——

她自由了。

她終於，自由了。

註1　蒲公英。

第一卷 釋華年

行觀天下，醫人為生。

是謂，善。

第一回　泥爪

姜沉魚走進甲庫時，天色已黑。

甲庫內燈火通明，窗戶大開，東風夾雜著雪花飄進窗內，落在炭盆上，瞬間消弭。

光影搖動間，坐著一位少年。

說是少年，不過總角年紀，白色皮裘包裹著巴掌大的小臉，瘦得只剩下一雙眼睛。然而這雙眼睛，又黑又沉，帶著超出年紀的穩。

姜沉魚走過去，環視四下道：「怎麼只有你？」

少年埋首於山般高的文書裡，淡淡道：「他們累了，回去歇了。」

「你也回去歇吧。」

「查到了一些東西，稟完就走。」

姜沉魚自然而然地走過去，在他身畔坐下，與他共用一几。

反倒是少年，因她的靠近，低垂的眉心微微一蹙，不動聲色地挪遠一些。

「查到她的下落了？」姜沉魚隨手拿起最上面的文書，翻看起來。

「暫時還沒有。」

「那，可知何時失蹤的？」

「妳見到言睿那晚。」

姜沉魚一怔，有些詫異。「那麼久了？」

那是半年前的事了。

九月廿一，公子逝後的七七之日，端則宮為他奏樂送魂。姜沉魚當時聽見了，心神恍惚地走到鳳棲湖邊，就看到了一艘船。

船上站著的人是天下第一智者言睿。為他操槳的是個身形瘦小的姑娘，彼時她以為只是普通宮女，後來從昭尹口中得到了驗證——

那姑娘，就是姬忽。

或者說是——假姬忽。

昭尹病倒的第二天，她決定去見姬忽。然而人去宮空，登記在冊的宮女四人，全跟姬忽一起失蹤，無人知曉她們去了哪裡。

姬忽畢竟是貴嬪，姜沉魚第一時間封鎖消息，命薛采祕密追查此事。

如今，終於有了些許線索。

「也就是說，她失蹤的原因是公子死，而不是昭尹病？」

公子死了，姬忽離開，跟昭尹病了，姬忽離開，是兩回事。

少年點了點頭。

姜沉魚心中一沉，莫名有種不祥的預感。

「目前你查到了什麼？」

少年放下手中的書冊，注視著她，緩緩道：「她的來歷，她跟琅琊的約定，以及……

她跟公子的約定。」

姜沉魚咬了咬嘴脣，一字一字問：「她是誰？」

「我叫姬善，善良的善。阿娘說了，做人最重要的是善良。」女童抬起頭，望著珠簾後的琅琊，甜甜一笑，眼睛亮晶晶的，毫無膽怯之色。

琅琊想，還真是……跟忽兒長得很像。

乳母崔氏在一旁耳語道：「夫人，我沒說錯吧？這孩子，眉眼五官跟大小姐只有七分相似，但精氣神和說話的樣子，一模一樣。要知道形似容易，神似難，我見她的第一眼，就想著要帶來給您看看。」

琅琊卻不喜這話，眼眸一沉。

崔氏忙又道：「當然，她跟大小姐一個地一個天，天壤之別。少不得要好好調教，才能有大小姐三成的本事。」

琅琊這才面色微霽，問姬善道：「認字嗎？」

「認得。」

「都讀過什麼書？」

「《神農本草經》、《黃帝內經》、《素問》、《傷寒雜病論》、《金匱要略》……」

琅琊詫異道：「都是醫書？」

「是的。」

琅琊跟崔氏對視了一眼。

「妳讀醫書做什麼？」

「阿娘自生了我後身體就一直不好，我想著也許能找到醫治她的辦法。」

崔氏附到琅琊耳邊道：「元氏生她時大出血，傷了元氣，一直纏綿病榻。也因這，沒能逃出汝丘城，現還在城內困著。我已答應這丫頭，等大水退了，第一時間去找她娘。」

「汝丘的水退了嗎？」

「退是退了，但據說傷亡慘重，地方官吏正在收拾殘局。阿棟也已到了那邊，找到人第一時間回報。」

「嗯。」琅琊起身，婢女們連忙拉開珠簾。

姬善看到琅琊，眼睛一下子睜大了，難掩驚豔之色。

琅琊緩步走到她面前，摸了摸她的頭道：「這些天妳便在這裡住著，不用拘束，就把這裡當作自己家。」

姬善的嘴唇動了動，最終行了一禮。「多謝大夫人，拜託一定要找到我的阿娘。」

「姬善，是姬家在汝丘的分支，祖父姬達，沉迷修真，兒子死後，便出家當了道士。他的兒媳元氏帶著女兒姬善也住在連洞觀內，就近侍奉。嘉平十八年，姬達病逝，那一支只剩母女二人。」

薛采將一本甲曆推給姜沉魚，姜沉魚邊翻看邊道：「姬家的分支竟會淪落至此……」

「嗯，姬達性子古怪，從不與本家親近。」

「那姬善和她娘呢？」

「嘉平十九年，汝丘大水，姬善善泅，幸運逃脫，元氏留在觀中，不知所終。」

「不知所終？」

「對，目前沒有查到她的下落。不知她是死了，還是……」

還是被琅琊藏了起來，用作要脅和控制姬善的人質。姜沉魚想到這裡，嘆了口氣。公子、昭尹，還有姬忽，此生悲苦，大半都是拜琅琊所賜，如今又多了一個姬善。

「姬善就這樣變成了姬忽？」

「當然不是。琅琊找了二十個替身，姬善最終證明了——她最像姬忽。」

姬善端坐在几案前，看著四周的女童，心中的困惑漸濃——

這是她進姬府的第三天。她被安置在客舍裡，一個聾啞老嫗負責照顧她的生活起居，除此之外，再沒見過旁人。

這兩天她最常做的事情就是爬到樹上，望著遠處發呆。後來老嫗過來咿咿呀呀地攔阻，怕她摔落，她無奈，只好下樹，進屋發呆。

老嫗見她安分，這才作罷。

到了今天，一大早崔氏便出現了。她興奮起來，問：「找到阿娘了？」

「沒這麼快。夫人說，妳這個年紀，又是達真人的孫女，總不好浪費光陰。從今日起，帶妳去學堂繼續讀書。」
崔氏領她坐進一頂沒有窗戶的轎子，走了半盞茶才到目的地。三間草廬依林而建，匾額上寫著三個大字——「無盡思」。
姬善想，名字起得妙，就是字難看了點兒，筆力青稚，應是出於孩童之手。
草堂最大的一間屋子裡，坐了好些女孩子，正襟危坐地埋頭練字。
門口擺著一只半人高的花籃，插著各種花卉。崔氏對她道：「挑枝喜歡的吧。姬府的學堂，為了沒有本家、分家之別，一視同仁。入學時，每人挑一朵花為號，進得此門，便以花名稱呼彼此。」
原來如此，法子不錯。現是初冬，難為她們弄來了這許多花。姬善想到這裡，抽出一枝黃花郎。
崔氏意味深長地看了她一眼，問：「喜歡此花？」
「嗯，此花消炎抗毒，清熱去火，搗碎成油，能治燒傷。」
「妳果然喜愛醫術啊……」崔氏將花別在姬善的衣襟上道：「不過此花風吹即散，無法持久。」
就這麼說話的工夫，上面的白傘狀冠毛果然都掉了，只剩下光禿禿的褐色花心。也難為之前那個插花之人，將它插進籃中時，竟沒有絲毫損毀。
姬善笑了笑。「無妨，反正她們知道我叫黃花郎就行。」
「嗯，進去吧。」
姬善走進門內。
偌大的書房，共坐了十九人，全是十歲左右年紀的女童，不知為何，模樣很是相像，如一個工匠手裡捏出的泥人：淡眉小口鵝蛋臉，細微處雖有不同，大體卻是一樣的。

感覺就像是在照鏡子。

若只有一、兩個像的，也就罷了，全都如此，就有點說不出的詭異。

崔氏將姬善領到唯一的空位上，上面已擺好了字帖。姬善一看，字跡與匾額上的「無盡思」一樣。

匾額找孩子寫沒什麼，想必那人身分尊貴。可照著孩童的字帖練字，就匪夷所思了。

她忍不住抬頭看崔氏，問：「這是誰的字？」

前面簪著石竹花的女童頓時回頭，滿臉驚恐，好像她問了什麼不該問的問題。而臨近的其他人，雖沒這麼大反應，但從握筆的姿態看，也明顯緊張了幾分，各個豎著耳朵在聽。

崔氏微微一笑道：「有什麼疑問先收著，總有告訴妳的一天。先好好練字，誰能寫得跟字帖最像，便有獎勵。」

於是姬善又問：「什麼獎勵？」

「衣裳首飾吃食……到時候拿過來任妳挑。」

「若沒有我想要的呢？」

崔氏有點笑不下去了，眼神中露出幾分警告之意。「總有妳想要的吧？」

「想要什麼都可以？」

「到時候再說。」崔氏轉身匆匆離去。

書房內鴉雀無聲，只有「沙沙」的寫字聲。

姬善用毛筆戳了戳簪石竹花的女童，問：「要寫到什麼時候？」

石竹緊張地看了眼門窗，才回答：「到午餐時。」

「一上午都要坐在這裡練這個破字？不學些別的？」

「還要學吟詩、插花、禮儀什麼的……吟詩可難了，不但要背詩，還得唸得好，聲音低了高了都不行……」

石竹正在解釋，一旁別著牡丹花的女童咳嗽一聲，冷瞥了她們一眼道：「夫子說了練字的時候不許說話。」

石竹一聽，忙扭身繼續練字了。

姬善看向字帖，是陶淵明的《桃花源記》。寫字之人必是極愛此文，運筆靈動，帶著飛揚之態，跟門匾上的「無盡思」三字有著不一樣的風貌；但對方有個習慣，豎筆端正，橫筆跳脫，有著藏不住的小心思。

以字觀人，應是個表面看著正經，其實一肚子花花腸子的人。

姬善看到這裡，終於拿起了筆。

「姬善用了三天，便將姬忽的字跡學了個十成十。」

姜沉魚把薛采搜羅來的兩份舊字帖進行對比，確實一模一樣。

「九歲。」她忍不住看了薛采一眼，同樣的年紀。「比你如何？」

薛采面無表情道：「臣寫不出這麼醜的字。」

姜沉魚「噗哧」一笑。薛采的字，確實比姬忽寫得好多了，至於姬善……

「姬善原來的字是什麼樣子的？」

「不知。」薛采搖頭道。

也是，就算有，也被琅琊銷毀了。姜沉魚拿起另一份字帖——這是姬忽賴以成名的《國色天香賦》。彼時她已十四歲，運筆比孩童時成長許多，但風格依舊一樣：豎極正，橫斜飛。

對十四歲的少女來說，字寫成這樣已算優秀。可若這字是偽出來的呢？那麼寫字之人的實力，就有點可怕了……

「她的身形、長相在那群人裡不是最像姬忽的，但字跡、聲音，以及行事作風，都一模一樣。」

「行事作風？」

「嗯，比如說插花……」

「妳們學習花藝已一個月了，今日堂考，主題『如意』，一炷香後，我來驗收。」女夫子說完便出去了，女童們紛紛插起花來。

姬善盯著花籃發呆。

石竹插到一半，回頭一看姬善還沒開始，便推了她一把道：「想什麼呢，快插呀！」

「管好妳自己，人家的事情少管。」一旁的牡丹不屑道。

姬善笑了笑，沒說什麼，索性趴下睡了。

一炷香後，女夫子回來，開始點評大家的作品，走到牡丹面前時，微微驚訝。

只見牡丹選了一個木頭淺盤，以靈芝和鐵線蓮拗成如意搔杖的形狀，橫呈於盤上，枝幹上頂了七顆桃子，並精心綴了一根盤長結。

「桃果長壽，如意吉祥，靈芝驅邪，盤長結則是恭祝幸福長遠！」

女夫子滿意地點了點頭道：「很好。插花好比繪畫，如何在一張白紙上落筆勾線，鋪呈意境，舒展抱負，都是學問。而插花比畫畫更難，一幅畫畫完就完了，是否懸掛，掛在何處，畫者無須多慮。插花，卻要考慮花瓶放在何地，獻於何人，與周遭景物是否相襯。大家都要向牡丹學習。」

女童們齊聲應是。

女夫子走到姬善面前，見她睡著了，皺眉不悅。

石竹連忙回身推她，姬善迷迷糊糊地睜開眼睛道：「嗯？」

「妳的如意呢？」

「如意？」姬善晃了幾下頭，才慢悠悠地清醒過來。「哦，如意。如意如意，如我心意。我的心意就是——什麼都不插。」

書房裡頓時哄堂大笑。

「胡鬧！」女夫子斥責：「偷懶耍滑，成何體統？我教妳們插花，並不是要將妳們困在這一方之地，想著方法地折騰妳們，而是透過此藝磨練妳們的性子，培養妳們的情趣，讓妳們能夠領略生活中的美好……」

姬善打了個大大的哈欠，女夫子的臉一下子氣白了，道：「黃花郎！汝敢如此輕慢我？」

姬善嘆了口氣道：「夫子，您看看她們……」她踢了前方的石竹一腳，石竹一下子驚跳起來。

「這丫頭，來這裡前是家裡的老大，下面三個妹妹、一個弟弟，兩歲起就幫忙幹活，五歲放牛割草，做飯挑水。您看她手上的瘡，一個多月了也沒見好。什麼時候離開這裡，回去了還得幹活。您讓她吟詩插花？不如教她做做女紅針線，還能補貼家用。」

女夫子一怔，石竹定定地看著姬善，整個人都在顫抖。

「再看她……」姬善指了指牡丹，牡丹立刻戒備地直起身子。「她是商戶家的庶女，整日一門心思想出人頭地，您教她這些，讓她長了見識，再回去有了落差，不是禍害別人就是禍害自己……」

牡丹跳了起來，大怒道：「妳胡說！妳誣蔑！妳妳……」

「妳父不是商戶？妳不是庶女？」

牡丹一噎。

「妳娘還是個彈琵琶的青樓女子，老大嫁作商人妾，對不對？」

牡丹的身子也跟著抖了起來。

「妳不該學這些中看不中用的，學學算帳管家，將來好幫妳爹。」

「妳！妳！」牡丹突然掩面大哭，轉身跑了。

其他人一片譁然，用看怪物的眼神看著姬善。女夫子瞪著姬善，姬善則朝她展齒一笑，笑得很是天真無邪。

「姬善真的這麼說？」晚間，琅琊坐在梳妝鏡前，崔氏一邊為她梳妝一邊匯報無盡思裡發生的事情。

「是。她們每日只在書房中共處，也不許彼此交談自己的家事，可她就是看出了每個人的身分來歷。那丫頭啊，不但嘴巴毒，眼睛也毒。」

琅琊沉吟片刻，忽而一笑。「倒真是挺像忽兒。」

「是啊，神似嘛。」

「這樣，明日，妳讓夫子再考她們一次花藝。然後……」琅琊撫摸著手中的胭脂，眼神中卻盡是哀愁。「我覺得，差不多可以選出結果了。」

「今日的插花是最後一課。」

此言一出，眾人皆驚。有歡喜的，比如不擅此藝的石竹；有緊張的，比如擅長此藝的牡丹；也有繼續昏昏欲睡、壓根不把這一切放心上的，比如姬善。

女夫子環視一圈，將目光落到姬善身上，道：「今日沒有主題，妳們自由發揮。插完後，將花統一送去給侯爺夫人，由夫人選出妳們中的最優者。」

姬善一聽，騰地坐直了。她已在此住了一個多月，再沒見過琅琊和崔氏，跟女夫子打聽，也只說不知。若今天能見到琅琊……

一旁的牡丹見她突然認真起來，當即加快手裡的動作。

然而她快，姬善更快。

只見她拿起一株，「喀嚓」一剪，再隨手一插，幾乎沒有停頓，不一會兒，花瓶就滿了。

牡丹輕哼一聲道：「有的人啊，把插花當堆放，一個月的學可真是白上了。」

姬善淡淡道：「管好妳自己，人家的事情少管。」

牡丹面色一白，氣得說不出話。

女夫子看到姬善面前那瓶插得滿滿當當、色彩斑爛的花，也是暗暗搖頭。

如此一炷香後，所有女童都插好了，女夫子讓眾人繼續練字，自己則親手將花一一捧走。

姬善看到這一幕，突有所悟，再看字帖裡的字跡，陷入沉思。

石竹扭頭，驚訝道：「黃花郎，妳居然沒睡覺？」

「嗯？」

「妳的字已經練得那麼像了……能不能教教我？有什麼訣竅嗎？」

姬善勾勾手指，石竹便如小狗般湊過來。

「放棄吧。」

「哎？」

「好好當妳的農家女，別自尋死路。」

石竹一僵，咬著嘴唇低聲道：「我本也不敢奢望能夠讀書認字，可突然有了這麼珍貴的一個機會，我也想好好學，也許、也許就能——」

姬善打斷她的話。「妳覺得為何妳會有這種機會？」

石竹一怔。

「妳毫無天賦，腦子也不聰明，憑什麼從你們那犄角旮旯裡把妳挑到這裡來學習？」

石竹答不上來，她的眼眶紅了。

牡丹將筆一停，拍案道：「夠了！黃花郎，我忍妳好久，真是聽不下去了！妳以為妳是誰？入了學堂，大家就都一樣，妳憑什麼狗眼看人低，說這個沒出息，那個沒前途的？農家女怎麼了？怎麼就不能讀書認字了？」

其他女童也都紛紛停筆，義憤填膺地瞪著姬善。

姬善掃視一圈，悠悠道：「因為妳們都是蠢貨啊。」

「妳！」牡丹氣得當即就要上前打她。

姬善頭一低，扭身逃了出去。

「有種別跑！姊妹們，一起上……」

姬善衝出書房，沿著來時的路跑。這一個多月來，雖然每天都是坐著沒有窗戶的轎子來回，但她心中已默默記下了方位時長和沿途聲響，現在正好可以實踐一下腦海中的某個想法。

然而，剛跑出竹林，她就被人抓住了。

那兩人也不知是從哪裡冒出來的，突然出現，一人扣住她的一條胳膊，將她壓在地上。

「住手！」崔氏的聲音遠遠傳來。

兩人立刻鬆手。姬善抬頭，還沒看到他們的臉，他們就「嗖」的消失了。若不是胳膊上的疼痛仍在，真懷疑是自己眼花了。

而這時，牡丹她們的呼喊聲和腳步聲也從林中傳來。

崔氏皺了皺眉，望著遠遠追來的女童們沉下臉道：「誰允許妳們離開書房的？」

牡丹等人連忙停步，解釋：「是黃花郎她欺人太甚——」

崔氏打斷她的話。「都回去，我有事宣布。」

女童們乖乖地低頭回去了。

崔氏瞥了依舊躺在地上的姬善一眼道：「還不走？」

姬善爬起來，揉著胳膊道：「她們煩死了，我不要跟她們一起上學了！」

「快走吧。」崔氏雖在催促，卻牽住她的手。

姬善垂眸看著那隻手，心中越發確認了一件事。

果然，待所有人回到書房坐好後，崔氏開口：「女夫子家中突然有事，請辭了。咱們的學堂，到此結束。」

一語如石，驚起千層浪。

「結束？什麼意思？學堂沒、沒了？」

「夫子有什麼事？不、不能請別人嗎？」

「那、那我們不上學了？」

崔氏答：「妳們準備準備，自有人送妳們歸家。」

牡丹面色如土地尖叫起來：「不！我不要回家！求求您，讓我留下！幹什麼都行，我不要回家！」

石竹更是身體顫抖。其他人有的哭哭啼啼，有的渾渾噩噩，有人暗自開心。姬善以手托腮，饒有興趣地看著，全場只有她一人雲淡風輕。

「管家，求求您！」牡丹衝到崔氏面前跪下。

崔氏道：「求我有什麼用呢？這是夫人的決定，不會更改。妳們回去收拾行囊吧。」

「我不走！我不走……」牡丹抱住崔氏的腿大哭。

崔氏一腳將她踹開，動怒道：「滾！養了妳們這麼多天，真把這裡當自個兒家了？也不看看自己是什麼玩意！」

牡丹羞愧地捂住臉。

崔氏額外看了姬善一眼，這才離去。

石竹上前將牡丹扶起，安慰道：「牡丹別哭了。往好了想，我們能見阿娘啦。」

「妳的阿娘是阿娘，我的阿娘……是個賤人！」

「『子之於母，譬如寄物缶中，出則離矣』。」姬善淡淡道。

牡丹抬起一雙通紅的眼睛，瞪著她道：「妳得意了？高興了？我們都要回去了！」

「高興。」

「妳！」

「妳們本就不該來這裡，趁著現在能回，趕緊回吧。」姬善說罷，起身搖搖晃晃地走了。

身後傳來牡丹斥罵捶地的聲音，她的目光閃了閃，抬頭看天，天高雲闊，幾隻大雁飛過，秋天來了。

是夜，崔氏走進姬善的房間，發現她在看醫書，根本沒有收拾行囊。

「妳怎麼不收拾？」

「我又不走，無須收拾。」

「誰說妳不走的？」

「您說送大家歸家，可我沒有家了，而且夫人答應過找我阿娘。夫人是大人，不會食言。」

崔氏不由得笑了。「妳很聰明。」

「我還能更聰明一點兒。」

「哦？」

「我本以為侯爺府救我，是因為我的血脈。」

「難道不是？」崔氏索性坐下，為自己倒茶。

姬善搖頭。「你們只是看中我的臉。」

崔氏倒茶的手就那麼僵住了。

「你們辦學堂，也不是為了栽培我們，而是在篩選。」

「哦？」

「你們在為寫字帖的那個姑娘，找替身。」

崔氏的杯子掉到地上，發出清脆的一記炸裂聲。

「你們解散學堂，是因為已經選出了替身人選。」姬善說到這裡，從書裡抬起頭，衝崔氏燦爛一笑——笑得跟初見時一樣甜。「就是我。」

崔氏定定地看著她，半晌才啞聲道：「妳確實很聰明，但是……」

「要韜光養晦嘛，我懂。」

「既懂，還來賣弄？」

姬善沉默了一會兒，放下書，一張小臉繃得緊緊的，顯得異常嚴肅地道：「因為我知道，若我不賣弄，不快點讓你們選中我，時間拖久了，那些花兒就沒法回家了。」

「妳！」

「阿娘給我講過，秦皇的陵墓葬了八十萬工匠——很多祕密，是要用人命封印的。」

崔氏盯著她，久久無言。

姬善被再次帶到琅琊面前時，已是深夜。

琅琊坐在几前，几上放著一瓶花，正是日間姬善所插的那一瓶。

崔氏躬身道：「夫人，阿善來了。」

琅琊招手，讓姬善過去坐在她身旁，打量了姬善好一會兒，才道：「去備些宵夜來，咱倆吃點兒。」

「不用了。」姬善道：「阿娘說過，過午不食。」

琅琊笑得越發親切道：「令堂還教過妳什麼？」

「很多。最重要的一條是——做人，一定要善良，所以為我取名善。」

琅琊的笑容頓時淡去，沉默片刻後，撥弄著瓶子裡的花轉移了話題：「妳為何不按夫子教的插花要錯落有致，講究風韻？」

「這便是夫子教的。夫子說——插花要考慮花瓶放在何地，獻於何人，是否合宜。既是要獻給夫人，自當按照夫人想要的插。」

「哦？我想要什麼？」

「我記得入學第一天，書房門口擺著一籃花，管家讓我選一枝花為號。那籃花便是這麼插的——奼紫嫣紅，滿滿當當，看似無章，但細看的話，會發現無論斜枝如何凌亂，主幹都是筆直的。」姬忽說到這裡，笑了笑。「就像那個人的字一樣，豎筆直，橫飛揚。」

琅琊微微瞇起眼睛道：「那個人是誰？」

「我不知道。」

「令堂不曾告訴你主家的事？」

「阿娘從不提及姬氏。」

琅琊嘆道：「妳母元氏十分要強，自達真人逝後便與我們斷了聯繫。我雖不曾見過，但看妳便知，不是妙人，教不出妳這樣的女兒。」

琅琊示意崔氏將花搬走，崔氏離開時，將房門輕輕合上，如此一來，偌大的房間裡便只剩下她們二人。

「我有一個女兒……」

「我知道。姬忽，大小姐。」

「字帖是她的。」

姬善一驚，眼睛慢慢地睜大了，道：「大小姐，找替身？」

「她要去一個地方，很遠，回不來。」琅琊說這話時，臉上有淺淺的哀色。「我們不能讓別人知道這件事。」

「為何不對外說病逝了？」

「妳如此聰慧，我便直說——姬家大小姐是一個很重要的位置，也是很有用的一個籌碼。我得留著，以備將來不時之需。」

「您希望我假扮她，留在這裡？」

「不是假扮，而是——成為她。姬家大小姐所擁有的一切，只要妳點頭，就都是妳的了。」燭火下，琅琊的眼瞳是那麼明亮，閃爍著人世間最極致的美好和誘惑。

象箸玉杯、僕婢成雲的貴胄生活。

玉葉金柯、眾星捧月的尊崇地位。

青雲萬里、一帆風順的遠大前程……

全在前方等著她，只要她點頭。

姬善咬了咬下唇，抬眼，注視著琅琊——甚至還能有這樣一位美麗優雅、位高權重的母親。

她沉思很久。琅琊很耐心地等待著。

終於，姬善的睫毛顫了顫，開口了：「那麼……我的阿娘呢？」

「無人知曉琅琊是怎麼回答的。總之幾天後，琅琊將姬善送到駱空山千問庵，對外宣稱姬忽得了天花，去找無眉神尼醫治，無眉喜愛她，收她做了弟子。兩年後再回家時，面容已長，無人起疑。從此，她正式取代了姬忽。此後我們所聽聞的所有姬忽的相關事宜，都是她做出來的。」

姜沉魚聽到這裡，再次拿起《國色天香賦》道：「她的文采如此了得？」

「這倒沒有，詩稿皆是言睿捉的刀。」

姜沉魚不由得輕笑一下，揶揄道：「哀翁這一生，還挺忙的。」

「言睿對我說過——姬忽和姬善，一個號稱無心，但心志堅毅；一個號稱善良，但其實……並無善念。」

姜沉魚不解道：「為何這麼說？她雖打擊挑剔那些女童，口出惡言，目的卻是希望她們盡快淘汰，好活著離開姬家，不是嗎？」

「但離開姬家，回到各自家中的女童們，都過得很慘，無一例外。」薛采將厚厚一本資料遞給姜沉魚。

姜沉魚翻看了幾頁，擰眉沉思道：「姬善不過九歲孩童，捲入局中自顧不暇，哪有餘力救助他人？不能以此就判定她不夠善良吧？」

薛采的眼中似有笑意，靜靜地凝視著她，並不說話。

姜沉魚見他這副模樣，若有所悟，當即繼續翻看資料，在其中一頁上，找到了一個標註，標註的筆跡十分熟悉。

「姬忽……不，這是姬善的字！她看過這份資料？這不是你查到的？」

「這是她這些年派人探查後記錄成冊的。」

「她查那些女童做什麼？」

「不知道。唯一確定的一點是，她有關注那些女童此後的人生，卻沒有對之做出任何干涉。比如，其中一個女童嫁人後活活被丈夫打死，她派去的暗衛就在一旁看著，沒有阻止。」

書冊上唯一的一個標註，就是針對此事。

「石竹婚後三年生三女，受夫家苛責。臘月初八，夫醉酒歸家，伊捧粥解酒，夫嫌粥燙，虐打之。一炷香後氣絕，草蓆裹屍，匆匆葬於荒郊。不月，夫另娶。」

姬善標註道：「螻蟻。」

姜沉魚想，這可真是高高在上、充滿了輕蔑和傲慢的兩個字啊……

「姬善喜愛醫術，琅琊出於某種考慮沒有阻止，無眉神尼真的教導了她兩年醫術。此後十一歲到十七歲那幾年裡，她經常攜婢女和暗衛出門，見到病人偶爾會施以援手。」

「可外界未曾聽聞姬忽善醫。」

「三個原因：一，她只救感興趣的病人，出手的次數並不多；二，她行醫時用的是『善娘』的稱號；三，她的水平忽高忽低，常醫死人……」薛采說到這裡遲疑地看了她一眼，才道：「她跟衛玉衡，便是那麼認識的。」

姜沉魚的心「咯噔」了一下。

衛玉衡，一個午夜夢迴時，她恨不能食其肉、拌其骨卻又出於種種原因無法對他輕舉妄動的人。

「大小姐，前面有個人欸！」婢女看了車窗外好一會兒了，轉頭興奮道：「如此暴雨夜，獨自一人走在山路上，是不是鬼呀？」

「妳追上去看看就知道了。」姬善懶洋洋地靠在榻上，琢磨著手裡的醫書，回答得漫不經心。

婢女又觀察了一陣子，道：「大小姐，他好像受傷了，腳一瘸一拐的。」

姬善的眼睛頓時一亮，放下醫書道：「我看看！」

簾子一掀開，風雨撲面而至，凍得她立刻打了幾個噴嚏。暴雨如潑，山路崎嶇，原本是看不見什麼的，但那人手裡的紅傘過於醒目，就成了風景。

姬善吩咐車夫：「加速。」

馬車「噠噠噠」，踩碎一地溼泥。

距離逐漸拉近，那人的模樣便越發清晰了起來——一個高高瘦瘦的少年，穿著紫衣，撐著紅傘，右膝蓋似受了傷，無法彎曲，走得一瘸一拐。

姬善出聲喊他：「前面的小郎君……」

少年沒有停步，更沒有回頭，繼續往前走。

姬善提高聲音道：「叫你呢，玉樹臨風的小郎君。」

少年走得更快了。

姬善笑喚道：「如此雨夜，相逢有緣，我有……」

她的聲音戛然而止。

馬車追上少年，車燈晃動間映亮了對方的臉，不過十四、五歲年紀，劍眉星目、脣若塗脂。

「打擾了。」姬善「刷」的放下車簾，坐回榻上。

婢女奇道：「大小姐？妳不是要給他治病嗎？」

姬善捂著胸口道：「治不了呀。」

「為什麼？」

「他太好看了，我光顧著看他，沒心思看他的腿呀。」

婢女無語。

然而這番話，一字不落地傳到紫衣少年的耳中，他終於停下來，皺眉看向馬車問：「妳們是大夫？」

「不是不是。只是我家大小姐恰好會看病。」

少年目光閃動，忽立定，抱拳行了一個大禮道：「那麼能否請小姐為我——」

「不行不行，大小姐說沒法給你看病！」

少年停了一下，繼續說了下去：「為我的朋友看一下？」

「你的朋友也病了？」

「是。就在距此不遠的廟裡，我正準備進城找大夫。」

「你自己的腿都這樣了，還為朋友找大夫……」婢女頓生敬意，扭頭對姬善道：「大小姐，幫幫他吧！」

姬善低聲說了句什麼，婢女忍住笑，探頭問少年道：「你朋友跟你一樣好看嗎？」

少年僵了僵，才道：「很好看，但……是女的。」

姬善又低聲說了幾句，婢女出來搖頭道：「哦，我家大小姐說她最見不得美貌男子心有所屬，更見不得有情人終成眷屬。所以，不能幫忙治你的心上人。」

少年氣得額頭青筋跳了幾跳，咬牙道：「她不是我的心上人！」

「真的？」

「真的！只是普通朋友！」

「廟怎麼走？」馬車裡，姬善淡淡道。

廟離得很近，就在半里外，看起來東倒西歪，破落不堪，已荒蕪了許久。

少年將馬車引到此地，便先一步衝進去了。「欣欣，我回來了！」

婢女在車中早早準備好了包袱，見狀道：「大小姐，咱們快走吧。」

姬善懶懶道：「急什麼呀。等著，讓他來求咱們。」

這時廟裡傳出少年的驚呼聲。

「欣欣！欣欣妳怎麼了？妳們快來看看……」

婢女立刻就往車下跳，姬善本伸手要攔的，沒來得及，眼看婢女也衝進廟內，她嘆了口氣，只好跟著下車。

車夫是個沉默寡言的老翁，忽開口道：「這裡是糊塗林。」

「我知道。」姬善「刷」的撐開傘，閒庭信步地走了進去。

廟內生著一堆火，火旁鋪著稻草，一個十四、五歲的少女躺在上面。少年六神無主地抱著少女，扭頭向姬善求助：「求求妳救救她！」

婢女手腳俐落地把包袱打開，取出銀針、墊子和紙筆道：「別急別急，我家大小姐醫術很好的！你朋友肯定沒事！」

姬善撐著傘，卻遠遠地在門口處立定了，道：「好髒的地方，不想進去了怎麼辦？」

「大小姐？」婢女震驚地回頭看著她。

姬善吸了吸鼻子道：「而且妳有沒有聞到？好臭。」

「大小姐！」婢女有點急了。

「好啦好啦，我來啦。又不是妳朋友病了，妳這急公好義的脾氣，什麼時候能改改？」

姬善把門合上，把傘收起靠在門旁，這才慢吞吞地走進來。

少年怒視她，卻又有求於她，只好強忍怒意道：「還請小姐為她看病。」

姬善掃了他懷裡的少女一眼，少女容貌秀麗，披散著一頭亂髮，看上去非常虛弱。姬善道：「嘖嘖，真是我見猶憐。」

她走過去，跪坐在婢女鋪好的墊子上，抽出一根銀針，在火上淬了淬，剛要往少女臉上扎，原本雙目緊閉、氣息荏弱的少女突然睜開眼睛，一把扣住她的胳膊，緊跟著，從稻草裡抽出一根草繩，三兩下就把姬善綁起來。

婢女驚呆了，剛要喊，少年也用一根草繩把她綁起來，同時塞了一團爛布在她口中。

「外面還有個車夫！」少年說著便出去了，過不多時，拿著馬鞭回來，往地上一扔。

「成了。」

「嗚嗚嗚！」婢女拚命掙扎，想要說話。

少年想了想，拔掉她口中的布團。

婢女急聲道：「你這是做什麼？你瘋了嗎？」

一旁雖也被綁了，但嘴巴沒塞布團的姬善嘆了口氣道：「走走啊，妳難道還沒看出來？咱們中了美男計啊。」

「什麼？」

「他們兩個，雌雄大盜。守在此地，專門誘捕路人。遇到男的，就女的上；遇到女的，就他上。」

走走非常震驚。她自跟隨大小姐遊歷以來，還是第一次遇到這種事！

少女嫣然一笑道：「挺聰明嘛，猜得不錯，只一點——我們不是雌雄大盜，我們是兄妹。」

少年注視著姬善，忽開口：「我叫衛玉衡，她叫衛小欣。」

衛小欣一驚。「哥！為啥要告訴她們我們的名字？她們回頭報復怎麼辦……」

「告訴名字，是因為……」

姬善接話道：「因為要滅口呀。」

走走顫抖起來道：「什麼！他、他要殺我們？我、我們好心來救妳……」

「妳們的馬車非富即貴，放妳們回去，我們會倒大楣。所以……」衛玉衡說著，走到姬善面前，從袖子裡拔出一把匕首，匕首的鋒刃，映亮了姬善的臉。

姬善臉上卻沒有驚恐，只有感慨和惋惜，她道：「卿本佳人，奈何作賊。」

衛玉衡的耳朵紅了起來，突然有些生氣，粗聲道：「不要囉嗦！我手很快，一下子就好！」

走走大急道：「不許碰她！大膽，你可知她是——」

姬善突道：「我就一個問題！」

衛玉衡不同意地說：「有什麼問題去問閻王吧！」

衛小欣卻拉住他的胳膊道：「哥，你就讓她問吧！我聽人說做了糊塗鬼，到地獄裡很可憐，會各種受欺負……」

姬善眼裡綻出些許笑意道：「妳不應該叫小心，應該叫好心。」

衛小欣一怔，臉上不忍之色頓起。

衛玉衡握刀的手緊了緊，惡狠狠道：「行，妳問！」

「你們聞不到？」姬善再次吸動鼻子道：「多臭呀。」

「妳！」衛玉衡大怒，一張臉由紅變白，又從白變紅。「妳嫌我臭……」他情不自禁地低頭聞了聞袖子，就在這時，他發現自己的袖子放不下去了，不僅如此，握刀的手也軟綿綿的，再也使不上力氣。

衛小欣反應得快一點兒，第一時間捂鼻道：「不好！」扭身就要往外衝，但衝到一半，腳步也越來越慢、越來越重，最後「啪」的栽在地上。

走走迷惑道：「他們怎麼了？」

姬善的手不知怎的一動，就從草繩裡掙脫出來，起身走到門口，將擱在那裡的雨傘拿起來抖了抖，抖乾上面剩餘的水珠。

走走省悟過來道：「大小姐，傘上有東西？」

「抹了點兒迷藥，第一次用，效果還行。」
「我怎麼沒事？」
「妳也動不了，不信試試。」
走走試著掙扎，果然身體不聽使喚，但意識是清醒的，也能說話。「大小姐好厲害！」
「所以說……」姬善回到衛玉衡面前，用傘尖戳了戳他的頭道：「別跟大夫作對。怎麼死的都不知道。」
傘尖劃過衛玉衡美玉般的俊臉，只見他神色複雜地瞪著姬善，說不清是憤怒多一點兒還是驚恐多一點兒，好像還有一點兒說不清、道不明的自卑。
走走在一旁「啐」了一聲道：「狼心狗肺，恩將仇報！這種人，死一百遍都不足惜！」
衛小欣不解道：「妳是如何發現的？我們的破綻在哪裡？」
「那可就……太多了。」姬善用傘尖敲了敲衛玉衡的腿道：「首先，這腿傷是裝的，別人看不出來，我可是大夫。一個沒傷卻裝傷的人，走在路上，為了什麼？自然是為了引人注意。你想讓我停車。」
衛玉衡的目光閃了閃。
姬善的傘尖上移，又戳了戳他的臉道：「其次，你的這張臉啊，太乾淨好看了，如此雨夜，行色匆匆，若真是為朋友的病去找大夫，怎會有時間刮臉畫眉敷粉？這架勢，倒像是特地來迎客的小倌。」
衛玉衡面色頓變，氣得就要跳起來揍她，奈何渾身乏力爬不起來，只能躺在地上抖。
「我一看就知道是陷阱，不想管。奈何我的婢女太善良，非要救人。果然，此人聽說我不肯救他，就改口說朋友生病了，誘我來此。我心想，反正閒著也是閒著，看場戲也好，就跟來了。」

衛小欣咬著嘴脣道：「那我呢？我可有破綻？」

「呵呵，那就更多了。妳哥是不是一進來就告訴妳，讓妳裝病？但時間緊迫，妳只來得及拆散頭髮，往臉上抹了把灰。下次記得把嘴脣和耳朵也塗一塗，大夫看病，首先看的就是耳鼻口。其次，牆根那裡明明有那麼多稻草，卻只在妳身下鋪了這幾把，讓生病的朋友睡這麼差的地方，這樣的人會在暴雨夜替妳尋醫？最後，也就是最重要的一點，作為朋友，你們太親密了；作為情侶，又不夠親密……」

姬善說到這裡，笑吟吟地對衛玉衡道：「你直言是妹妹病了多好，非扯什麼朋友。」

衛玉衡的表情陰晴不定，卻沒再反駁。

衛小欣道：「好。技不如人，我們認栽。要殺要剮，悉聽尊便。」

姬善扭頭問走走：「妳覺得怎麼處置他們比較好？」

「他們謀財害命，罪大惡極，應該送官！」

衛小欣冷笑一聲。

走走道：「妳笑什麼？」

「沒什麼。」

姬善拍手道：「那還等什麼，元伯……」

伴隨著這聲叫聲，廟門開了，那位沉默寡言的車夫走了進來。

衛玉衡大吃一驚道：「你！你沒死？」

「你想殺他？早了十年。」

車夫元伯糾正道：「五十年。」

姬善笑道：「好好好，五十年。」

衛玉衡看看元伯又看看姬善，幽幽道：「你們到底是誰？」

姬善朝走走彈了個響指，走走會意，立刻大聲道：「聽好了！我家小姐乃是謝庭蘭玉、汝南姬氏三十九代嫡女，茹古涵今的圖璧第一才女，康衢煙月的逍遙散人，雅稱不凡客是也！」

「咳咳……」姬善糾正道：「是布帆客。布衣之布，帆船之帆。」

「妳是姬忽！」

「妳就是姬忽？」

衛玉衡和衛小欣同時驚呼出聲。

姬善非常滿意這樣的效果，點了點頭道：「恭喜你們，沒能殺得了我，沒有釀成驚世大錯。」

「姬善雖擒住衛家兄妹，但並沒有把他們送官。衛家兄妹出身不凡，父親曾任金城太守，蒙受冤屈被革職，兄妹跟著一起流放。途中父親病死，兄妹倆趁衙役不注意逃了，從此落草為寇。姬善給他們機會重新做人，便送衛玉衡去學武，衛小欣則留在她身邊，改名看看。」

姜沉魚感慨道：「原來衛玉衡還有妹妹……」

「嗯，兩年後，衛玉衡藝成下山，第一時間去找她們，正好遇到姬善出事。」

紫衣少年站在槐樹下，撐著紅傘，迎風等待著。

他的臉上雖沒什麼表情，心卻跳得很快。

「諸位，好久不見……」

「在下的腿不幸受傷，聽聞姑娘醫術通神，可否一施援手？」

「不行，還是……咳咳，大小姐，我回來了……」

山路的那頭，依稀傳來車馬聲。

衛玉衡連忙收腹挺胸，站得更筆直了些，隨即就察覺到有些不對勁——車馬聲後，竟還有一連串的腳步聲和喧囂聲。他皺了下眉，朝山路盡頭看去。

沒多會兒，一輛熟悉的馬車出現在視線中，趕車之人正是衛小欣。

衛玉衡眼睛一亮。「小欣……」

「哥！快跑！」衛小欣揮著韁繩，加快速度。

馬車後方，是一隊穿著喜服的村民，約莫二、三十人，正著急地衝他們喊：「站住……站住……」

「什麼情況？」衛玉衡一邊驚訝一邊飛身跳上車轅。

「小姐說他們的酒好喝，我們拿了兩罈，但押了一串銅錢在桌上。誰知他們不幹，追上來了……」

衛玉衡無語。

「啊呀，你下去！你太重，馬跑得更慢了！」衛小欣一把將衛玉衡推下去。

衛玉衡連忙一個千斤墜穩住身形，偏偏這個時候車簾開了，姬善正好抬眸往外看——看到了他踉蹌落地的樣子。

衛玉衡的臉騰地紅了，說不出的羞惱不知如何發作，眼見後面的村民們追近了，當即以傘作劍攔在路中間，叱喝道：「站住！」

為首之人是個五十出頭的壯漢，手裡還拎著一把弓，瞪眼道：「你誰？」

衛玉衡微仰著下巴，矜持道：「兩罈酒而已，一串銅錢不夠，再補你們一串好了。」

「誰要酒了！她們偷了我兒媳婦！」

衛玉衡一驚，忙回頭看向馬車。車內的姬善也聽到這句話，表情一怔。

壯漢跺腳道：「快把二丫還給我！」

喊話間，村民們越過衛玉衡繼續追。

衛玉衡也只好轉身追車，邊追邊問：「妳們偷了二丫？」

「沒有！」姬善否認。

壯漢道：「就在妳車上！停車！停車！」

衛玉衡攔住他道：「大小姐說沒有，就沒有。」

「滾開！」壯漢推了他一把，沒推動，便吹了記口哨。前方追車的村民們聽到哨聲，紛紛從懷裡掏出酒罈，朝車廂砸過去。

「砰砰砰砰」，寫著「喜」字的酒罈立碎，裡面的酒全潑在車壁上。

壯漢從背後抽出一支箭，瞄準車廂射出去。箭在半空騰地炸開，燃起火球——竟是一支火箭！

衛玉衡連忙飛過去揮傘將箭劈斷。「放肆！你們竟敢縱火！」

「留下二丫，否則就留下你們的命！」說話間，除了壯漢，其他人也紛紛掏出火摺子扔向馬車。

衛玉衡雖會武功，但畢竟只有一人，攔不住所有亂箭。其中一支箭正中車壁，火光立起。

衛小欣大怒道：「找死！」當即揮舞馬鞭，朝圍在最前面的幾個村民劈頭蓋臉地打了過去，將他們紛紛逼退。

走走從車裡探出身道：「先滅火！」

然而火焰燒得極快，如毯子般瞬間把車壁裹了起來。

姬善見此情形，命令道：「跳車！」一推車門正要跳，一雙手突然從榻下伸出，顫抖地抱住她的腿。

姬善低頭，只見一個五、六歲的女童，穿著紅通通的喜服，滿臉眼淚道：「救、救救我……」

姬善立刻看向走走。走走面露愧色道：「是、是我藏的……對不起，大小姐！」

「別說了，快跳！」衛小欣衝進來一把抱住女童，一手拉住姬善，跳下車去。

村民們看見女童，越發憤怒地大叫起來。

姬善對衛小欣道：「把人還給他們！」

走走急聲道：「不行啊大小姐！她是被逼的！村長的兒子已經死了，她這是冥婚啊！」

「那也跟我們沒關係。還人！」

走走將女童抱在懷裡，泣聲道：「求求妳，大小姐……救救她吧！」

衛玉衡至此看明白了到底怎麼回事，當即跳到姬善身邊，橫傘護住她道：「沒事，二十六人而已，我跟小欣打得過！」

姬善想了想，高聲道：「她要多少錢，轉賣給我行不行？」

壯漢冷冷一笑道：「不行！」

「十倍。」

對方不為所動。

「二十倍！五十倍！好，一百倍！」

「她是我的兒媳！我們村自古以來，就沒有娶進家的人，還賣出去的。」壯漢拉弓，將箭頭指向姬善，沉聲道：「這，是我們的規矩。」

「狗屁！」衛玉衡啐了一聲，挽了個傘花衝上去。

他的武功確實學得很好，身手很快，但這些村民平日裡也是進山狩獵慣的，既強壯又靈活，彼此還會配合。一半人纏住衛玉衡，另一半人就來抓捕二丫。

衛小欣只保護姬善，因此一個疏忽，走走和女童就被村民們抓住了。

一村民強行將她二人分開，抱起二丫就要走，走走撲過去抱住他的腰不肯鬆開。

村民罵道：「放手！」

走走不鬆手，村民大怒，從腰間拔出斧頭就朝走走劈落。

姬善驚叫起來：「住手……」

然而已來不及，血花飛濺，潑紅了二丫的半個身子，半條左腿就那麼從走走身上脫離，滾到地上。

走走尖叫一聲，暈了過去。

二丫滿頭滿臉都是她的血，整個人也僵住了。

村民踢開走走，抱著二丫正要繼續往回走時，看到這一幕的衛玉衡飛過來，傘尖彈出匕首，一下子割斷他的頭。

同樣的血花飛濺，再次潑了二丫一身，頭顱從村民身上脫離，滾到地上。

壯漢見此情形，目眥欲裂道：「三弟！我們跟你拚了！」

衛玉衡冷笑道：「好啊！來！正好用你們這幫無法無天的螻蟻，給小爺的傘開開刃！」說罷揮傘就上，跟村民們打了起來。

姬善快速衝到走走身邊，撕下衣服為她止血，但血如泉湧，根本止不住。

走走顫聲道：「對、對不起，大小姐……」

姬善定定地看著她，臉上的表情很淡，分不出悲喜。

「我、我又給妳添麻煩了……對不起……」

姬善凝視著走走的眼睛，輕聲問：「若妳早知救她會這樣，還救嗎？」

「我、我……」走走看向一旁的二丫，只見她僵立原地一動不動，小小的身體、大大的嫁衣，以及，連頭髮絲都在淌血的一身紅……

走走的目光閃了閃，咬牙道：「我不後悔。」

「好。」姬善放開她，站了起來。

就在這時，走走發現——大小姐變了。

她跟著姬善已三年。三年來，姬善一直是個不著調的人，每天都笑咪咪地沒個正經樣，從沒見過她生氣，愛恨不鮮明，做什麼都懶洋洋的，頗是隨心所欲、玩世不恭。從某種角度來說，她對任何人都很寬容。

可現在的姬善，生氣了，兩道柳眉一點點地豎了起來，細長的眼睛裡也露出冷冽之意。

她變得莫名遙遠和陌生。

姬善走上前，環視著憤怒的村民們，一字一字異常冰冷地說道：「你們的規矩，我不認。現在，請你們這樣的規矩，去死。」

「二十六名漢子全部失蹤，不知死活。」

「官府沒有上報？」

「上報了，但無人關注，最終定論為進山打獵不幸遇難，屍骨無存，草草掩卷。」

姜沉魚凝眉沉吟，至此終於認可了言睿的評價——姬善與姬忽確實不同。姬忽所行皆是惡事，卻始終守著善念；姬善看似樂善好施，卻是不在乎人命的。

「而這，不是姬善第一次動手。」薛采將書冊往前翻，找到某頁道：「在她跟母親分離，自己逃出汝丘的路上，遇到了兩個飢民，他們抓住她準備吃掉。但她身上帶了毒藥，下在燉鍋中，反殺了二人，並搶了他們包袱裡的錢財，這才得以熬到姬府的人找到她。」

姜沉魚合上厚厚的書冊，緩緩道：「從調查到的資料看，姬善非常聰明，慣會偽裝。琅琊希望她變成姬忽，她就把自己偽裝成張揚自我的姬家大小姐；她娘希望她善良，她就學醫行善，救死扶傷。」

「嗯。」

「就像這字帖一樣——是偽的。她本人的字跡如何、品行如何，無人知曉。」

「是。」

姜沉魚盯著燭光出了一會兒神，忽然一笑道：「但有一件事是真的。」

「什麼？」

「婢女的名字。」姜沉魚將書冊翻開，指給薛采看。「她有四個婢女，分別名叫走走、看看、吃吃、喝喝。」

「妳的意思是？」

「人們可能自己都意識不到，一個名字在誕生時，往往寄予了起名者最真實的心思和最渴望的想法。」

薛采露出幾分了然之色道：「就像妳的握瑜、懷瑾？」

「我那時是個清高驕傲又愛強說愁的無知丫頭。」

薛采的目光閃了閃，似有笑意道：「妳現在也是。」

姜沉魚沉下臉，佯怒地瞪著他。

薛采立刻行了一禮道：「臣失言。」

「總之，如果說這些厚厚的資料裡，最能反映姬善此人真實一面的細節，我認為，就是這四個婢女的名字。」

「走走看看，吃吃喝喝。你覺得，姬善是個心無大志、耽於玩樂之人？」

「恰恰相反，她不是。所以，才渴望是。」

這回輪到薛采若有所思。

第二回　見鹿

風吹碧波，翻起千層浪，撞在少女白皙修長的腿上。

黃衣少女挽著褲腿，目光灼灼地喊：「這裡！那裡！還有！」她每指一處，另一名青衣女子就將手中的鞭子擲向何處，輕輕鬆鬆地捲回一隻隻螃蟹，丟給蹲在一旁的紅衣女童。

紅衣女童仔仔細細地用麻稈捆好，放進竹簍中。

三人忙碌，一人看。

那人坐在輪椅上，笑吟吟地看著竹簍道：「宜的冬蟹最是肥美，加點兒豆腐和蘿蔔絲熬成粥，今晚咱們就吃這個。」

「好耶！那邊那邊！」黃衣少女追著一隻蟹跑，眼角餘光忽見海平線上漂來一物。

「魚？看姊，快！寶貝借我！」

青衣女子從懷中取出一物丟過去，那是一件手掌長短的圓柱形金器，金器中間嵌著一塊水晶，很是精緻。

黃衣少女接住金器，透過水晶看向海面，視野頓時近了許多，也清楚了許多。

「真的是魚！好大的魚！」黃衣少女興奮起來，朝最近的一塊礁石招手道：「善姊善姊，別睡啦！快釣！好大的魚！」

礁石上方橫插著一根釣竿，本該釣魚的人平躺著，吹著海風晒著太陽，用一頂斗笠蓋住了臉，沒有反應。

黃衣少女跺了跺腳道：「算了，看姊，我們去捉！」

坐在輪椅上的女子忙道：「小心些。」

竹簍旁的紅衣女童更是站起來，緊張地看著二人朝海面上的黑點游去。

浪起浪落，將那黑點推得近了些，果真是魚，足有一人多長。

輪椅上的女子驚道：「藍鰭！藍鰭長於深海，怎會出現在岸邊？」停一停，又欣喜道：「倒是極好吃的。吃吃，生擒啊！」

「生擒不了！」奮力游到魚前的吃吃回頭喊：「已經死啦！」

「可惜了，雖也能吃，味道卻是差了。」

吃吃跟看看二人用絲帶和鞭子捆住魚身，費勁地拖了回來。

「太沉了，累死我了！」二人全都癱倒在沙灘上道。

輪椅上的女子打量魚身，歡喜道：「我們先吃大肥，然後中肥，最後吃赤身。可惜天氣太暖，又沒冰窖，盡量兩天吃完吧。」

「現在可是冬天，怎麼這麼暖和？」

「宜國地處南嶺，冬季溼暖如春，所以很多人會來此過冬。看看，妳刀工好，把這、這、這幾處先切下來。」

青衣的看看應了一聲，手裡多了一把匕首，手起刀落，當場將魚開膛破肚。魚腹割開，露出一只巨大的白繭。

吃吃驚詫道：「蓏？走姊，這魚還吃蓏哪？」

「怎麼可能？」走走推動輪椅上前，越看越驚道：「還真是蓏！怎麼會有這麼大的蓏？」

四人妳看看我、我看看妳，一時間，都有點不知該怎麼辦。

「善姊……」吃吃又朝礁石上的人喊：「我們發現了一只巨大的蓏！」

石上人依舊沒有反應。

走走伸手撫摸蓏身，驚嘆道：「這絲不錯，做衣裳應該很好看。這樣，看看把蓏弄出來，小心些，別劃破。吃吃，壘石頭搭灶。喝喝，撿些柴火。咱們——燒水繅絲！」

一聲令下，眾人行動起來。

看看小心翼翼地剔除魚身，最終剝出一只五尺長的巨蓏。

「不知蓏裡面會是什麼樣的蟲子……」

「管牠是什麼，都要被煮了。」

「也不知好不好吃……」

「那抽完絲切片嘗嘗？」

妳一言我一語間，灶搭好了，吃吃和看看二人從停在岸旁的巨型馬車上抬下一個鐵鍋，架在灶上開始生火。不一會兒，熱水沸騰，巨蓏放入水中。四雙眼睛，全都期待地盯著鍋。

「得虧咱們有口這麼大的鍋！」

「這也捨不得扔，那也捨不得扔，搞得馬車越來越沉，走得也越來越慢。萬一哪天薛相的人追上來，怎麼逃呀？」

「棄車逃唄。善姊說了，除了人，萬物皆可棄。」

這時一直安安靜靜的紅衣女童喝喝，突然動了動耳朵，道：「有、有聲音……」

「別嚇我啊，真的追來了？」吃吃連忙轉身眺望，然而看了半天，也不見人影。

「行了，別疑神疑鬼了，來，一起找線頭。」走走探身，在繭上摸索起來。

四人八手，很快的就找到線頭，開始抽絲剝繭。

然而，又是一聲呻吟響起，這一次，所有人都聽見了。

「什麼聲音？」吃吃再次張望，搜羅一圈，最後盯在繭上。「是從繭裡傳出來的！繭裡有人？」

看看當即抽刀，被走走一把攔住道：「等等！讓我想一想。」

「還想？水在沸啊！」

「可惜了這麼大個繭，能做多少衣裳啊……」走走面露心疼之色，但那呻吟聲再次響起，她連忙讓步道：「不管了！快劃快劃！」

看看一刀將繭劃破，探手進去，抓出一把烏黑的長髮。

「天啊！居然真的是個人！」

隨著絲線一一劃斷，裡面的人一點點呈現——

黑緞長髮、賽雪肌膚、如畫眉睫，以及……

吃吃一下子捂住眼睛道：「呀，是個男的！還光著！」喊到一半，又去捂喝喝的眼睛。「喝喝，妳不能看！」

「還活著嗎？」

看看探了一下對方鼻息道：「沒呼吸，但有脈搏！」

走走連忙衝礁石大喊：「大小姐！我們發現了一個將死之人……」

礁石上的人終於動了，拿開斗笠，膚白眉長，眼皮微耷，帶著股說不出的倦乏之色，正是姬善。

只見她打了個哈欠，伸了個懶腰，然後慢悠悠地爬下礁石走到鍋前。在此過程中，披散的長髮和寬大的衣袍隨風拂動，她還踩了一雙木屐，看上去像個嗑丹的竹林散人，完全不像是來釣魚的。

看著被煮得不知死活的繭中人，姬善的目光閃了閃，若有所思道：「妳們……想吃人肉？」

「大小姐，這種時候就別說笑了！快救人啊。」

「此人如此亮相、如此美貌，絕非普通人，救了他後患無窮。不如吃了一了百了。」

「真的？」吃吃一聽，睜開眼睛，露出些許期待來。「我還沒吃過人肉……」

「吃吃！」走走怒目。

吃吃忙擺手道：「瞎說、瞎說，我可不敢吃。」

喝喝什麼也沒說，拿起一旁水桶打了桶海水潑在柴上，火便滅了。

看看則抓住那人胳膊，將他連同剩下的半個繭從鍋中一起拖出來，平放在沙灘上。

看著四人表態，姬善挑了挑眉道：「想好了？都要救？」

四人點頭。

姬善嘆了口氣：「那便……救吧。不過，我只負責救活，其他種種……」

「我們負責。」四人異口同聲。

男子緩緩睜開眼睛，醒了過來。

第一眼看見的，是一雙手。

一手握著藥杵，一手扶著石碗，起落間發出原始的質樸聲響。莖塊碎裂、汁液橫流、石木碰撞，顆粒混融，窸窸窣窣，皆得天韻。

那彈出天韻的手指，骨肉纖勻、修長靈巧，指尖輕輕一捻，撒出粉末如煙，落進碗中，再添餘音。

琴師奏樂、繡娘拾針，世上再沒有一雙手，比這雙手更適合搗藥。

第二眼看見的，是髮。

髮髻鬆鬆，綰於耳後，唯有兩綹調皮地從束帶裡鑽出來，被汗氤溼了些。一綹勾在耳上，被風吹得悠悠蕩蕩；一綹探入胸前，隨著呼吸起起伏伏。

「醒了？」對方開口，轉過頭來，燭光映亮半邊臉，乍一看哪裡都是缺點。眉過飛揚，眼過犀利，鼻過直挺，脣過刻薄，組合起來卻又是說不出的冷豔，宛如老枝白梅，令人過目難忘。

男子眉睫輕抬，終於對上她的眼睛——

一瞬間，星落花開，魚躍鵠飛。

萬般靈秀，盡在眸中綻現。

姬善想：喲，竟又是一個……妖孽。

在姬善的記憶裡，上兩個堪稱妖孽的人，一個是曦禾，一個是薛采。

曦禾純而放浪，薛采幼而多智，他們身上都有兩種截然相反的氣質，令他們有別於常人，顯得異常突出。

而此刻榻上的這個男子，昏迷時端正嚴肅，帶著拒人千里的冷漠，似個位高權重之人；然而一睜眼，又是柔軟少年的氣質，眼神清亮好奇，帶著三分跳脫。

有意思。

男子四下打量著馬車，開口道：「馬車？居然有如此大的馬車……」

姬善心想：裝，儘管裝。走屋這幾年風靡唯方大陸，就算沒坐過也該見過。

「請問，我們現在何處？」

「東陽關。」

男子一怔，想要起身，卻發現自己根本動彈不得，不由得露出驚訝之色道：「我……怎麼了？」

「你身中劇毒，體內筋脈盡亂，又多日未曾進食，已是強弩之末。」

男子凝視著她，眼神輕軟道：「是妳救了我？」

未等姬善點頭，他又道：「那我要好好報答妳。妳有什麼心願？」

「哈？」姬善樂了。

下一刻，簾子後「刷刷刷」擠出四個腦袋道：「我們呢、我們呢？我們才是真正救你的人啊！」

「是啊，善姊一開始還說要把你燉了吃了……」

男子看向姬善道：「吃？妳的願望是吃人？」

姬善衝四人招手道：「都過來，許願了。」

吃吃第一個衝出來道：「我要一個如意郎君！」停一停，小臉紅紅地瞄了他一眼。「要像你這麼好看的！」

男子聞言一笑。他笑起來時，嘴角有兩個非常小的酒渦，更添幾分少年氣。

「好看的男人都是禍水，我哥還沒給大家教訓嗎？」看看一把將吃吃推開，湊到榻前道：「你有錢嗎？我要好多好多錢，花不完的錢！」

吃吃扭頭問喝喝：「喝喝，妳要什麼？」

喝喝睜著一雙怯生生的大眼睛，緊張得根本不說話。

吃吃只好去問走走：「走姊，妳哩？」

「我沒什麼想要的，只要滿足大小姐的願望就可以了。」

於是四人一起看向姬善。姬善衝男子挑了挑眉道：「什麼願望都可以？」

「嗯。」

「好，我要你奉我為主，從此聽我命令、供我差遣。」

吃吃「啊」了一聲道：「這也可以？」

看看翻個白眼道：「不愧是妳！」

走走捂嘴莞爾，喝喝緊張不語。

男子目光閃動，含笑道：「那妳恐怕不夠資格。」

姬善將藥杵一放，把藥碗威懾地遞到他面前，道：「你，再說一遍。」

男子看了眼碗裡已經模糊一團的藥材，道：「此藥於我無用，治不好的。」

「你再說一遍！」姬善勃然大怒，當即就要把碗往他臉上砸，吃吃、喝喝早有預料地攔住她。

「你說善姊什麼都行，獨獨不能說她的醫術不行！」

「要砸也別砸臉啊，這麼好看的臉砸壞了多可惜呀！」

「你快跟大小姐道歉！大小姐，息怒、息怒……」

男子緩緩道：「茯苓三兩、白芍三兩、白朮二兩……」

姬善一怔，安靜下來。

「炮附子去皮一片。此藥可治心力衰竭，溫順助陽，暖胃緩痛。」

姬善道：「原來也是個行家。」

「所以，此藥治不好我。」

「那怎麼治？」

「我中的毒需解藥。」

「解藥在哪裡？」

「在巫神殿。」

此言一出，姬善表情頓變，神色複雜地看了男子一會兒後，忽道：「看看，把他丟下車。」

「是……啊？為什麼？」

「快點，回頭解釋！」

然而就在這時，喝喝的耳朵動了動，道：「有人唱歌。」

眾人安靜下來，果然聽見一縷極輕極細的聲音從很遠的地方傳來，曲調詭異，如泣如訴、如怒如求。

姬善咬了下嘴脣道：「來不及了……」

「這是什麼？誰在唱歌呀？」

「這是十大巫樂之一的《奢比屍曲》。」

看看道：「奢比屍？耳朵上掛青蛇的上古之神？」

「對，那兩條青蛇能通鬼神二界，為奢比屍傳達消息……」姬善不悅地看著男子，冷冷道：「也就是說，此人是巫族的敵人，巫給他下了毒，並斷水斷糧藏在魚腹中。如今，巫追來了！」

男子無辜且討好地衝眾人一笑。

「巫神殿？」秋薑坐在船艙中，詫異抬頭。

自接到宜王來信後，她便登上了赴宜尋找頤殊的旅程。船從蘆灣出發，已航行了半月，眼看就要著陸，朱龍帶來了一個不好的消息。

朱龍點點頭，解釋：「我們在巫神殿的探子回報說，頤殊，已落入巫族手中。」

秋薑沉吟後，道：「我雖未曾去過宜國，但知道宜地處南嶺，千百年來素崇巫術，司巫的地位很高。」

「是的。甚至悅帝本人的繼位，也與她們有關。」

「傳言，宜先帝病危時問大司巫伏周，應由哪個兒子繼位，伏周選了赫奕，故而赫奕登基後，對伏周非常信任。」車廂中，看看抽出一本用來墊案腳的書，翻到某頁唸了起來。

吃吃急道：「都什麼時候了還有空看書？」

「反正都逃不掉了，先知己知彼，摸清楚對方底細嘛。」看看翻轉書冊，露出書名《朝海暮梧錄》，嘆氣道：「後悔平日不讀書啊……」

「也就是說，在宜，連王都是大司巫選的……」走走驚駭，聽著越來越近的歌聲，忐忑道：「來了多少人？」

喝喝屏息聆聽，道：「四個。」

「才四個？」吃吃頓時鬆了口氣，道：「那我跟看姊應該對付得了。」

「這是傳訊之樂，聽到歌聲的巫族都會趕來支援，而且……」看看飛快地翻著書頁道：「書裡寫，巫女擅用巫毒、巫樂和巫咒，防不勝防！」

眾人臉色更白。

「悅帝登基後，對伏周極為尊重。伏周性格孤僻低調，從不踏出巫神殿半步。悅帝有事請教時，都是親自前往聽神臺。」

「如果我沒記錯，伏周是個女人，年紀不大。」

「巫族認為只有至純至美的處子才有資格侍奉巫神，每任大司巫都是女子。至於年紀，應和妳差不多。」

秋薑皺眉道：「別又是一個如意夫人才好。」

「妳的意思是？」

「奏春計畫，可不僅僅只針對燕、璧、程三國。」

「按長幼，宜王本應傳位給赫奕的兄長——鎮南王澤生，但澤生回京途中突然病逝……」朱龍越想越驚。

如意夫人生前野心勃勃，籌謀了一個名叫「奏春」的計畫。在那個計畫裡，燕王、璧王、程王都會被她的人所取代。但唯方有四個國家，怎會獨獨少了宜國？

以他對如意夫人的了解，奏春必定也包括了宜國。只是宜國一直風平浪靜，看不出有何變化。可頤殊逃去了宜，絕非偶然。在宜境內，頗有權勢的巫是否跟如意夫人早有勾結？赫奕取代他的兄長成為宜王，是否就是奏春計畫裡已經成功的一步？

朱龍從秋薑臉上，看到了最壞的答案。

「快找找，書上可有破解之法？」

看看飛快翻閱，急得滿頭大汗。

「別找了，這只是本遊記。」姬善淡淡道。

「閒書就是閒書，關鍵時刻一點兒用都沒有！」看看氣得將書扔出窗外。

走走急道：「別啊，墊案腳還是好的呀！」

吃吃「噗哧」一笑道：「燕后要是知道她的書被這般嫌棄，肯定生氣。」

「這種時候妳還笑得出來？」

喝喝忽道：「來了。」

外面的歌聲，停了。

車內的燭火無風自晃，映得眾人的臉明明滅滅。

東陽關是宜和璧的交界地，馬車停在岸上，一邊是海，一邊是崖，人跡罕至，遠離塵囂，屬於兩不管地帶。

而且現已入夜，月黑風高，危機四伏。

看看的手不知何時已解下了腰間的馬鞭，剛才氣急敗壞的樣子蕩然無存，只剩下一雙眼睛滿是殺機。

吃吃最先按捺不住，咬牙一把將車門推開——

月夜下，幾隻蝴蝶鳥振臂鳴叫著從崖上飛起，投奔別處。

一頂白色軟轎，靜靜地停在正前方的地上。四名中年婦人站在轎旁，腰繫木杖，頭紮綵帶，身披羽衣，被風一吹，像極了四隻彩蝶。

姬善看到這一幕，眼眸深處，起了某種玄妙的變化，似惆悵，又似懷念。

「她們的衣服好漂亮啊！」吃吃忽然道。

走走點頭道：「配色是很別緻。」

「現在是討論這個的時候嗎？」看看氣得再也繃不住蟄伏的氣息。

「不是，我們為什麼這麼害怕？她們是來抓這個人的，我們把人還給她們唄。大不了再道個歉，賠點兒錢？」吃吃建議道。

此言一出，眾人全都看向榻上的男子。男子聞言一怔，繼而委屈地垂下眼睛，輕輕道：「好……吧，那就把我交出去吧。」

「我去跟她們談。」吃吃當即就要下車，被走走攔住。

「且慢！」

走走看了眼自己的斷腿，對男子道：「我有三個問題問你，你需老實回答。一，你叫什麼名字，何方人氏？」

男子明明無法動彈，但睇眼一笑，便讓人覺得他是在作揖行禮。「我姓時，名鹿鹿，宜晚塘人。」

「啥？溼漉漉？」吃吃驚訝道。

「咳，是小鹿的鹿。」他的眼睛又黑又亮，溼漉漉的，看上去確實像是一隻無辜的小鹿。

「你跟巫因何結怨？」

時鹿鹿似有猶豫，但仍是回答了：「家母背叛巫族，被巫所殺。」

四人彼此對視一眼。

走走沉聲道：「三，你可願加入我們，奉大小姐為主？」

一旁的姬善挑了挑眉，心想：走走出息了啊，居然知道要有償救人了。

四人目光灼灼地盯著時鹿鹿，時鹿鹿卻遲遲不回答。

走走道：「還是不肯？我們救你，就等於跟整個巫族為敵，你總要讓我們的付出值得。」

「我只是在想……」時鹿鹿看著姬善，眸中似有星光閃爍。「妳們的大小姐，連婢女都免了奴籍，改以姊妹相稱。非要個男奴做什麼？」

眾人面色微變。

「還有，妳們錯了。現在，恐怕是我來救妳們……」

時鹿鹿話音剛落，外面的四名巫女同時抽出腰間木杖，往轎子的東南西北四角一插，然後盤膝坐下，再次唱起歌來。

看看驚呼：「捂耳朵！」

然而已來不及。

歌聲如蛇，一下子鑽進耳中，瞬間爬上頭頂，再像藤蔓一樣四下擴散。看看疼得大叫一聲，直接滾落下車。

喝喝整個人都僵住了，睜大眼睛沒有焦距地看著前方；走走只覺那條沒有知覺的左腿再次腫痛，痛得她快要發狂；吃吃尖叫抱頭，想要蓋過歌聲，卻毫無作用……

只有兩個人是安靜的。

一個是躺在榻上的時鹿鹿，一個是靠坐在角落裡的姬善。

兩人彼此對望，姬善眼中是探究，時鹿鹿臉上帶討好。

時鹿鹿道：「這是《攄比屍曲》，以內力傷人，捂耳無用。」

姬善不冷不淡地回了一聲「哦」。

「內力越高，越受其害。但三種人例外：一，毫無內力者；二，內力比吟曲者高者；

三，身體失控者。我身中奇毒，無法動彈，因此倖免於難，是第三種。」

「那我是第二種唄。」

時鹿鹿笑了笑，道：「不，妳是第一種。」

姬善「呵呵」了一聲。

「此曲分三段，第一段：五內如焚；第二段：摘膽挖心；第三段：魂飛魄散。三段唱完，她們立死。」

話音剛落，吃吃、喝喝、走走、看看發出更為痛苦的叫聲，四下翻滾。

「第二段了！」時鹿鹿滿是期待地看著姬善道：「不如妳奉我為主，我救她們，如何？」

姬善的回答是拿起藥杵往他身上一敲。

藥杵敲打骨肉，發出一記悶悶的撞擊聲。

時鹿鹿整個人重重一震，額頭冷汗崩流。

而巫女們的歌聲，也似被這個聲音干擾，亂了一下。

「你也不夠資格。」姬善說著，再次往時鹿鹿身上敲去。她每敲一下，時鹿鹿的身體就發出一記詭異的爆裂聲，巫女的歌聲就停一下。

敲敲停停，到得後來，碎不成調。

一名巫女騰地起身，大喊：「住手……」

歌聲停了，吃吃、喝喝、走走、看看也不痛了，紛紛爬起，圍到姬善身旁。

姬善睨著巫女道：「怎麼？談談？」

「留下此人，任爾歸去。」

「我若不呢？」

巫女們全都剃了眉毛，眉心繪著一隻彩色耳朵，一皺眉，那耳朵便詭異地扭曲起來。

「那麼，就迎接神的憤怒吧！」

她們舉起木杖，再次吟唱起來。

吃吃下意識捂耳，但又很快的發現——「咦，這次不疼？」

「是巫毒！巫毒來了！」

「啊？」

伴隨著吃吃的驚呼聲，巫女手中的木杖前端散發出團團白霧，怨靈般朝馬車撲來。

看看第一時間按下暗格，只聽「卡卡」幾聲，車窗和車門處分別落下一道鐵質屏障，將門窗封死。

如此一來，走屋成了一個密不透風的大箱子，白霧進不來，她們也出不去。

看看鬆了口氣道：「幸好咱們還有這一手。」

車外響起一連串敲打聲，想來是巫女們要破車而入，然而屏障堅固，毫不受損。敲打聲響了一會兒，停了。

吃吃吐了吐舌頭道：「進不來呀進不來，氣死妳呀氣死妳……」

喝喝的耳朵動了動，道：「火……」

吃吃趴在車壁上一聽，怒道：「她們居然放火！」

喝喝顫抖起來，發出一連串嗚咽聲，比聽《擄比屍曲》時還要痛苦。

走走連忙抱住喝喝，將她的腦袋按入懷中，道：「喝喝別怕，沒事，我們都在呢！」

看看急道：「善姊，快想想辦法！」

「等。」

「等到什麼時候？」

姬善瞥了時鹿鹿一眼——時鹿鹿又做了一個無辜且討好的表情——她的目光閃了閃，道：「等到，時機成熟。」

走屋是特製的，防火防水，關鍵時刻還能封死禦敵，唯一的缺陷就是不透氣。如今再被外火一烤，氣息更薄，沒多會兒，眾人就呼吸困難、汗如雨下。

「好悶……受不了了！毒死總比悶死好！我要出去！」

吃吃跳著要去按機關，被看看攔住道：「善姊說了，等著！」

「可是我好難受！」吃吃抓著頭髮往車上撞。

「越動越難受，忍住了！」看看扭身掏出匕首抵在時鹿鹿身上，喘道：「你這個禍害！快賣身為奴，不然我殺了你，少一個人，還能多緩口氣！」

時鹿鹿本就九死一生剛救回來，被姬善打了一頓，又被火這麼一烤，嘴脣都變成了黑紫色，但他眼中依舊充滿笑意，道：「我不答應，才是救她。」

「可惡！」看看氣得正要動手，把頭往車壁上撞的吃吃突然發出一聲尖叫。

「燙！燙死我了！」吃吃捧著頭髮驚呼。「啊！頭髮！我的頭髮捲起來了！」

姬善至此伸手摸了一下車壁，道：「差不多了。」

「什麼？」

「準備跳車！」姬善說著按下機關，「卡卡」幾聲，門窗開了，大火瞬間捲舔而入。姬善一把用棉被裹住時鹿鹿，抱著他跳下車。

兩人倒在地上一起翻滾。

天地旋轉，火光跳躍，海風拂來，冷熱交融間，二人視線相交——

月湧江流，林深見鹿。

一眼如萬年。

時鹿鹿笑了。

他笑起來的樣子真真好看，汲取了世間所有靈秀於一身，再凝固住少年最美的時光，令它不受世事玷汙，遠離紅塵干擾，肆意單純地爛漫著。

看著真是……好刺眼。

姬善冷哼一聲，「啪」的推開時鹿鹿，站了起來。

其他人也已各自落地，紛紛撲打著身上的火苗。

馬車依舊在熊熊燃燒，車旁倒了四個人，正是巫女。

吃吃上前探了探四人鼻息，驚訝道：「她們怎麼暈過去了？」

走走道：「她們中了迷藥。」

「迷藥？在哪裡？」

「屏障裡。」

吃吃還是不解，一旁的看看解釋：「原來如此。善姊把迷藥嵌在屏障中，屏障被火燒融變軟，裡面的藥也就揮發了……我跟我哥當年也中過招……」

走走想起往事，也不由得笑了，道：「此藥唯一的缺陷就是臭。幸好夾在火中，不易察覺。」

吃吃踢了踢巫女的腰，道：「活該！這幫心狠手辣、裝神弄鬼的傢伙！殺了她們，以絕後患。」

四人望著姬善，姬善挑了挑眉道：「我不管。妳們自己決定。」說罷走到停放在地上的那頂白色軟轎前，拉開簾子。

轎子是空的。

她伸出手，摸了摸墊子和紗簾，悵然若失。

那邊，四人七嘴八舌地議論一番後，也有了結果。

看看走過來對姬善道：「我們覺得，殺了便宜她們了。咱們的車被燒了，得讓她們賠輛新的！還有，聽說巫醫頗有奇效，若她們能治好喝喝的病，就當將功補過。妳覺得如何，善姊？」

姬善放下轎簾，淡淡道：「就這麼辦吧。」

吃吃和看看用綵帶捆住巫女們，拖入海中。被海水一泡，四人悠悠醒轉。

吃吃輕咳一聲，道：「醒了？」

四人面露驚駭，開始掙扎。

吃吃道：「妳們的衣服很結實嘛，尤其這幾根綵帶，我試了，刀都劃不開呢。」

四人頓時絕望地放棄掙扎。

「現在，回答我的問題，不然就送妳們去見巫神。」吃吃把匕首抵在其中一名巫女脖上，道：「妳們在巫族中是什麼身分？」

巫女滿臉不屑。吃吃將匕首推進一分，鮮血如珠，一顆顆地滲了出來。

巫女不為所動，只是冷冷地看著她，像是在看什麼死物。

吃吃噘嘴道：「看姊，這招不好使，妳來吧。」

看看用一條綵帶繫住喝喝的眼睛，又對走走使了個眼色，道：「走姊，老規矩。」

走走無奈地閉上眼睛，摘下手腕上的佛珠開始默唸經文：「如是我聞，一時佛在忉利天，為母說法。爾時十方無量世界，不可說不可說，一切諸佛，及大菩薩摩訶薩，皆來集會……」

經文聲輕柔細潤，間隙夾雜幾許呻吟。姬善離得很遠，席地而坐，從懷裡取出個小藥瓶為自己敷藥。被火燒過的地方星星點點，幸運的是都不嚴重，結了痂再一掉，最多留點兒疤。

她身上已有很多傷疤。

多年之前，琅琊捧著藥來，也曾這般親手給她上藥，眉心微蹙道：「這些傷疤怎麼來的？」

「陪祖父煉丹時不小心濺到的。」她回答，察言觀色，小心翼翼道：「我以後會注意的。姬家的大小姐，不該有疤。」

琅琊聞言卻是笑了，道：「倒也不是。世間女子愛美，皆是為了討好夫君，但以色侍人，焉得長久？妳既已是姬家的大小姐，皮相如何不重要。」

「那夫人為何不悅？」

琅琊低聲道：「人說幼吾幼，以及人之幼。我如今為妳上藥，想的是可有人為我忽兒上藥。」

「大小姐……一定會回來的。」

琅琊當時臉上的表情，至今仍無比清晰。那是一個女人，在家主和母親兩個身分間痛苦掙扎，迴腸九轉，難以言述。

琅琊病逝後，姬嬰來找她，第一句話就是：「家母之過，我來償還。」

姬善想，其實姬嬰錯了，她並不恨琅琊。

還有兩個人，也對她身上的傷疤表過態。其中一個是衛玉衡。

他曾無比心疼地抓住她的手道：「大小姐何等尊貴，本不應做這些事，受這種苦！」然後又信誓旦旦地發誓：「終有一日，我要護妳周全，令妳再不受任何傷害！」

她哈哈一笑，笑得他心如刀割。

衛玉衡始終不明白，她的哈哈，是真笑。

姬善敷著藥，感覺到某道視線，便回瞥過去——時鹿鹿就躺在不遠的地方，定定地看著她的手。

這讓姬善想起，此人睜開眼第一處看的，便是自己的手。

「怎麼，你也要敷？」

時鹿鹿搖了搖頭。他被棉被包裹得很好，又有她遮擋著，沒受任何傷。

「那麼，就是有話說？」

時鹿鹿幽幽道：「妳是誰？」

「我叫阿善，善良的善。」

「妳是做什麼的？」

「大夫。」

「妳想要什麼？」

「怎麼？還想滿足我的一個願望？」

「妳心不誠。」

「哈？」

「許願，誠心才有回饋。妳並不是真的想要我做妳的奴僕，這不是妳真正的心願。妳真正的願望是什麼？」

姬善心中「咯噔」了一下，看著時鹿鹿，他的眼睛又大又亮，瞳仁深黑，彷彿能夠吸納一切煩惱憂愁。

「我真正的願望是……」姬善緩緩開口，眼看就要透出幾分真心，卻在最後一刻，變成了冷笑。「我若告訴你我的願望，豈非給了你一個挾制我的把柄？我像這麼蠢的人？」

時鹿鹿道：「妳真是位疑心重的姑娘，不過——我欣賞。」說到後來，又眯眼笑。姬善卻很是討厭他的笑容，當即伸手將他的臉推向另一側。

這時看看一邊走過來一邊用手帕擦拭雙手。

「問到什麼了？」

「她們是大司巫伏周的侍女，在巫族地位極高，奉伏周的命令外出擒拿時鹿鹿，沒想到半路被他逃了，所以繼續追來……」

姬善皺眉，若有所思道：「還有什麼？」

「沒了。說到一半，突然毒發身亡。」

姬善連忙起身到海邊一看，四個巫女果然全死了。死狀非常詭異，眉心上的耳朵圖騰本是紅色的，此刻變成了黑色。姬善從懷中掏出一根針，試了試，沒有變黑。

吃吃奇道：「不是服毒自盡？」

「是巫咒。」時鹿鹿的聲音遠遠傳來。

看看衝到他面前，揪住他的衣襟道：「說清楚！」

「巫女若有背叛之舉，就失去了聆聽神諭的資格，受到神的詛咒，失聰、暴斃……」時鹿鹿停了一停，又道：「家母也是這麼死的。」

看看一怔，有些歉然地縮了手。然而，時鹿鹿臉上並沒有傷心之色，反而溫柔地衝她一笑。

看看心道：此人脾氣倒好，比我哥好太多……

吃吃看著焦黑一片的馬車，嘆氣道：「人死了，馬車沒得賠了，咱們接下去怎麼辦？」

走走也難過道：「車不可惜，就是可惜了車上的東西……」

「雖說萬物皆可拋，只要人還在。但沒了錢，咱們接下去怎麼活呢？再去找個生病的冤大頭坑一筆嗎……」

吃吃剛說一半，一旁的喝喝拉了拉她的袖子，然後脫掉被火燒出好多洞的外衫，露出裡面的軟甲來。

吃吃歡喜起來，道：「玄武甲？這個能換錢！」

喝喝脫下軟甲拆開來，又從裡面掏出好多片金葉子。
大家的眼睛頓時都直了。
姬善拍了拍走走的肩膀，讚許道：「妳當年救她，真是做了最正確的一件事。」

黃昏霧氣氤氳，客棧的燈光被渲染成一個個圓圓的光球，宛如雲霧仙境。
吃吃在巨大的象牙榻上滾來滾去，用臉摩擦著柔軟光滑的錦被，發出了至理名言：「有錢真好啊……」
看看巡邏一圈，確定沒問題後將窗戶關上，點頭道：「應該說，有錢，在宜國能活得最好。」
「為什麼？」
「拿走屋舉例。在程國，方圓十里都未必有得賣；在璧國，只能買，不能租；在燕，能租，但滿貴的。而宜，只要五十文，凡是帶金葉子標誌的商鋪，都可還車。多方便！」
「天子家的車，誰敢賴著不還？」吃吃說著，在被角也翻到了一片金葉子標誌。
金葉子是鏤空的，裡面站了隻三頭六尾的鳥，正是鵸鵌——宜國國主赫奕的圖騰。
「沒錯，這家客棧也是悅帝的。真是陽光照得到的地方，就有他的買賣。」看看說到這裡無限嚮往。「他肯定是全天下最有錢的人！」
「不對呀，唯方第一首富是胡九仙呀！」
這時房門開了，喝喝推著走走進來。走走買了一輛新輪椅，膝上放著幾包草藥，聞言道：「胡九仙失蹤了。」

「什麼時候的事？」

「抓藥時大夥兒都這麼說。他去程國求娶女王不成，回來的路上遭了海難，再沒回家。胡家現在人心惶惶，亂得不行。」走走把草藥遞給喝喝，喝喝開始生火煎藥。

「娶程王？他都五十了吧，還想娶程王？那程王最後嫁給誰了？」

「程王也失蹤了。」

吃吃大驚，感慨萬千。「怪不得說山中一日，人世千年。我們進山找藥不過短短兩個月，外面竟發生了這麼多事。」

榻上，時鹿鹿靜靜地躺著，直到此刻，才開口說了第一句話：「妳們在找什麼藥？」

看看警惕地看著他。

時鹿鹿又補了一句：「也許我有。」

吃吃道：「我們在給喝喝找藥。」

「她有病？」時鹿鹿好奇地看著蹲在爐邊專心煎藥的小姑娘，只見她十歲左右年紀，圓圓的眼睛、圓圓的臉，十分甜美可愛，委實看不出哪裡有病。

「她現在是好的，但一旦病發，不是大喊大叫傷害自己，就是成天躺著不死不活，飯也不吃……」吃吃說著，憐愛地摸了摸喝喝的頭，嘆道：「要我說就是名起得不好。你看多邪乎，走姊叫走走，沒了一條腿；看姊叫看看，瞎了一隻眼……」

看看反駁：「沒瞎，還能看見一點點！」

「喝喝，天天喝藥；我，吃吃，盡吃虧了。」

時鹿鹿聞言笑出了酒渦。

「怎麼？妳們不滿意這四個名字？想改名？」伴隨著這句話，姬善從門外走進來。

「沒有沒有，非常滿意。」吃吃立刻改口：「我就愛吃東西，我要吃盡天下美食！」

走走道：「大小姐，妳去哪裡了？」

姬善還沒回答，時鹿鹿已道：「青樓。」

姬善冷冷地睨了他一眼。

吃吃好奇道：「真的？」

「她身上有脂粉味和酒味，除了青樓想不出第二個地方。」時鹿鹿說著歉然一笑。「不好意思，在下的嗅覺比較靈。」

「太過分了，善姊！妳明明知道我一直想去青樓見識見識，怎麼不帶我呀？」

姬善扔過來一個布袋，吃吃接住打開一看，是六份過所文書（註2）。「咱們的過所被燒了，找人弄了六張新的來。現在，統一口徑。我們是璧國雱州人氏，聽聞巫神很靈，結伴前往鶴城巫神殿請神，為喝喝、走走和這傢伙祛病。」

「去鶴城？」看看有些擔憂地道：「巫族在追殺他，我們還往她們跟前送？」

吃吃拍手道：「我知道、我知道！這一招叫最危險的地方就是最安全的地方！」

「並不，我就是要去找伏周。」

吃吃好奇道：「找她做什麼？」

時鹿鹿眨了眨眼睛，道：「她想用我換伏周出手，為喝喝治病。」

「哎？」眾人皆驚。

註2　通過水陸關隘時必須出示的交通證明書，類似現代的護照。

姬善睨著時鹿鹿道：「知道楊修（註3）怎麼死的嗎？」

「我錯了，不過再多嘴問一句……伏周若是不肯呢？」

「那你就想辦法，逼得她肯。」

時鹿鹿笑了笑，柔柔地應道：「好。」

全程目睹這一幕的吃吃，忍不住對看看道：「妳哥沒戲了。」

「什麼？」

「這個人肯定喜歡上善姊了，而且比妳哥還會來事，殺了自己給善姊助興啊這是！」

看看翻了個白眼。

從客棧往西，車行半個時辰便正式進入了宜國。南嶺多山、多林、多沼澤，官道兩旁隨處可見飛鳥游禽，偶爾還有幾隻梅花鹿，靈巧地躍過車廂，引起吃吃時不時地驚呼。

「啊！一隻你！」

「啊，又一隻你！」

「啊，好多你！你爹給你起名的時候肯定也看到了牠們！」

時鹿鹿笑道：「名字是家母起的。」

註3　在《三國演義》中，楊修因過於聰明，數次窺探到曹操想法，導致曹操想要殺死楊修，最終因為「雞肋」事件被曹操處死。

「那你爹呢？」

「他起了另一個，我不喜歡。」時鹿鹿的目光閃了閃，笑容淡去。

「我爹起的我也不喜歡，我喜歡吃吃這個名字。」吃吃說著，把手裡的瓜子分了一顆給他。「吃嗎？」

時鹿鹿怔了一下，張嘴吃了，臉上的表情有些複雜。

「怎麼？不好吃？」

「這是什麼？」

「瓜子。西瓜的籽加鹽烘乾，是燕那邊的特產。你沒吃過？」吃吃不禁大為憐愛，忙又塞了幾顆到他嘴邊。「宜如此方便，萬物皆有賣。你是宜人，卻一點兒見識都沒有，不應該哦。」

「是，在下孤陋寡聞，今後一定多吃多看。」時鹿鹿便含笑又吃了幾顆。

姬善瞥了他一眼，沒說話，繼續看著窗外的風景。

如此過了大概一刻鐘，時鹿鹿面色微變，額頭流下汗來。

吃吃好奇道：「你怎麼了？」

「我……」剛說一個字，時鹿鹿的胸膛一陣震動，咳出一大口血。

吃吃慌了。「善姊！他怎麼了？」

「他禁食多日，腸胃虛弱，無力消化硬物，反噬出血罷了。」

「啊？妳怎麼不提醒我呀？」

「你們相談甚歡，不捨壞妳雅興呀。」

吃吃的臉紅一陣、白一陣，附到看看耳邊道：「完了完了！我怎麼覺得善姊也喜歡上這個人，這會兒是在吃醋？」

看看又翻了個白眼，將她推開幾分。

這時喝喝煮好了一碗藥，端上前餵給時鹿鹿。

時鹿鹿總算緩過了一些，臉白如紙地盯著姬善道：「我能不能提一點要求？」

「哦？」

「妳要拿我換藥，總得讓我活著。」

「放心，你死不了。」

「但若我能開心一點，也許能幫上妳更多。」

「比如？」

「巫神殿的機關部署、相關甲曆，在下略知一二。」

吃吃雀躍道：「對呀，善姊，正所謂知己知彼，咱們需要啊！」

姬善想了想，道：「你娘是何時叛出聽神臺的？」

吃吃一怔，道：「聽神臺？」

「巫神殿中，大司巫的住處名聽神臺。聽神臺的巫女與別處不同，普通巫女二十五歲可成婚，聽神臺的巫女卻要終身守貞侍奉巫神。他娘若不是聽神臺的，怎會知道巫神殿最機密的事？他娘若是聽神臺的，就不該有他。」

吃吃感慨道：「難怪說是背叛被殺……」

時鹿鹿答：「家母背叛巫族是二十七年前，然後逝於十五年前。」

「也就是說，你娘背叛了十二年，聽神臺才發覺此事，殺了她？」

「對。」

姬善的目光閃爍，又問：「巫族為何抓你？」

「我是玷汙神的孽種，需用我的血洗清聽神臺的汙垢。」時鹿鹿態度坦蕩，有問必答，連回答這麼不堪的問題時，都神色自若，沒有絲毫遮掩。

吃吃卻看得有些難過，忍不住道：「善姊，能別再揭瘡疤了嗎？他的私事跟咱們也沒關係呀，問點兒別的吧。」

姬善換了話題：「你見過伏周嗎？」

「見過。」

「她是個什麼樣的人？」

時鹿鹿沉思了一會兒，才道：「她精通巫蠱，擅舞、樂、醫和機關術，鮮少說話，話即神諭。沒有任何特殊喜好，也不同任何人親近，常年坐在聽神臺上發呆，無人知曉她在想什麼。」

「說了等於沒說。」姬善冷哼道：「她幾歲？」

時鹿鹿抬眼道：「比妳大一、兩歲吧。」

他的眼睛繾綣熱情，被如此專注地注視著，就像是被愛慕著一般。姬善忍不住皺眉。

吃吃好奇道：「她美嗎？」

「還行。」

吃吃很不滿意這個答案，追問：「還行是什麼意思呀？這麼說吧，我好看還是她好看？」

時鹿鹿輕笑出聲：「妳好看。」

「真的？你不是當我面故意說好聽的吧？」

「伏周不過一具行屍走肉，怎比姑娘活色生香？」

吃吃怔了怔，突然捂臉躲到看看身後，小聲道：「怎麼辦？他是不是也看上我了？」

看看已經懶得翻白眼了，索性點頭道：「嗯，我哥對杜鵑也這樣。」

姬善默默地出了會兒神，再問：「伏周的預言準嗎？」

「從未錯過。」

趕車的走走扭頭插話道：「比定國寺的籤還靈驗？」

「定國寺的籤誰都可以求，而伏周只測宜國大事。」

「除了選赫奕為帝，她還做過什麼？」

「小公子夜尚於襁褓中曾被抱去見她，她看了一眼，說了八個字，『從法化生，方得寂滅』。」

吃吃不解道：「什麼意思呀？」

時鹿鹿解釋：「意思就是這個孩子要修佛才得善終。氣得鎮南王妃當場翻臉道：『出家當和尚？妳怎麼不乾脆收他進聽神臺算了』。」

吃吃哈哈大笑。姬善翹了翹脣角道：「這條逸聞有意思。」

「夜尚從此便有了佛子之號，聽說他長大後，真的一心想當和尚。」

「但宜國不是不信佛道只尊巫術嗎？」

看看道：「所以小公子才如此有名——既聰明乖巧，又離經叛道。」

姬善盯著時鹿鹿問：「還有嗎？」

「永寧五年，也就是圖璧三年的十二月，程先王銘弓對宜宣戰，橫跨青海，入侵南嶺。宜王前往聽神臺聆聽神諭，伏周說了四個字——『匕鬯不驚』。」

吃吃道：「我知道這個！結果銘弓中途突然中風癱瘓，真的休戰了！」

「今年程王頤殊選夫，請了胡九仙。胡九仙備厚禮求問凶吉，伏周做了個預言——『紫微開天啟，一駐連三移。熒惑未守心，東蛟不可殪』。」

吃吃不解道：「啥意思啊？」

看看道：「意思就是時機未到，女王不能死。」

「可女王失蹤了！胡九仙也失蹤了……」

「頤殊本該死在蘆灣，如今只是失蹤……」看看說到這，面色微沉，轉向姬善道：「善姊，妳說會不會是伏周派人救走了頤殊？」

姬善蹙眉不語。

吃吃道：「很有可能啊！巫族必須服從神諭的，神諭都說女王不能死，那她們肯定得救啊！」

走走發愁道：「可如此一來，等於把薛相啊、燕王啊，還有花子大人全招來了，他們哪個是好惹的？宜國不怕引火上身嗎？」

「女王在手，就可以跟他們談條件了呀！再說，悅帝那麼精明，絕對不會吃虧的！」

看看擔憂道：「善姊，我們這個時候入宜，會不會不太合適？」

吃吃「啊」了一聲：「是啊！薛相來了我們就危險了！還是繼續入山避一避，等他們打完了，我們再找伏周看病？」

姬善沉吟片刻，盯著時鹿鹿道：「這預言是重大機密，你如何得知？」

「我被擒時聽到的。」

姬善將針抵在他的百會穴上，沉聲道：「說真話。」

「在下從不說謊。」

姬善瞇起眼睛，將針往裡進了一分。

吃吃緊張道：「善姊！他如此坦誠，為何還要——」

「謊話連篇，只有妳才信。」

吃吃一怔，一旁煮茶的喝喝抬起臉來，也是一臉驚訝。

看看皺眉道：「他撒謊？」

走走道：「不是吧，他看上去挺真誠的……」

時鹿鹿笑吟吟地看著姬善道：「旁觀者清。」

姬善將針又刺進了一分，時鹿鹿立刻笑不出來了，疼得再次汗如雨下。

「我來告訴你，為何你說的都是謊言。」姬善伸出二根手指。「一，你不是宜人，而是璧人。」

吃吃睜大了眼睛。「啊？」

「他膚色白皙細膩，固然天生麗質，也有後天護養。宜人，尤其男子，可不講究這個。哪怕赫奕，也是個糙漢子。只有璧國的男人才注重外表。而且，你雖說得一口宜話，卻偶爾會帶出璧國尾音。」

看看質疑道：「他是晚塘人，晚塘是宜璧交界，難免會沾染璧的一些習性？」

「就當這個成立。二，你說你母是巫女，二十七年前偷偷生下了你，十二年後此事才敗露，被巫所殺，而你，也一直被巫族追捕……你跟你娘聚少離多，對吧？她不可能把一個男童養在膝下，也不可能頻繁出聽神臺去見你。那麼，你是如何從她口中得知那麼多關於聽神臺的事情的？」

「會不會是他爹講給他聽的？」看看正在分析，姬善瞪了她一眼，她連忙閉嘴。

時鹿鹿因為痛苦而微微有些喘，緩緩道：「家父……不曾講過，家母，也確實很少見面，但——她留了手記……」

「對呀，他可以看書啊……」吃吃正在附和，看看瞪了她一眼，於是吃吃也閉上了嘴巴。

姬善沉下臉道：「行。那麼三，你說巫族在追殺你，要用你的血清洗你娘的罪孽，為何不直接殺了，反而大費周章地藏在魚腹中？還有，那四名巫女死前招供，是最近才聽說你的下落，故而抓你。你既是這幾天才被抓，又如何聽到三個月前的神諭？」

四人全都目光灼灼地盯著時鹿鹿。

時鹿鹿不慌不忙，依舊鎮定自若地回答：「家母手記裡有巫族的一些隱祕，如今只剩我一人知曉，所以不能殺我。而我十五年前被擒，一直關在聽神臺中，故而知曉伏周的預言……」

此言一出，眾人皆驚。

「你被關了十五年？」吃吃目露憐惜。「難怪你連走屋和瓜子都不認識……」

「十五年你都沒有說出隱祕？」走走滿心欽佩道：「你看著柔弱，心智竟如此堅毅……」

「伏周竟能容你十五年，看來那些隱祕很不得了啊……」看看回眸看向姬善道：「我覺得拿他換藥，穩了。」

姬善深深地凝視著時鹿鹿。當她如此時，琥珀色眼瞳會顯得格外銳利，帶著天生的冷煞之意。就像人們一看到白梅，就知道寒冬已至。

然而時鹿鹿似感受不到般，依舊笑得柔而暖，道：「在下真的從不說謊。善姊相處久了，便知道了。」

「叫誰善姊？」姬善瞪眼道。

「那……善妹？」

姬善作勢又要扎針，時鹿鹿立刻改口：「大小姐！」

姬善這才將針緩緩收回。時鹿鹿鬆了一口氣，然後小心翼翼地問：「現在，能對我好點，讓我開心一點兒了嗎？」

「你想怎麼開心？」

「北境之內，當以銀葉寺為首，僧多錢多屋多，又稱『三多寺』。其客舍共計三十九間，天字三間推窗可觀日出，奇霧攔腰，頗有紅塵盡在腳下之感，實乃躲避俗事紛擾的絕佳之地。然住持富豪又清高，錢帛哭求皆不能動其心志，想要入住，需投其所好。問有何好哉？答曰一狗肉二狗肉三狗肉也……」吃吃手捧《朝海暮梧錄二》，唸到此處舔了舔嘴巴。「啊，好想吃狗肉！」

「不許吃！」看看飛來一記眼刀。

「我就想想。」

「想也不許想！」

吃吃「哼」了一聲。

躺在榻上聽書的時鹿鹿好奇道：「為何不能吃？」

「看姊說她當年流放路上被衙役欺負，幸好有隻野犬衝出來救了她。自那後，所有狗狗都是她的朋友。」

時鹿鹿看向看看——她替換了走走在趕車。走走趕車時，馬車行駛得十分平穩，輪到她，就橫衝直撞、各種顛簸。但眾人都似習慣了，無人對此抱怨。

四個婢女中，看看長得最美，卻動作最糙，大剌剌地像個假小子，似在刻意屏蔽身為女子的一些特徵，原來如此。

「北豔山有一奇景，曰懸棺。壁立水濱，逶迤高廣，一具具船型棺材懸掛其上，飾以彩繪，栩栩如生……」吃吃繼續唸書，喝喝捧了杯茶遞給她。

「小貼心，我正唸得口渴呢。」吃吃笑著接過茶呷了一口，挑眉道：「呀，仙崖石花？可惜用的水差了些，若能配以壁的凝祕泉，或者燕的紫筍泉水，就好了……」

喝喝捏緊茶托，有些不安。

一旁繡花的走走抄起木尺戳了下吃吃的頭。「別聽她的，喝喝，她這是在別人面前賣弄風雅呢！」

「我也就能聊聊吃的，琴棋書畫一概不會，哪風雅得起來？」吃吃說著把書一合，塞回案腳下。「我唸累了……」

時鹿鹿溫聲道：「辛苦了。」

「要不，你給我講講巫神殿的事吧。這些年，你都是怎麼過的？」吃吃湊到榻前，雙手托腮直勾勾地盯著他，一雙大眼睛撲閃撲閃，寫滿好奇。

一旁的走走不禁朝姬善投去一瞥，只見姬善埋首於醫書中，從頭到尾連看都沒看一眼這邊。

時鹿鹿笑了笑，視線掠過吃吃看向窗外。霞光滿天，斑斕似錦，他的眼神裡流露出許許多多的喜愛。

「巫神殿建在鶴城乃至整個宜國最高的蜃樓山上。山峰峰頂被削去一截，留下四四方方一塊平地。宜人說，那是巫神的傑作。歷任大司巫都要在那裡聆聽神諭，再下山傳達給世人。唯獨伏周不同，她不下山。巫女們在聽神臺上搭建了木屋，供伊居住。我第一次見伏周，便是在那木屋中。」

「伏周如果跟善姊差不多大，等於也跟你差不多大？你十二歲被抓回聽神臺，那時候她也十二歲左右？」

「對。」

「然後呢？她怎麼對你的？十二歲的小姑娘，應該壞不到哪裡吧？」

「她把我關進一個沒有光的屋子裡。」

「當我沒說過上句話……」

「我在那裡看不到任何東西，但有很多聲音。吹過山頂的風、敲在外牆的雨、長出峭壁的草、落在土上的花……那些聲音陪伴我，一天天、一年年。」

吃吃的眼眶溼潤了起來，顫聲道：「你就這樣過了十五年？」

「也有例外的時候。妳知道的，聽神臺上什麼都沒有，只有種著花的一塊地和兩間小木屋。有一次，雷正好擊中我住的那間屋子，把它燒掉了，我終於離開了小黑屋，看見了藍天白雲和太陽。」

時鹿鹿說這話時注視著窗外的風景，眼神溫柔，眉角還帶著笑意，卻讓吃吃看得更加難過。「巫的隱祕很重要嗎？說出來，你就解脫了呀。」

時鹿鹿收回視線，認真地看著吃吃道：「我想活呀。說出來，我就活不成了。」

「可是……」吃吃實在無法想像，一個十二歲的孩子怎麼能夠在暗無天日的屋子裡活十五年，十五年！

「妳看，我這不是出來了嗎？還遇到了妳們。」時鹿鹿眸光流轉，脣角的酒渦既可愛又明朗。

吃吃愧疚道：「我們卻要送你回去……」

「我遲早會被抓回去的，能額外換一個給喝喝看病的機會，賺了呢。」

吃吃突然轉身，跳出了車窗。

時鹿鹿驚道：「妳去哪裡？」

姬善淡淡道：「你的故事很感人，她去哭了。」

時鹿鹿看向她道：「我沒說謊，請妳相信我。」

姬善終於放下書，也看向他。他的肌膚比她還白，是因為長年幽禁；他臉上帶著這個年齡不該有的少年氣，是因為沒有機會長大；他的一切怪異行為和話間漏洞，確實都變得合理……

但不知為何，姬善心中仍有疑惑。那點疑惑毫無依據、毫不講理，大概就是身為女子天生的直覺。

直覺告訴她——別信他。

於是她開口告訴時鹿鹿：「我信不信不重要。她們信了就可以了。」

時鹿鹿的目光閃了閃，然後，難掩委屈地黯了下去。

第三回　因果

車行七日，終於抵達宜國的皇都——鶴城。說也奇怪，此趟路程無比順利，竟沒有遭遇任何巫族的追兵。按理說，在東陽關遇到那四名巫女時，她們已唱出《耆比屍曲》傳遞訊息，沒能招來同伴，只能解釋為東陽關實在太人跡罕至了。

作為唯方大陸最富有的都城，鶴城的街道既不像玉京那樣四四方方、涇渭分明，也不像蘆灣那樣質樸粗獷、視野開闊，更不像圖壁那樣八街九陌、高樓林立，而是鱗次櫛比，別有情趣。路兩旁全是一間間小商鋪，一眼望去，賣的東西各不相同。每家都有窗臺，窗臺上全種著花，雖是冬天，但氣候溫暖，花朵開放得十分鮮豔。

走走邊趕車邊嘆道：「我可算對得起我的名字，把四國的都城都走遍了。」

看看從懷裡取出那件圓柱形金器，將左眼湊到水晶前四處打量，接話道：「妳最喜歡哪裡？」

「當然是圖壁，故鄉啊。」

「我喜歡玉京，規規整整、井然有序。」看看轉頭問姬善：「善姊妳哩？」

姬善一邊為時鹿鹿針灸，一邊答：「以景喻人，圖壁是個優雅的大家閨秀，小矜持又小傲慢；玉京是個身穿騎射服的貴胄公子，俊朗飛揚、胸襟豪邁；蘆灣是個未老先衰的駝背大漢，每條皺紋都寫著淒苦和暴躁；而鶴城……」說到這裡，她抬頭看了眼車窗外的風景。「像個白手起家的商人，富有而不改勤儉，精明卻為人和善。」

「大小姐說得精妙！」

「不是我說的。」姬善扎完了針，接過喝喝遞過來的汗巾擦拭雙手道：「《朝海暮梧錄》裡寫的。」

看看道：「可惜十九郎當了皇后後就不寫了。嘖嘖，真是嫁人誤事。」

「宜國人真的都信巫呢。看這些商鋪，全都懸掛巫符，供奉神像。」吃吃拍拍看看的肩膀道：「看姊，饕餮借我。」

看看把金器遞給她。

吃吃將名為饕餮的金器舉到眼前，觀察道：「雕的是個年輕美貌的姑娘，赤腳踩著毒蛇，手持草藥，耳朵尖長，脣上還含著一朵花……」看到這裡，扭頭問時鹿鹿：「是巫神的神像嗎？」

「不是。巫族認為神無真容，不可勾繪。那是第一代大司巫伏怡的雕像。」

「伏怡？」

「巫族宣稱——千年前，宜人的先祖們住在大山裡，巫為他們占卜治病，受到了大家的尊敬。後來一場大火燒毀了他們的家園，危急時刻，伏怡聽到神的啟示，帶領宜人走出大山，在此落腳，並根據神意指定一人為王，然後才有了宜的延續和興起。」時鹿鹿說著，嘲諷地笑了笑。

吃吃看出他的不屑，問：「不是真的？」

「歷史由勝者書寫，誰能知道真相如何。」

吃吃揶揄道：「你果然玷汙巫神。」

一直沉默不語的姬善忽問：「雕像嘴裡的花是什麼？」

「鐵線牡丹。」

「鐵線牡丹？」姬善不信，道：「我所知的鐵線牡丹都不長這樣。」

「嗯，此花只長在聽神臺，寥寥幾株，可解巫毒。所以，我要解毒，只能回去。」

吃吃的眼眶又紅了。

時鹿鹿衝她笑了笑，道：「沒事，十五年都過來了。能出來一次，就能出來第二次。沒準下次，妳們又能從魚腹裡撿到我。」

「你是怎麼逃出來的？」

「我……」

時鹿鹿剛說一個字，一旁的喝喝突然發出一聲淒厲的尖叫，一頭朝車壁撞過去。吃吃和看看迅速轉身，一人抓住她的一隻胳膊，將她壓在軟墊上。姬善立刻從懷中取出針，封住幾個關鍵穴位，再將一團軟巾塞進她口中，防止她咬傷自己。

趕車的走走惶恐道：「是我的錯，光聽你們說話走神了，沒看見街那邊有送親的隊伍……」

看看朝窗外望了一眼道：「不是送親，是送彩禮。」

遠遠的長街那頭，紮著紅綢的隊伍從拐角處走出來，一個接一個，一擔擔、一槓槓，朱漆鬃金，溢彩流光。

「不愧是宜，好大的陣仗……」吃吃說著輕拍喝喝的背，安撫道：「喝喝別怕，不是來娶妳的，放心吧。」

喝喝像受傷的小動物般嗚咽著，整個人抖個不停。
時鹿鹿憐惜地看著她，問姬善：「這是心病？」
姬善沒有回答。
她直勾勾地盯著窗外那隊送彩禮的隊伍，臉上有一種奇怪的表情——自時鹿鹿遇見她以來，還是第一次見到。
姬善性格冷淡又懶散，在她身上似乎毫無「熱情」這種東西，冷眼旁觀著世間的一切，就算參與其中，也無關痛癢得像個局外人。
而這一刻，局外人回到局中。
終於有了七情六欲。
時鹿鹿忍不住也看向窗外，但從他這個角度，什麼也看不到。
幸好吃吃也發現了姬善的異樣，問：「善姊？妳怎麼了？」
「鸑鷟。」
「什麼意……啊！鸑鷟？妳說的是真的嗎？」吃吃一下子興奮起來，衝到窗邊道：「真的是鸑鷟圖騰！」
只見那些彩禮的箱子上，全都繪著黑底白紋的鸑鷟梳翎圖騰。
「鶴公……」吃吃捂住臉龐，露出痴痴的傻笑模樣，道：「他居然也在鶴城！」
時鹿鹿好奇道：「你們說的是風小雅嗎？」
「你知道他？」
「巫女時常跟伏周匯報四國之事，我聽過。」
「就是他。我有幸在燕聽他彈琴，雖然聽不太懂，但我看見了他的臉……」吃吃說到此處，回頭看了眼時鹿鹿。「他比你還好看呢。」

時鹿鹿的目光閃了閃，悠悠道：「所以，他這是又要成親了？」

一語驚碎少女心。

吃吃的臉瞬間變得慘白。

時鹿鹿將目光轉向姬善，又道：「也不知這回是看上了誰家的姑娘。」

吃吃咬牙道：「我去問問！」說著飛身跳下車去了。

姬善收回視線，繼續為喝喝針灸。時鹿鹿忽道：「歪了。」

「什麼？」

「剛才那針，歪了。」

姬善的手僵了一下，目光驟冷。時鹿鹿卻像是發現了什麼祕密般，悠然道：「哦，原來妳也喜歡風小雅。」

「怎麼可能？」看看立刻反駁：「善姊才不喜歡他！」

走走拆臺道：「可是大小姐去過燕國三次啊，就是為了去看他。」

「那是因為他的病很特別，善姊只是想看看他的病而已！善姊生平，只對三種人感興趣——死人、病人、壞人。」

「也對。」

時鹿鹿想了想，轉頭問姬善：「妳可知我為什麼會被包在繭中？」

姬善果然側目，問：「為什麼？」

然後時鹿鹿便笑了，笑得又可愛又燦爛，道：「當然是因為——我的病比融骨之症，更特別。」

風小雅得的病名為融骨之症。他的骨骼無法正常生長，隨著年紀增長，骨頭越來越軟，最後全身癱瘓。

為了治這種病，他的父親、燕國的丞相風樂天想了很多辦法。風小雅十歲時生命垂危，眼看著就要不行，不知從哪裡傳出一個說法——只要在冰雕祭攜孔明燈於幸川為他祈福，精誠所至，可逆天改命。

那一夜，燕國百姓紛紛前往幸川，為他們所愛戴的丞相大人祈福，求上天垂憐，福澤他的獨子。

然後，奇蹟發生了。

風小雅熬過了那個晚上。風樂天也終於找到了為他續命的方法——用七股真氣控制住正經十二脈和奇經八脈，助其行動。

風小雅就此活了下來，今年二十五歲。

可謂是傳奇人生。

如今，與他同歲的時鹿鹿卻說，自己的病比風小雅還特別！

看看忽然意識到：吃吃說的也許是對的——此人真的看上了姬善，正在拚命想方設法地想要吸引她的注意。

當她想著吃吃時，吃吃就回來了。車簾掀起，她臉上帶著激動亢奮之色，飛快道：

「我打聽到了！是真的！鶴公要娶胡九仙女兒的婢女為妻！」

「婢女？」走走一怔。

「正妻？」看看詫異。

姬善皺眉。「為什麼？」

「鶴公兒時不是有個未婚妻嘛？在他十歲那年去幸川為他祈福時被人販略走，自此下落不明。如今找到了！就是那個婢女！叫什麼茜色！」吃吃說著流下淚來。

走走心疼地安撫她道：「天下何處無美男，想開些。」

「我不是嫉妒，我是感動啊！」吃吃索性放聲大哭。「太感人了，十五年兜兜轉轉竟還能破鏡重圓、分釵合鈿……」

姬善騰地起身道：「看好喝喝。」說罷跳下車消失不見。

眾人一怔。

吃吃奇道：「善姊去哪裡？」

「好奇怪，我還是第一次見她反應這麼大……」看看也不禁質疑起自己的判斷。

榻上的時鹿鹿收起笑容，喃喃道：「我能變蘭……」

然而無人理會。

姬善站在胡府對面，看著彩禮被一擔擔地抬進側門，圍觀百姓指指點點、議論紛紛。

「不愧是鶴公，娶個婢女都如此大手筆！」

「那可是胡大小姐的貼身婢女，從小看慣了好東西，不下點兒本錢怎麼娶回家？」

「聽說是鶴公兒時失散的未婚妻，找了這麼多年終於找到了，真好啊……」
「可惜胡老爺失蹤了，現在的胡府亂得很，否則這樣的喜事，肯定風光大辦。」
「聽說冬至迎娶，然後就帶回燕國了。」
「冬至？好快，豈非三天後？」
「那個茜娘我見過，可好看了，真真郎才女貌……」
一個個聲音從耳畔劃過，一朵朵紅綢在眼前晃動，姬善的手慢慢捏緊，心中有一鍋水快燒開了，即將沸騰；而她，只能用鍋蓋死死壓住。
她深吸一口氣，扭頭問離得最近的一名路人：「請問，什麼樣的人能接到喜帖？我也想向兩位璧人當面賀個喜。」

「啪。」
姬善將一張喜帖拍在几案上。
四個婢女湊上前，圍觀右下角繪著鷟鸘圖騰的喜帖。
「這是……鶴公的喜帖？」
「對。」
「大小姐，妳怎麼弄到的？」
「從胡家人手裡買的。」
「買這個幹麼？妳要參加婚宴？」

姬善淡淡道：「不是我。」

「那是我？」吃吃不好意思地捂臉，左右為難道：「啊呀，我雖然很感動，但若真看見鶴公掀新娘子的蓋頭，肯定會嫉妒死的……」

「也不是妳。」

吃吃詫異地問：「那是誰？」

姬善輕勾手指引吃吃上前，在她耳邊說了一個名字。吃吃大吃一驚，整個人都呆住了。

「去吧，三日後就是婚宴，務必在那之前趕回來。」

秋薑走出船艙，被熱呼呼的海風一吹，頓覺有些不妙。

她所受的傷與尋常病症不同，最好在乾燥寒冷的地方休養，天一熱便胸悶氣短，呼吸不暢。

朱龍見她臉色難看，便道：「我去租輛車來。」

秋薑正要答應，一道聲音遠遠傳來。

「十一夫人！十一夫人……」

秋薑面色微變地朝著聲音來源處望去。

他們停泊在宜國最大的港口——槐序，這裡也是唯方最大的商港，共有四條港內航道。貨載船隻井然有序地出入於此，裝卸工們穿著統一的服裝忙碌著，整個畫面充滿秩序之美。

除了一輛車、一個人，格格不入地插在中間。那人站在車頂，穿一身耀眼的黃衣，衝秋薑揮舞長長的黃絲帶。

朱龍立刻飛掠過去，將她一把抓住，帶回船上。

那人噘起嘴巴，很不高興地說道：「我好心來迎，你們卻如此無禮！」然後，看著秋薑又「啊」了一聲：「真的有點像啊！」

「什麼？」

「哦，沒什麼。」黃衣少女從懷中取出一封信箋，遞到秋薑面前。「奉主人之命，送此物給十一夫人。」

朱龍伸手要接，黃衣少女忙道：「不行不行，主人說了，必須十一夫人親啟！」

秋薑淡淡道：「我沒興趣看，朱龍，送她下船。」

「妳怕有毒？沒有毒的！我幫妳打開！」黃衣少女連忙撕去信封，把裡面的喜帖展開給她看。

於是，秋薑就避無可避地看到了上面的字——

風小雅。

這三個字，跟另外兩個字「江江」並列寫在一起。

「鶴嚦華庭，琴瑟和鳴。幸有嘉賓，其秀其英。前姻再續，契闊重逢。冬至吉日，掃臺相迎。」

她的呼吸停止了。

耳鼓間響起急促的心跳聲：「咚咚咚咚」。

日居月諸，滄海桑田，光陰一瞬間過去了許多年。

再然後，睫毛輕輕一顫。

呼吸，恢復了。

黃衣少女睜大眼睛盯著秋薑的臉，發現此人竟然毫無變化，不由得很是失望，不甘道：「看見沒？鶴公要成親了！」

「哦。」

「妳不驚訝？不著急？」

秋薑玩味地看著她，問：「妳是誰家的小丫頭？」

「我是誰不重要！重要的是妳夫君！他要娶那個茜色了！」

「第一，妳叫我十一夫人，這是他第十二次成親，又不是第一次，有什麼好驚訝的？第二，他已不是我夫君，我收了休書，現一別兩清，他愛娶誰娶誰，有什麼好著急的？」

黃衣少女氣餒道：「我連夜趕了一百多里路，腿都快跑斷了，沒想到妳竟是這個反應……」

「所以，妳究竟是誰家的丫頭？為何要送喜帖給我？」

黃衣少女轉了轉眼珠，嘻嘻一笑道：「妳猜。」

秋薑打量著她，悠悠道：「妳是吃吃嗎？」

黃衣少女大吃一驚，問：「妳怎麼知道！」

秋薑取過几上一本小冊，丟給她。吃吃接住一看，密密麻麻全是字，又合上了，道：「哎呀，這麼多字，妳直說吧。」

秋薑輕笑一聲，道：「妳無父無母，從小跟著姑姑雜耍賣藝。五年前，妳姑姑途經圖璧，感染風疾，恰逢姬善路過。但她沒能救活妳姑姑，妳姑姑病逝。走走見妳機警可憐，便收留妳，一同侍奉姬善。」

吃吃一怔，連忙重新翻開小冊，匆匆看了幾眼，道：「原來妳一直在調查我們啊？」

「畢竟事關『姬忽』，怎會不多留意？」

吃吃瞪著她，忽道：「我們也知道妳的事。」

秋薑淡淡道：「既知道，便該好好躲著、藏著，怎麼還敢到我面前挑釁？」

雖然她的表情很平靜，聲音也很輕柔，卻讓吃吃覺得不寒而慄，她忍不住搓了搓手臂道：「不是挑釁，我們急著來告訴妳，就是希望妳快去阻止風小雅娶親！」

「為什麼？」

「什麼為什麼？妳明明喜歡他，他喜歡的也是妳，怎麼能——」

秋薑沉下臉道：「朱龍，把她丟下船！」

「我還沒說完呀……」吃吃掙扎道，然而朱龍抓著她，就像老鷹抓著黃鸝一樣輕鬆，一把扔了下去。

吃吃在空中幾個翻身，堪堪落在馬車頂上，她還待要鬧，朱龍沉聲道：「速速離開，否則抓妳回璧。」

吃吃一聽，轉身就跑，一溜煙地消失不見。

朱龍道：「她留下了馬車。要用嗎？」

「有何不可？」

「怕動過手腳，會被追蹤。」

「我們才剛靠岸，對方便趕來了，你覺得，我們的行蹤保密得很好？」

朱龍一怔道：「姬善竟有如此能力？」

「姬善逃出璧國，為何不去燕也不去程，獨獨來宜？」

「莫非……她在宜也有所求？」

秋薑翻轉著手中的喜帖，幽幽道：「看來姬善身上的祕密，比起我……只多不少。」

客棧二樓。

看看趴在窗邊用靉靆遙望著車水馬龍的胡府，嘖嘖道：「胡九仙失蹤，胡家本在內訌，結果風小雅一來，都偃旗息鼓了。」

走走道：「不看僧面看佛面。鶴公背後可是燕土。大家想來會看在他的面子上，不太為難胡大小姐。」

「那也得這門親事成了才行。」看看勾起一個冷笑，道：「我有預感，吃吃回來之時，就是風小雅悔婚之際。」

走走情不自禁地看向內室——一門之隔的裡間，姬善正在為時鹿鹿施針。

於是她靠近看看，壓低聲音道：「大小姐真讓吃吃把喜帖送去給姬大小姐了？」

看看點頭。

「姬大小姐真的……是鶴公的十一夫人秋薑？」

看看再次點頭。

走走臉上的表情有些複雜，道：「原來大小姐知道姬大小姐這些年的行蹤……那她是在為姬大小姐著急？」

「說起這個……」看看突生好奇地問：「她們兩個見過嗎？」

四人中，只有走走是姬家的家生奴，從小就在姬府長大，也因此，只有她至今改不了口，依舊用「大小姐」一詞稱呼姬善。

「我爹是姬府的車夫，我從小幫著爹爹餵馬擦車，直到十三歲才被夫人提拔去服侍大小姐。我見到大小姐時，姬大小姐已不在了，所以不知她們是否見過。」走走想了想，又道：「但我覺得，應該是見過的，不然不會那麼像。」

「妳見過姬善嗎？」趕車的朱龍問秋薑。

「見過。」秋薑靠在窗邊，看著十二月的宜境繁花如簇，腦海中卻浮現出十二月的圖璧——雪虐風饕。

其實圖璧處於燕和宜之間，既不太冷也不太熱，氣候最是宜人，很偶然才會下雪。

而她初遇姬善那天，便在下雪。

她的書房叫陸離水榭，建在湖中，三面臨水。那一天，雲尚宮來教她插花，她因即將去如意門而心情鬱卒，很是敷衍地把瓶插滿，起身就想回屋歇著。

雲尚宮的戒尺「啪」的敲在了几案上。

她只好再次坐下來。

看著插得滿滿當當的花瓶，她心中生出許多不忿，還有一些不服，忍不住問：「請問尚宮，我插得有何問題？」

「大小姐不是插，是堆放。」雲尚宮起身，繞著几案走了一圈，緩緩道：「我一開始就說過，插花要考慮花瓶放在何地，是否合宜。花開一個景，花敗又是一個景，是會變的。學插花，學的是耐心，養的是情趣，修的是德行。妳不該輕慢。」

姬忽想了想，忽一笑道：「尚宮誤會了，我正是想著這瓶花插好了，要擺在阿嬰床頭，才如此做的。」

雲尚宮一怔。

「阿嬰的房間一本正經地無趣死了，顏色加起來都不超過三種。所以，插這麼一瓶五顏六色、奇形怪狀的花送過去，正好彌補缺陷。尚宮，這瓶花放在那裡，合不合宜，外人說了不算的。」說到這裡，她揚聲道：「來人，把這瓶花送去公子榻旁，問問他，喜不喜歡。」

婢女上前捧走花插，雲尚宮想說什麼，終復無言。

當時天很陰，水榭很冷，她見沒法回寢屋，便索性起來踱步，就在那時，看見了琅琊。

琅琊站在三丈遠外的湖邊，靜靜地看著她。母女倆對視了好一會兒，她有很多很多話要說，卻又不知從何說起。

過了很久，她才注意到，母親身邊站著一個人。

那人戴著冪籬，纖細嬌小。她心中立馬明白過來——那是母親為她找的替身。

於是心底那些洶湧湍急的話語，一瞬間，枯竭乾涸。

琅琊帶著替身走進水榭，與此同時，送花的婢女也小跑著回來了，得意地看了雲尚宮一眼，道：「回尚宮，公子說他非常喜歡那瓶花，謝謝大小姐！」

雲尚宮注視著姬忽，嘆了口氣，道：「大小姐是天之驕女，出生起便迎合者眾。這是幸事，但居安思危，也要想想若有一日出去，遇到的他人是否也如公子一般，能讓著妳。」

一語成讖，亂箭攢心。

姬忽的臉瞬間沒了血色，她本就冷，這會兒，更是無法遏制地全身顫悸起來，最終從齒縫間逼出一個字：「滾。」

雲尚宮大驚道：「大小姐？」

「我說——滾。」

雲尚宮回身看向琅琊道：「夫人！她……」

琅琊淡淡道：「今天就到這裡吧，妳們送尚宮回去。」

雲尚宮一怔，羞惱著揮袖而去，婢女們連忙相送，如此一來，水榭只剩下她們三個人。

琅琊並不看姬忽，而是側頭問那個替身：「妳怎麼看？」

替身答：「插花是世間最無用之事，大小姐早棄早好。」

姬忽的目光閃了閃，冷冷地看著她。

琅琊卻「哦」了一聲，問：「為何？」

替身上前幾步，看著一案的鮮花道：「現在是冬天，大小姐這裡卻有這麼多花，天寒地凍的，花農不知耗費多少心血才讓這些花提前開放，再一路小心翼翼地呵護著送過來……真想磨耐心、養情趣、修德行，應去種花，那才是命。而這些，離了土、截了枝，死物罷了。欣賞插花，跟欣賞死屍何異？」

琅琊挑了挑眉，轉頭看向姬忽道：「現在，妳怎麼看？」

姬忽心底那股發不出又壓不下的氣，不知為何，因這一番話煙消雲散。她定定地看著對方，道：「摘下冪籬。」

替身沒有摘帽，只將垂著的黑紗挽起，露出了她的臉——

空中忽然飄起雪花，她的笑臉在雪花中，像是一株白梅，悠然綻放。

「我一直覺得，姬善並不像我。」秋薑緩緩道：「她見我的第一面，雖然在笑，但我一看就知道她其實是個不愛笑的人。不像我，我很愛笑，只是後來，不得不笑。」

朱龍理解這句話，他也是見過姬善的人。「我被公子選中時，見到的姬大小姐，已是她了。當時只覺她性子『狂野』，不像個正經閨秀。」

秋薑忍不住笑了，道：「難道我像？」

「妳像。」朱龍深深地看著她，輕聲道：「妳身上有跟公子一樣的氣息。她沒有。」

秋薑的睫毛顫了顫，繼續道：「姬善是個可憐人。」

「如何可憐？」

「姬達不是病逝的，是餓死的。」

朱龍一怔。

「姬達在汝丘，本有田地無數，因兒子嗜賭，全輸了，眼見連兒媳孫女都要賭出去，姬達攔阻時失手殺了兒子。」

朱龍一驚。

「姬達出家贖罪，兒媳元氏感念他的恩德，繼續留在身邊侍奉。嘉平十八年，汝丘飢荒，姬達把僅剩的口糧留給她們娘倆，自己每日只吃香火，活生生餓死了。」秋薑說到這裡，感慨萬千。「此事夾雜在一堆閒事裡報至本家，就一句『汝丘分支姬達病逝』。」

一人之命，一家之苦。一隅之災，隔著千山萬水、人情世故，不過是短短一行字，兒時的她，雖看見了，唏噓了一下，轉頭也就忘了。

「但姬善後來因禍得福，雖成了妳，但起碼活下來了，還活得不錯。」

「不錯嗎？」秋薑嘲弄地一笑，道：「我看見她的臉，想起姬達的事情，便問她……」

「當年飢荒，為何不寫信來？」

「祖父要面子，不肯。我寫了，但郵子要一擔穀當報酬，我跟他說我是寫信去要穀子的，能要到就分他一半，他不肯，最後沒談成。」

姬善說這番話時，沒什麼難過的表情，雲淡風輕的，這令姬忽很驚奇。她們都是九歲，姬忽卻自認為做不到這般淡定。姬善身上有一股子風雨裡掙扎著成長的韌勁。莫非，真是窮人的孩子早當家？

於是她問了第二個問題：「妳喜歡這裡嗎？」

「什麼？」

「這裡，房子、園子、花草、衣飾，一切……」

「當然喜歡。」姬善低下頭摸了摸身上的新衣裳，道：「這上面還有暗花，我娘也會繡，但太費時間了。她的手藝是要拿去跟人換錢的，不會用在家人身上。這是我第一……哦不，第二次穿花衣裳。」

「留在此地，妳會有更多的花衣裳。」

姬善抬起頭，直勾勾地盯著她。

被一個很像自己的人這麼盯著，感覺就像是在照鏡子了，照出了一些平日裡忽略的東西。

姬忽忍不住想：姬家的大小姐原來一點也不重要，誰都可以來當。如意夫人卻不可以，必須我繼承。二者的區別是什麼？就像我和姬善，我們之間的區別又是什麼？

姬善伸出手，從几案上拿起一枝黃花郎，道：「大小姐知道這種花的吧？這麼多花裡，它最不值錢，鄉間野外到處都是，風一吹，嘩啦啦地四下飛……我的小名叫揚揚，由此而來。」

「揚揚？」

「對，因為我不想待在一個地方，等我長大了，要到處走走看看。」

「看什麼？」

「看別處的風景，看別人的生活，看不屬於自己的世界。」

「以何為生？」

「治病。」

「令祖還教過妳醫術？」她只聽說姬達會煉丹。

「他沒有。但他有個朋友是大夫，一直在幫他看病，教了我很多。」

「所以，妳想懸壺濟世、行醫天下？」

「反了。我是為了行觀天下，才醫人為生。」

姬忽聽到這裡，忍不住笑了，道：「我認識一個人，他叫玉倌，和妳一樣，也痴迷醫術。」

姬善的目光閃了閃，道：「我知道他。」

「有機會介紹你們認識……」姬忽說到這裡，聲音戛然而止，想起自己根本沒有機會引薦二人。她和她，自此之後，只能有一個，出現在世人面前。

姬忽的眼淚忽然流了下來。

琅琊表情頓變，剛要喝止，姬善已上前兩步，伸手捧住姬忽的臉，道：「一定有機會的。」

她說得那麼堅定，然後又露出了燦爛的、甜蜜的、像這個年紀所有孩童一樣天真的笑容。「一定。」

「我跟她共處了三日，三日後，便去了如意門。臨行前，母親問我還想要什麼，我說——請名醫教導姬善，再資助她錢財，讓她盡可能地出去走走看看。我和她都為了家族身困樊籠，不得自由，但起碼讓她在出嫁之前，可以快活一些。」

「難怪姬善後來時常外出遊玩……」朱龍想著後來那個驕縱肆意的天下第一才女姬忽，再看眼前蒼白虛弱的秋薑，心頭一陣唏噓。

「我跟姬善說，揚揚可以是黃花郎，但姬忽，必須是一株寒梅，無論遭遇什麼困境，都要用最美的姿態傲然地展示給世人看。」秋薑停一停，沉聲道：「她……做到了。」

「但她也……逃了。」

公子一薨，姬忽便帶著四個婢女逃離端則宮，從此不知去向。沒想到今天突然露出行蹤，竟也來了宜國。

朱龍看著吃吃留下來的喜帖，遲疑道：「現如今她如此急切地想把妳引去胡府，應該不只是簡單的挑釁和看熱鬧，必定另有原因。」

秋薑也看著喜帖，眼眸深深，難辨悲喜，道：「管他什麼原因，我不去。」

「那妳說，姬大小姐接了喜帖，會來嗎？」走走問道。

看看眺望著胡府，沉吟道：「那就看她認為自己是誰了。如果是十一夫人秋薑，肯定會來；如果是姬忽，不應該來。」

「我不了解姬大小姐，但我了解大小姐。大小姐想要她來，肯定會逼得她不得不來。」

秋薑被朱龍抱上吃吃送來的馬車，車裡竟然放了四桶冰，散發著絲絲冷意，讓她悶躁不已的身體立馬舒緩許多。

朱龍的臉色卻不太好看，道：「她知道妳受了傷？」

秋薑撫摸著桶壁，若有所思。

就在這時，朱龍眉毛微動，手臂一伸，從車下拖出一人。

「啊呀！輕點兒、輕點兒……」那人連忙求饒，衝二人討好一笑，竟又是吃吃。

「妳還沒滾？」朱龍沉下臉道。

「我本都要走了，突然發現身上有個錦囊，打開一看，就只好回來了。」吃吃把錦囊遞給秋薑。

秋薑依舊不接，她只好再次自行打開，道：「喏，裡面寫著——妳若不去，風小雅必死。」

秋薑的睫毛又不受控制地顫了一下。

「妳猜得沒錯。」伴隨著這句話，姬善從內室走了出來，走到水盆旁一邊淨手一邊道：「我給了吃吃一個錦囊，上面寫著如果姬忽不肯來，就告訴她，風小雅要死了。」

走走一驚，繼而失笑道：「大小姐軟硬皆施，先用親事誘她，誘不成，就逼她來。」

看看卻道：「不過，如果姬忽真的就是秋薑的話，我估計她還是不會來的。」

走走道：「為什麼？」

「因為傳說中的秋薑性格堅毅，軟硬不吃。」

秋薑看著吃吃，輕嘆了口氣，道：「姬善憑什麼覺得，她能殺得了風小雅？」

吃吃的手一緊。

「據我所知，這些年無數人想殺風小雅，無數人覺得他會死，但他始終活著。」秋薑的聲音輕柔，還藏了一分她自己都無法否認的驕傲。「而姬善，這幾年銷聲匿跡、東躲西藏，都無法出現在陽光下。如此喪犬，憑什麼決定風小雅的生死，又憑什麼操縱我？」

吃吃的表情變得有些古怪，她深深地凝視著秋薑，一字字道：「妳會去的。因為，錦囊上還有一句話——要殺風小雅的人，是茜色。」

「有的人確實言出必行，說此生不見，就真的不見。哪怕對方要死，也不肯破壞誓言。但是……若禍端因她而起呢？」姬善淡淡道。

「什麼意思？」

「秋薑告訴風小雅，茜色就是他從前的未婚妻江江。於是風小雅來找茜色，要娶她，彌補曾經的遺憾。但如果，茜色，也就是江江，她要殺風小雅呢？」

「她為什麼要殺風小雅？」

「因為身分改變了。而且，已過去了十六年。」

「什麼意思？」看看不解。

「意思就是，人是會變的。」

「妳為何如此肯定茜色變了？」看看疑惑道。

姬善微微一笑，沒有回答。她轉過頭望向窗外，十二月的宜境陽光明媚，候鳥被這宜人氣節所惑，來此越冬；人類被這琳琅春光所引，踏青歡遊。

萬物至此皆忘了——十二月，本是冬天。

所謂來宜，不過是「奪天地之造化，侵日月之玄機」的陷阱一場。

黃色身影如同黃鸝飛走，這一次，是真的走了。

卻把無窮的疑惑和巨大的麻煩留在馬車上。

秋薑拿喜帖的手有點抖，朱龍看見了，擔憂道：「姬善的話，未必可信。」

秋薑無奈地笑了笑，道：「她模仿我多年，可算是這世間最了解我的人。」知道她的軟肋是什麼，知道她會被什麼打動。

最重要的是，江江被如意門所控，從九歲到二十五歲，十六年時間，足夠改變太多東西。

「我們去鶴城。」她心中做出決定，道：「我去見一見江江。」

只見江江，不見風小雅。如此，便不算違誓……吧？

「我雖解不了巫毒，但可暫時將毒全都逼至丹田，如此一來，你能恢復一點兒行動力，不必一直躺著了。」

當時鹿鹿從昏迷中悠悠醒來時，聽見坐在一旁搗藥的姬善如是說。

他有些痴迷地盯著她的雙手，沒有接話。

姬善將搗好的藥揉成丹丸，轉身餵入他口中，然後道：「試試。」

時鹿鹿緩緩抬起手，雖然還是虛弱無力，但真的能夠動彈了。而當他能夠動彈時，第一個舉動就是將手伸向姬善的臉——

姬善「啪」的將他的手打落，道：「做什麼？」

「妳說讓我試試，我就想試試能不能摸到妳的臉。」時鹿鹿沮喪道：「原來還是不能。」

姬善冷哼一聲，開始收拾藥箱。

時鹿鹿抱怨：「不公平，妳把在下摸了個遍，在下卻連想摸摸妳的臉都不行。」

「我是大夫，你也是？」

時鹿鹿眼睛一亮，道：「其實，我也懂一點點醫術的，哦不，是巫術。」

「哦？」

「巫醫治人，用的其實是巫術。我在伏周身邊多年，聽了很多，也學了很多。」

姬善挑眉道：「你不是說——伏周鮮少說話？」

「她不說，可巫女們會說呀。所以，如果真想讓喝喝看巫醫，可以先讓我試試。」

姬善顯得有點心動。

於是時鹿鹿伸手輕輕拉住她的袖子一角，笑得更加親暱，道：「試試嘛，又不吃虧。」

姬善垂眼看著自己被拉住的那片袖子，緩緩道：「接下去，你是不是要問，喝喝什麼時候生的病？因何生的病？」

「心病需要心藥醫嘛，總要先了解她。」

「然後，你會旁敲側擊出我的真實身分。」
「啊，這個……」
「接著，你會找到機會逃脫。」
時鹿鹿不笑了，睜著一雙黑漆漆的大眼睛，靜靜地看著她。
「最後，你甚至可以出賣我，去換取一些東西。」
時鹿鹿嘆了口氣，道：「妳總是把人心想得這麼壞嗎？」
「因為，你就是個壞人啊。」姬善驟然湊上前，在近在咫尺的距離裡盯著他的眼睛，冷冷道：「你自稱小鹿，以無辜示人，但養過鹿的人都知道，鹿在攻擊前，都會給人『鞠躬行禮』。鞠躬次數越頻繁，就表示牠越性急。」
時鹿鹿眼神一漾，依舊淺笑吟吟，道：「那我既是病人，又是壞人，大小姐是否對我更感興趣了？」
姬善一怔，然後就發現自己錯了。她為了威懾而靠得很近，此刻卻被對方反利用了。如此近的距離裡，時鹿鹿的眼瞳像是兩個深不見底的漩渦，能將一切吞噬。
她預感到危機，想要撤離，卻發現自己無法動彈。
「我都說了我會巫術啊……阿、善……」時鹿鹿的聲音恍如嘆息。

「我回來啦！」吃吃歡快地推門而入，卻發現客房外室空空，沒有人影。「走姊？看姊？喝喝？人呢？」

她抬腿就要進內室，卻聽裡面傳出姬善的聲音：「我在針灸，先別進來。」

「哦，好的。她們呢？啊呀不管了，我快餓死了，先去吃點兒飯……」說著，吃吃又蹦蹦跳跳地離開了。

內室，姬善盯著時鹿鹿道：「原來你還會口技。」

剛才那句別進來，是時鹿鹿說的，不是她說的。

「所謂巫術，本就是一切裝神弄鬼之術的結合啊……」時鹿鹿一邊輕笑，一邊伸出手，再次摸向她的臉。

姬善極力想要躲避，卻是徒勞，只能眼睜睜地看著那雙手越來越近、越來越近，不由得渾身戰慄。

「害怕嗎？」時鹿鹿笑得越發開心，道：「別怕，我很溫柔的。」

他的手，真的很溫柔地攏上她的臉龐，用指背輕輕地蹭了蹭，就像是被小鹿蹭頭。

「所以，其實還是可以摸到的，對不對？」然後，他的眼瞳又深了幾分，隱透出被壓抑著的慾望。「我還想親親妳。」

姬善咬牙道：「你會後悔的。」

「我說過要滿足妳一個願望。如果不想被親，現在許願還來得及。」說著，時鹿鹿的手扣住她的脖子，一股力道傳來，姬善不受控制地俯下腦袋。

他的嘴唇因為病情緩解，恢復了紅潤，像是一枚飽含瓊漿的鮮果，等待採擷。

可惡，明明是登徒子，卻長了一副純潔無辜好欺負的模樣。

「快許願啊……」時鹿鹿的聲音又輕又軟，宛如情人的呢喃。

「為什麼……非要我許願？」姬善也說得很小聲，她不得不小聲，因為靠得實在太近了，嘴唇動得稍大一些就會碰到。

「我這樣的人，是不可以欠因果的。妳救了我，我還了願，兩不相欠，多好？」

「是挺好的，但你如此重視，反讓我覺得這個願不能輕許，一定要用在最關鍵的地方。」

「現在不是關鍵之處？」時鹿鹿的目光從她的唇往下，看向了更隱祕的地方。

姬善嗤笑一聲，道：「有件事你不知道——我是嫁過人的。」

時鹿鹿「啊」了一聲，但眼中笑意不減，道：「這樣啊，那更好，妳教教我。」

姬善皺眉。

「阿善。」他呼喚她，聲音甜甜地道：「妳救了我，我要報答妳。」

「救你的是吃吃、看看，你應該報答她們。」

「但讓我活過來的是妳啊，現在，讓我能動的也是妳。」

說到這個，姬善就想搧自己幾耳光。她被自己的醫術蒙蔽了眼睛，總覺得此人劇毒仍在體內，筋脈依舊亂跳，無法使用武功，手無縛雞之力。誰能想，還有這麼邪乎的巫術呢？

時鹿鹿軟綿綿地道：「阿善，快阻止我呀，不然，就真要糾纏不清了……」

姬善眼神微動，突然冷笑道：「那就糾纏不清，誰怕誰？有本事，親啊。」

時鹿鹿的笑容消失了，死死地盯著她。

姬善挑眉道：「你不敢，對不對？」

「不敢？呵……」

「你有一個祕密。這個祕密束縛著你，不敢欠人因果，更不敢跟人相交太深。因為你知道，這一親下去，就回不了頭了。」姬善說完，又補充一句：「不信試試。」

時鹿鹿的眼神起了一連串變化，就像是硯臺中流動的墨汁，注入新鮮的清水後，漸漸淡化。

他別過頭去。

姬善只覺身體一鬆，能夠動了，第一反應就是「啪」的搧了他一巴掌。

時鹿鹿不怒反笑道：「這麼生氣？」

姬善又撲上去，一通猛揍。時鹿鹿呻吟道：「啊呀！輕點兒、輕點兒……」

就在這時，吃吃蹦蹦跳跳地回來了，道：「善姊、善姊，我跟妳說……」

她的聲音戛然而止，張大嘴巴看著眼前的一幕，然後又捂住眼睛，扭身就跑，道：「你們繼續，我出去找找她們……」

「等等……」姬善想叫住她，然而吃吃已經一溜煙跑沒影了。

姬善氣喘吁吁地罷手，看著時鹿鹿有點頭疼。她不會武功，控制不住此人，雖揍了一頓，也只讓他受了點兒皮肉小傷。

時鹿鹿睨著她，輕笑道：「氣消了嗎？沒有就再打會兒。」

姬善沉聲道：「你究竟是誰？」

「我真的從不說謊。」

「你父親是誰？」

時鹿鹿的目光閃了閃，有些遲疑。

姬善意識到自己終於抓到關鍵所在，道：「你身上有個大祕密，伏周不殺你，除了想知道巫族的隱祕，還因為——你身分特殊。能讓你母親不惜背叛巫神也要為他生兒育女的那個男人……是宜先帝祿允嗎？」

時鹿鹿臉上沒有任何表情。

於是姬善知道，自己猜中了。

時鹿鹿反覆重申自己從不說謊，又一直表現得很軟柔、很愛笑，那麼當他不笑時，就是被說中了，笑不出來了。

「有意思。」姬善細細打量著他，道：「這麼一看，你跟赫奕有點像。」難怪她初見此人便覺得眼熟。現在想來，雖然眉眼五官不像，但都很白很高很瘦很有氣勢。赫奕有風流肆意的成熟氣質，時鹿鹿則更少年。

「難怪祿允要去問伏周，選誰繼位。你也在他的考慮範圍之內啊……」

宜王和巫女苟合，是為瀆神。

瀆神的孽種必須殺死。但因為他是王的血脈，不得不留……

難怪伏周要把他關在聽神臺，親自看守十五年。

「赫奕知道此事嗎？」

時鹿鹿搖了下頭。

也對，若赫奕知道，必不能像如今這般自在快活。

「你說你從不說謊，那麼，我要問你最後一個問題——你如此拚命地逃出來，想做什麼？」

時鹿鹿反問：「真的是最後一個問題？」

「是，然後我會決定，是把你交給伏周，還是放了你。」

時鹿鹿看著她，看了好長一段時間。

姬善覺得他的臉真的非常有迷惑性，柔軟又羞澀，乖巧又靈秀，散發著楚楚可憐的氣質，特別能引發人的保護欲和討好欲，想要讓他過得好一點兒。

她之前大概就是被這種氣質不知不覺所惑，讓他恢復了行動力。

縱然一向自認心冷如鐵，也著了美色的道啊。

時鹿鹿的睫毛輕輕揚起，終於開口：「我若不答……就可以繼續跟著妳？」

姬善沉下臉道：「不。不答，就把你送給赫奕。」

時鹿鹿嘆了口氣，笑道：「阿善，妳可一點兒都不善良啊。」

「別廢話，快說！」

「那麼，聽好了……」時鹿鹿側頭，用黑漆漆的眼睛盯著她道。

姬善立刻閉眼，以免再中那個什麼見鬼的巫術，耳畔聽見那個又軟又甜的聲音緩緩道——

「誰告訴妳，我是『逃』出來的？」

姬善心中「咯噔」了一下，想睜眼，卻發現眼皮沉如千斤，竟睜不開；想動，卻發現自己再次不能動了。只有那個聲音，那個討厭的聲音，像條靈巧的小蛇一樣，又冷又壞又調皮地一個勁往她耳朵裡鑽。

「我都跟妳說過，我能變繭呀……還有，妳肯定在想，都閉眼了，怎麼還中招？誰告訴妳，巫術是用眼睛施展的？」

姬善腦海中瞬間閃過了一些畫面，震驚地發現：時鹿鹿確實從沒說過他是「逃」出來的，也說過他的病比融骨之症更特別。再聯繫巫女們吟唱的巫曲、聽神臺的名字……

「是聲音！」

「答對了，不愧是阿善，真聰明。」

那聲音笑，笑得她很癢。

「巫用耳朵接聽神諭，再用聲音蠱惑世人……」

「是嘆氣。」姬善咬牙道，憤怒於自己這會兒才發現這一點。「你每次施展巫術之前，都會先嘆口氣！」

「啊呀呀，妳這麼聰明，我很為難啊。殺了妳，捨不得；放了妳，會糟糕……要不，妳也回答我一個問題，我來決定——是殺了妳，還是，放了妳？」

溫熱的氣息，靠近了她的耳朵。此刻的時鹿鹿，近在咫尺。

「你問。」

時鹿鹿又笑，笑得她更癢了。「妳找伏周，真正的目的是什麼？」

姬善剛要回答是幫喝喝看病，耳上一痛，竟是被他輕咬了一口。

「雖然妳是個滿口謊言的人，但這一次想好了，要不要誠實一回。」

姬善渾身都在戰慄。

耳上又一熱，竟是他開始舔咬過的地方，溼漉漉、熱呼呼，像小鹿舔舐青草。

「我……」她屈辱地、艱難地開口：「我知道她不想當巫女，更不想當什麼狗屁大司巫。我、我……我想問問她，要不要，救她離開。」

話音剛落，耳上的觸感消失了，緊跟著眼上一熱，卻是時鹿鹿用手揉了揉她的眼皮。

姬善發現，能睜眼了，當即睜開眼睛——

光影鋪呈，萬物浮現，輕柔絢麗的那張臉，再次沒有了笑容。

「妳……」時鹿鹿眼神複雜地問：「認識伏周？」

「是。」

「什麼時候的事？」

「十六年前。」在姬善，還住在汝丘連洞觀時。

那時候的伏周，不叫伏周，叫十姑娘，因病在觀中靜養。

姬善經常去跟她聊天。她確實是個不愛說話的人，總是姬善單方面地說，她從來不答。

但有一天，姬善爬上樹把掉在地上的麻雀送回巢裡，樹枝突斷，她掉下來，心想「完了、死定了」時，坐在窗前的十姑娘突然飛出披帛捲住她，救了她。

姬善覺得她人美心善，更加喜歡她。但她還是不說話，也不拒絕，任姬善各種自來熟地纏著她。

然後有一天，觀中來了很多很多人，娘說是來接十姑娘回去的，她很捨不得，準備一堆禮物想送她，結果，就看見十姑娘在哭。

靜靜地哭。

姬善問她：「妳不想回家嗎？」

十姑娘終於說了認識以來的第一句話——

「那不是家。」

「你說得對，欠的因果都是麻煩。她於我有救命之恩，我小時候沒有能力償還，現在……」

「現在，妳覺得妳有能力了？」時鹿鹿看著她，眼神出人意料的冰涼。

「總要試一試。」這是姬善虧欠的最後一件事，只要還了，從此就是自由身，就能真正的行觀天下，毫無牽掛了。

姬善凝視著時鹿鹿，問：「說完了。殺，還是放？」

若真像他所言，不能虧欠因果，就斷不能殺，他只能放。

但她知道了此人如此多祕密，捫心自問，如果是自己，肯定不會放。

時鹿鹿，你到底是個什麼樣的人，真的從不說謊嗎？也從不虧欠因果嗎？就讓我，驗證一下吧。

姬善想到這裡，挑眉一笑。有些祕密，就像是壓在心頭的巨石，說出去雖會造成毀滅，卻也能獲得解脫。此刻她就覺得自己輕鬆了許多。

結果，時鹿鹿也學她的樣子挑眉笑了笑，當笑容再次出現在那張臉上時，他就又恢復成那個溫軟如棉、無害似鹿的好脾氣少年，道：「我殺過很多很多人。」

姬善一怔。

他忽然伸出手，捧住她的手，像摸著世間至寶一般，小心翼翼、愛不釋手，道：「可妳有一雙世上最美的手——釋藥理、延壽限、生骨肉、活人命。」

姬善不解地看著他。

時鹿鹿抬眸，直勾勾地回視著她，嘆道：「阿善，妳這樣的人……應該活著，很好很好地活著。」

姬善突生警覺——他又嘆氣了！然而已來不及，視線陡然一黑，萬物失去輪廓，她暈了過去。

「阿善……」那聲音輕微悠遠，彷彿只是幻覺，「希望妳我再無相見之日。不然，就真的，非殺妳不可了……」

秋薑默默地注視著車窗外的景色，馬車進入城門後，一路北行。

這是她第一次來宜國，便認定了一件事：她不喜歡宜國。

且不說這見鬼的天氣讓她胸悶氣短透不上氣，家家戶戶供奉巫像也讓她頗為不適。在她的認知裡，巫蠱之術曾試圖擴張入璧，然後被當時的璧王荇樞下令驅逐了；再加上民智早開，用恩師言睿的話說就是「沒文化的人才信巫」。當然，言睿對佛道也很不屑，他是個不信鬼神之人。

秋薑於此刻想起恩師，心中既柔軟，又悲涼。她想快點抓回頤殊，好回璧看一看。

「巫像口中含的是什麼花？」

朱龍答：「據說叫鐵線牡丹，伏怡最早發現這種花能解蟲蛇之毒，救了很多人。」

「有點意思……」

說話間，馬車在一家名叫「和善堂」的藥鋪門前停了下來。

秋薑戴上冪籬下車。

鋪內迎出一名夥計，朱龍道：「我們從程國而來，我家夫人得了怪病，遍尋名醫都束手無策，聽聞您這有位姐婆，九分靈驗，特來求取三兩三錢三文的良方。」

夥計忙將二人請了進去，帶上二樓隔間，道：「夫人稍候，我這便請姐婆上來。」

秋薑留意到窗臺上也種著花，正是鐵線牡丹；再看東牆，上面懸掛著一個絲線編織的符結，巴掌大小，也是鐵線牡丹的形狀，正中央繡了一個嘴巴，上唇紅色、下唇黑色。

朱龍在一旁解釋：「這是伏怡的圖騰，懸掛這個，代表這戶人家信奉巫神。」

「那耳朵又是什麼？」秋薑指著西牆問。那上面也掛著一個符結，同樣是鐵線牡丹，卻繡了個耳朵，耳郭上還繪製著紅色的紋路。

「這是伏周的圖騰，懸掛這個，代表她曾賜福給這戶人家。」

秋薑頗有些意外地揚了揚眉。

「姐婆是如意門安插在巫神殿的巫女，因廚藝過人，被破例提拔為上一任大司巫伏極做飯，直到伏極飛昇才離開神殿，來此藥鋪坐鎮，為鄉鄰看一些疑難雜症……」

「飛昇？」

「巫族認為大司巫不死，她們只是結束了人間的任務，被巫神召喚走了。」

這時門外傳來一連串飛快的腳步聲，到得門前停住，對方深吸了幾口氣後，才叩響房門。

朱龍將門打開，一個四十出頭、身形肥碩的巫女出現在門口，許是跑得急了，衣領溼了一大塊。

「琉璃門下十九李姐，拜見夫人。」巫女行了一個如意門的見面禮。

秋薑「嗯」了一聲：「只有妳一個嗎？」

「自收到夫人傳筆後，我便召集宜境內的所有同門，除了三個，其他人都到了，隨時等候夫人召喚。」

「哪三個？」

「一個是瑪瑙門的小十……我們沒有人知道他是誰……」

秋薑眉心微動，「嗯」了一聲。這個小十雖在她門下，卻一直是如意夫人直接調動，連她也沒見過，只知在她入如意門前便已去了宜國。《四國譜》裡記載，說此人是女性，擁有過人天賦，潛在宜宮，身分極為高貴，只能她主動聯絡如意門，如意門絕不能找她，以免打草驚蛇。

「一個是硨磲門的小六，如今在胡家的茜色……」

秋薑微微垂眼——江江不應如意門召喚，倒是可以預料。她得到了自己的名字，知道了自己的身世，還跟風小雅相認了，沒有必要再蹚渾水。

「還有一個是頗梨門的老十，她叫多麥，三天前死了。」

「死了？」

「是。她是唯一一個成功打進聽神臺的弟子，是伏周十二個貼身巫女中的一人。」

朱龍聽到這裡，補充道：「頤殊已落入巫族手中的消息，便是她核實的。」

秋薑注視著耳朵符結，忽問：「這個符結也是她弄來給妳的？」

李妲道：「是。大司巫威望頗隆，有這個更好辦事。」

「怎麼死的？」

「十日前，她說巫族逃了一個囚犯，奉命捕捉。一路都陸陸續續有消息傳回，但到東陽關附近消息就斷了。後從別的巫女那裡打聽到，確實死了，被那個囚犯殺了。」

「囚犯是誰？頤殊？」

「不，是一個叫鹿什麼的人。其他一概不知。」

「那伏周如何反應？」

「伏周決定下山。」

秋薑一驚，道：「不是說她從不離開聽神臺的嗎？」

「是啊，所以大家都很震驚。但具體何時下山，尚未得知。」

「伏周會武功嗎？」

「沒人見過她出手，只知道她的貼身巫女們很厲害。」

「那她下山，必會帶著巫女們……巫神殿是個什麼樣的地方？」

「巫神殿是巫族在鶴城的總部，位於城西的蜃樓山上，方圓十里戒嚴封路，除了巫族，任何人擅闖，都會遭到神譴。」

「王室也不能進？」

「除非有大司巫的手令，或者，陛下的聖旨。」

秋薑沉吟道：「好。目前可知三點：一，我們假設頤殊真在伏周手中；二，囚犯出逃，伏周決定下山；三，姬善也在鶴城，對我的行蹤瞭如指掌，並聲稱江江要在婚宴上殺風小雅，誘我來此……你怎麼看？」

朱龍想了一會兒，道：「明日必出大事。入局者，不僅僅是妳，還有伏周。」

「沒錯。有人要藉風小雅的婚宴拖住我們，並用囚犯將伏周和她的貼身巫女引下山，趁巫神殿戒備變弱之際，劫回頤殊。」

「會是誰？」

「等在神殿就知道了。」

李妲道：「我明日入山等著。我畢竟曾是前大司巫的廚娘，她們不會攔我。」

「好。此行危險，切切小心。」

李妲的眼眶紅了紅，道：「夫人還了我們姓名和自由，我們發誓要幫您擒回頤殊，還歸四海太平！現在所做這些，皆是自願。」

秋薑目光微動，垂下眼去。好像什麼也沒改變，如意門弟子拿回了名字，大多還是在從事原來的勞作，世情繁雜，依舊有很多的身不由己；但又真真切切有了些許改變，比如李妲狂奔而來時毫不遮掩的敬意，以及決定行動時明亮的眼睛。

那是一種名為希望的火，在他們的餘生，開始閃爍。

「大小姐？大小姐……」

叫誰呢？

「善姊？善姊……」

好吵……

「醒醒呀！快醒醒！姬忽來啦！」

姬忽？二字入耳，恍若驚雷，震得姬善一下子睜開眼睛。

四位姑娘全都圍在榻旁，緊張地看著她。

「妳可終於醒了！大小姐……」走走更是激動得哭了出來。

姬善的神思逐漸清明，騰地坐起來，扭頭一看，榻上空空，哪裡還有時鹿鹿的身影。

「那傢伙呢？」

「我不知道，我再回來時就剩妳睡在這裡……」吃吃吶吶道：「我還以為妳把他打死了埋了……」

姬善敲了一記她的額頭，道：「我是這樣的人嗎？」

「妳是！」三人異口同聲，只有喝喝睜大眼睛，表情茫然。

姬善翻身下榻，開始翻找四下。

「別看了，什麼也沒少，金葉子一片沒動。」看看道：「算他還有點良心。」

「不是找錢。」

「那找什麼？」

「針，我的針不見了。」她那套針與尋常針灸的銀針不同，乃是用足鑌打製，不但可以鑒毒，還永不磨損。平日裡都貼身藏著，因此馬車被燒時也沒丟。

「居然偷人吃飯的玩意！可惡，善姊，下次再見，我幫妳一起揍他！」吃吃破口大罵。

「再見？這種禍害再也不見才好，是吧，善姊？」

「算了。」姬善轉移話題：「姬忽現在在哪裡？」

看看答：「哦，兩個時辰前，姬忽的馬車進了鶴城，先去了一家叫和善堂的藥鋪，見了一個叫姐婆的巫女，然後就近找了家客棧住下，沒再外出。」

「姐婆……」姬善推斷道：「想必是如意門安插在巫族的細作。」

「如意門還沒解散？」走走驚訝道：「我好像聽說什麼如意夫人一死，如意門就解散了呀。」

「如意門還在，姬忽是她們的夫人；如意門不在，姬忽是她們的恩人。不管哪種，都還能差使她們。」看看撇了撇嘴道：「真是打得一手好算盤啊。」

吃吃道：「照這麼說，善姊本是我們的主人，現在把奴籍撤了，成了我們的姊姊，也還能差遣我們。善姊也打得一手好算盤不成？」

看看一噎，道：「這怎麼能一樣？善姊可是九死一生地救了我們！」

「姬忽也九死一生地救了那些人啊！」

看看氣得臉都白了，道：「妳怎麼回事？怎麼去見了姬忽一趟，就開始幫她說話？」

吃吃的表情變了變，道：「因為我見到的姬大小姐，看著挺可憐的。」

看看發出一聲嗤笑。

「她臉色特別差，每說一句話就喘得不行，隨時都會掛掉一樣。那樣的人，應該躺在家裡，好好喝藥休息，她卻又坐船又坐車地各種奔波。她本不用做這些事的，不是嗎？如意夫人死了，姬夫人也死了，她可以回家繼續當她的姬大小姐的。」

此言一出，眾人緘默。

「現在什麼時候了？」姬善看向窗外問。不知何時下起了淅淅瀝瀝的小雨，天色很黑，似已入夜。

「亥時。」

也就是說，距離明日的婚宴，還有六個時辰。

只剩六個時辰。

「善姊，妳說姬忽會提前去見茜色嗎？」吃吃好奇道。

姬善淡淡道：「不會。」

喜帖在秋薑指間翻轉，像一隻被蛛網黏住、苦苦掙扎的蝴蝶。

她的心也在掙扎。

朱龍端著飯菜進來，放好碗筷後，忽問：「要不要……喝酒？」

「你勸病人飲酒？」

「我覺得，有了酒，也許妳就能做出決定了。」

秋薑搖了搖頭，道：「不，我想快點好，我不喝酒。」

她總是這樣。在瀲灩城那會兒，颶風來襲，他、頤非和江晚衣圍爐而坐喝酒時，她就坐在窗邊看著，明明饞得不行，卻還是忍住了。

她總能克制一切欲望，就像克制笑容一般。

朱龍心中佩服，正要把一早準備的酒拿走時，秋薑又道：「把酒留下吧。」

朱龍給了一個疑惑的眼神。

秋薑望著窗外的夜雨，將喜帖反扣在几案上，道：「今夜應該會有客來。」

「她不會去的。但是，江江會主動找她。」姬善道。

「為什麼？」

「因為姬忽是姬家的大小姐。」

「這跟她的身分有什麼關係？」

姬善勾起一抹微笑，似嘲弄又似感慨。「大家族養出的名門貴女，從小受到的條條框框太多，凡事講究三思而行。她和姬嬰一樣，布局、謀事、分利、圖長遠。所以，她們很少主動出擊，更擅長防禦。」

吃吃點頭道：「我明白了！姬忽會等，等那個茜色先找上她，看看茜色是什麼樣的人之後，再決定如何應對她！」

走走道：「可茜色又為何要主動找她？」

看看道：「我覺得是如意夫人大駕光臨，弟子自當恭迎。就算她不去，也會有別的人把她抓過去。與其被抓過去，不如主動去。」

「茜色，哦不，江江，沒準恨透了如意門，想徹底擺脫它，再加上有胡家和鶴公撐腰，不把失勢的如意夫人放眼裡了呢？」

三人討論至此，齊刷刷地扭頭看著姬善。

姬善臉上有一種很奇怪的表情，似笑非笑道：「那就更期待了。希望此人能讓我……更出乎意料些。」

更鼓聲響了十二下，酒壺四周的冰塊化成了水。

朱龍問：「換新冰嗎？」

秋薑望著外面的雨——宜的雨，像是多愁少女的眼淚，弱而美。下了半天，才堪堪打溼地面。她露出幾分失望之色，道：「不用了，客人不來了。」

「我去把她抓來？」

秋薑啞然失笑道：「讓她好好休息，明日做個容光煥發的新娘吧。」說著吹熄燭火，擁被躺下道：「睡了。」

朱龍只好退出房間，卻沒離開，而是坐在一旁的臺階上，抱住自己的劍。

劍身中間刻著一條龍，原本是公子姬嬰的佩劍，然後公子將它送給了他，說道：「你喜歡這把劍？拿去。」

他想接，又有點不好意思。他一向羞澀，大老粗的外貌，少女般的心，平日裡偽裝得極好，喝了酒就會露形。

那天他並沒有喝酒，但還是窘迫極了。

「這把劍……很尊貴，跟小人……不配。」

「哪裡不配？」

「劍上是龍，而我、我叫阿狗……連蛟和鯉魚都不如。」

在古老傳說中，蛟和鯉魚都有一朝飛昇為龍的機緣，而狗？是最下賤的生物。

「你可知何為盛世太平？」

「白澤奉書！」

公子笑了，道：「白澤奉書，意味著有明君，但明君，未必能贏得盛世太平。」

「那、那怎麼才算？」

「雞犬桑麻，狗吠不驚。真正的安與盛，在天『下』，不在天『上』。」

公子將劍放入他手中，隨著落在手上的，還有溫暖的體溫，道：「所以，應該讓龍，來守護你。」

朱龍看著劍上的雕龍，往事歷歷，清晰在目。可那個賜劍的人，永遠地，不在了。

朱龍想了很多，然後，他就睡著了，夢見劍上的龍飛了起來，騰雲駕霧，施雲布雨，好不快活。再然後，草長花開，雞犬桑麻，狗吠不驚……

他的臉上露出一絲清醒時絕不會有的開心、幸福的笑容。

與此同時，一片紅紗輕拂過他的褲腿。

來人提著一盞燈籠走進屋內。

燈光微弱，只能映亮半片紅裙。簾帷後，秋薑的呼吸又輕又淺，弱到幾乎聽不見。

來人先是走到几案旁，翻了翻上面的書冊，看到記錄姬善的那本，停了一下，繼而不感興趣地轉身離開；再走到櫃子前，打開裡面的藥盒，裡面裝滿了瓶瓶罐罐，取出一瓶聞了聞，若有所思了一會兒，放入袖中；最後，拿了一個墊子放在榻的正前方，坐了下去。

燈籠放在裙旁，燭火搖曳，似隨時都會熄滅一般。

來人坐了一會兒，開口：「我知道妳醒著。」

簾後靜靜，沒有回應。

「我也知道，妳動不了。」來人的手輕輕撫摸著紅裙上的褶皺，道：「但妳能說話，有什麼想問我的嗎？」

簾後沉默片刻，終於傳出了秋薑的聲音——

「妳是江江？」

「我是。」

「妳是何時知道自己的真實身分的？」

「從未忘過。」

「這麼多年，為何不逃？」

「不得自由。」

「現在妳已經自由了。」

「還沒有。」

「為什麼？」

來人輕嘆了口氣，道：「因為我還有一些事沒有辦。」

「妳要殺風小雅？」

來人有了片刻的停頓，最後回了一個字：「不。」

秋薑再次陷入沉默。

來人道：「妳問了我這麼多，現在該我問妳了。妳來宜，做什麼？」

「抓頤殊。」

「抓到後呢？」

「回璧看一看。」

「只是看一看？不留下？」

「不。」

「為什麼？」
「因為我也還有一些事沒有辦。」
「妳還愛著風小雅嗎？」來人緊盯著簾子問。分明無風，簾子卻輕微顫動兩下，那是躺在榻上的秋薑用手揪緊了褥子，褥子帶動了簾子。
最終，秋薑也答了一個字：「不。」
來人笑了，道：「撒謊。」
簾子頓時不動了。
「妳不是不，是不能。而我，知道妳為何不能。」
來人從袖中取出那瓶從櫃子裡拿來的藥，緩緩倒在地板上。
澄光月色，一滴滴地敲打著地板，就像是外頭的雨一樣。
「這是江晚衣的獨門祕藥，叫『奔月』，意喻嫦娥偷得不死之藥，服食可延命苟活，但是，渾身躁熱如火，需住在月宮那樣的冰寒之地。」
最後一滴奔月落在地上，來人收起空了的瓶子，注視著簾子道：「妳，活不長了。」
秋薑忽然冷笑起來，道：「妳醫術不錯，卻太不了解我。我若真愛他，且活不長，就會放下一切顧慮，奔愛而去，絕不會把風小雅還給妳！」
「妳為何不問問——我想要他嗎？」
秋薑一怔。
「妳自我感動，以為成全了前緣，但也許，只是多了一對怨偶。」
秋薑深吸口氣道：「那妳為何答應婚事？」
「這也是……我想知道的。」來人說著，起身，緩緩拉開簾子。

四目相對，燭火昏幽。

門口的朱龍突然驚醒，拔劍而入喝道：「什麼人？」

風吹床簾，只有秋薑抱被坐在榻上，直勾勾地盯著地上的一盞燈籠。

他心中一緊，道：「江江來過？」

秋薑點了下頭。

朱龍扭身要追，秋薑叫住他：「走很久了。」

哎？他竟一無所知！朱龍大駭。

「她有說什麼嗎？」

秋薑臉上有很奇怪的表情，如果走走、看看她們看見了，就會發現，那是跟姬善一模一樣的一種表情。「明日婚宴，風小雅，真的有危險。」

淅淅瀝瀝的雨終於停歇了，像憂愁的少女破涕為笑，旭日東升，恢復成明麗溫暖的宜冬。

姬善坐在窗前，用靉靆眺望著一街之隔的胡府，正好看見打扮成中年婦人模樣的看看和吃吃捧著賀禮走進側門——

吃吃的目光在人群中搜尋，看見前方有幾位婦人正在打招呼。

「劉嬸！」
「喲，趙姑，妳也來了？」
「我雖已離了府，但也算是看著茜色那丫頭長大的，這麼大的喜事怎麼能不來祝賀？」
「最近又成了幾對良緣啊？」
「別提了，現在的姑娘們啊，各個眼高於頂不願嫁……」
吃吃聽到這裡，快走幾步擠上前去，道：「劉嬸嬸！啊呀，真是劉嬸嬸，看姊快來，這就是我時常跟妳提起的劉嬸嬸！方圓十里最有名的冰人！我那三姑媽的大女兒的小姑子就是託她的福嫁出去的……」
看看配合地崇拜地看著劉氏。
劉氏打量著吃吃，遲疑道：「妳是……鍾……」
「我姓王！王家的！」
劉氏露出恍然大悟之色，道：「東巷搬走了的那個王家？」
「對對，來來來，看姊，咱們跟劉嬸嬸一起走，妳那麻子瘸腿嫁不出去的小女兒就有著落了……」
看看翻著白眼，被吃吃笑著拉住，跟在那幾個婦人身邊混了進去……
姬善見二人進去了，放下靉靆遞給一旁的走走。
走走道：「大小姐不看了？」
「不看了。等吃吃她們回來，自然知道發生何事。」
「好。那我去添點兒茶水來。」走走說著推動輪椅出去了。

姬善見喝喝定定地看著外面，便問：「怎麼了？」

突有察覺，快步上前一看——

她的臉驟然一白。

吃吃看著席上的美味佳餚，對看看嘖嘖道：「不愧是胡家辦喜事啊，一個丫鬟都這麼有排場。」

一旁的劉氏接話：「這個丫鬟不一般的。」

「哦？快說說，劉嬸嬸，您是胡府的舊人，消息最靈通了。」

「茜色啊，原本是胡三爺七夫人的丫頭。那七夫人一直養在外頭，生了兒子，有了大功，才被允許入府。結果命不好，半路上染病死了。茜色當時十二、三歲，獨自抱著胡三爺的兒子走了二十里地找來。那雨大的呀，她的鞋都走爛了，卻把小公子包得嚴嚴實實，半點沒淋著。胡老爺欣賞她，就破例提拔她去服侍大小姐。」

吃吃跟看看對視一眼，眼中盡是了然之色。什麼忠義小女僕，分明是如意門精心設計出來的，那個七夫人，八成也是她們弄死的。

「大小姐給她起名茜色，二十個丫鬟裡啊，最喜歡的就是她。她還會一點兒醫術，有什麼難以啟齒的女人那方面的病，大夥都去找她。所以，府裡的女人們也都喜歡她。」

吃吃感慨道：「會醫術就是好啊……」正說到這裡，外面一陣鑼鼓喧天。

劉氏喜道：「新郎官來催妝了！」

吃吃看向看看，看看衝她使了一個少安毋躁的眼神。

主屋的門於此時打開，兩位老嫗扶著高挑窈窕的新娘走了出來，繡著銀線牡丹的華麗卻扇遮住她的臉，依稀可辨容色甚美。

吃吃讚嘆：「她的衣服真好看！都快趕得上善姊出嫁時那身了……」

看看冷哼一聲，目光盯緊大門，心想著姬忽怎麼還不來。

吃吃也意識到這一點，睜大眼睛等待著。

伴隨著一陣鞭炮聲，身穿吉服的風小雅出現在視線中，引起驚呼一片。

吃吃下意識拽了劉氏一把，劉氏吃疼，她忙不迭鬆開道：「抱歉抱歉，太激動，實在是第一次見到這麼俊的後生……」

「俊什麼呀。」劉氏不屑道：「病懨懨的，比咱們宜國的男人差遠了，也就圖個好看。」

吃吃不禁莞爾，拚命點頭道：「您說得對！而且聽說他人品也不行……」

「王孫公子哥，能有幾個真心的……」

看看一邊聽二人說風小雅的壞話，一邊四下搜尋，再次後悔沒帶夔魖，現在各種霧裡看花。那個姬忽，到底來不來？

那邊，一身吉服的茜色轉身向胡倩娘叩拜行禮，胡倩娘扶住她的胳膊，眼淚汪汪道：「他要負妳，儘管回來找我！」

風小雅這時正好走到階前，於是胡倩娘又對他道：「你知道的，我一直不喜歡你。所以，我會時刻派人盯著你，若敢對茜色有半點不好，我、我必不饒你！」

風小雅什麼話也沒說，只是躬身行了一禮。

胡倩娘拉起茜色的手，交給風小雅。

綠袖和紅袖逐漸靠近。

「快來搶親啊，快來搶親啊，姬大小姐妳真沒用啊，怎麼還不來啊！」吃吃嘴裡唸唸有詞。

茜色的手，終於放到風小雅手上。與此同時，門外傳來驚呼聲。

吃吃一躍而起道：「來了？」

門外的喧鬧聲越來越大，所有人都不禁扭頭回望。一個門房跑進來喊：「來了！來了……」

「搶親來了？」吃吃興奮極了。

「大、大、大司巫！大司巫來了！」

此言一出，呼啦啦，在場的賓客全都跑了出去。

劉氏更是一馬當先，肥碩的身體跑出了箭的英姿，第一個衝出大門。

不過眨眼工夫，偌大的院子裡就只剩下寥寥五人：新郎、新娘、胡倩娘和吃吃、看看。

吃吃張大嘴巴看著這一幕，喃喃道：「什麼情況啊這是？」

胡倩娘猶豫了一下，道：「我去看看大司巫為何而來。」說罷，也一溜煙地跑了。

臺上，拿著卻扇的新娘望著臉色蒼白的新郎。

臺下，吃吃拉了看看一把，低聲道：「我們是不是也應該出去看看？」

「傻嗎？沒準正是聲東擊西呢！」

吃吃一想大有道理，便繼續等著看熱鬧。

茜色動了動，似也要走，被風小雅攔住，道：「怎麼？妳也要出去？」

「大司巫駕臨，信徒都需拜見……」

「妳是信徒？」

卻扇上方的眼睛有一瞬的遲疑，然後，定住不動。

風小雅這才扭頭，看向吃吃、看看。不得不說，在所有人都跑光了的院子裡，這兩個原本普普通通的婦人，就一下子變得不普通了。

看看瞪眼挑釁道：「看什麼？我倆是璧國人，不信巫神，不行啊？」

「沒錯，什麼大司巫、小司巫的，都不信。」

「哦，璧國人。」風小雅悠悠道。

吃吃壞壞一笑道：「可惜，不是你盼著的那個璧國人哦。」

看看也故意道：「他盼著誰？」

「他盼著誰我就盼著誰。我盼著誰，就看他盼著誰了……」

風小雅瞇了瞇眼睛，沉聲道：「妳們究竟是誰？」

「我們是看熱鬧的人啊。」

「對啊，二位郎貌女才，很是般配。」

「咦？看姊，新郎有貌不假，可妳怎麼看出新娘子有才的？」

「胡大小姐出了名地難伺候，新娘子能成為胡大小姐最喜歡的丫鬟，必有過人之才呀……」

吃吃、看看二人一唱一和，正在落井下石，門外突衝進一個人。那人逆流而入，跑得十分艱難，頭髮都擠亂了，呼吸更是跟拉風箱似地又快又急。

吃吃大吃一驚，連忙上前扶住那人，道：「別急別急，來，跟我一起吸氣，吸氣……」

看看也安撫道：「喝喝，別急……」

來人正是喝喝，她跟著吃吃做了好一會兒的深呼吸後，才停止那種尖銳可怕的風箱聲，但臉色煞白，依舊一個字都說不出來。

看看目光閃動，察覺道：「善姊出事了？」

喝喝拚命點頭。

「跟……大司巫有關？」

喝喝再次點頭。

看看扭身就跑，吃吃有點不捨地看了風小雅一眼，道：「婚禮不看了？」

「看個頭！」

吃吃當即拉著喝喝追上，邊跑邊扭頭道：「鶴公，你小心點兒，你的新娘子要殺你啊！」最後一個字的尾音，悠悠消散在門外。

風止人靜，日影斜長。

胡府屋前，僅剩下的兩位新人彼此對視。

茜色道：「你信嗎？」

風小雅笑了笑，道：「我覺得，我活著應該比死了有用。」

「那她們為何說這話？空穴來風，總有出處。」

「有人不想讓妳我成親。」

「誰？你的十一夫人？」

風小雅眉心一跳，沉默了。

門外遙遠的喧囂聲仍在，彷彿只有此地被世俗的熱鬧所遺忘。日晷一點點移動著光陰，似乎所有人都不再記得，所有的婚筵都有吉時，而吉時，都是很短暫的。

吃吃等人還沒跑回客棧，就見客棧外頭裡三層、外三層圍滿了人，所有人都跪在地上虔誠叩拜，嘴裡唸唸有詞，說的最多的一句是「大司巫神通」。

「一幫瘋子！」看看一個縱身，越過眾人頭頂，直飛上二樓，撞破某扇窗戶進去了。

吃吃不能丟下喝喝，只能硬擠。但人群熙攘，連落腳之地都沒有。她轉了轉眼珠，大聲道：「妹妹！妳的巫毒傳不傳染啊？別大司巫還沒替妳解，把這些人也禍害了……」

眾人一聽，紛紛避讓，硬生生空出一條路來。

吃吃連忙帶著喝喝進去，邊走邊道：「多謝多謝，你們都是大好人，巫神會保佑你們的，大司巫神通，大司巫神通……」

客棧外全是人，客棧裡卻很空，只有兩名中年巫女把守著樓梯口；除此之外，店夥計和掌櫃都俯身跪在地上，安靜極了。

一名巫女冷冷地看著進來的吃吃、喝喝，道：「爾等何人？」

「我妹妹生了怪病，聽聞大司巫大駕光臨，想求她為我妹妹看看……」吃吃邊說邊抬頭朝樓梯上看，樓上一片靜謐，也不知什麼情況。

另一名巫女看見喝喝，對同伴耳語了句什麼，同伴道：「妳就是剛才著急跑出去的那丫頭？」

喝喝不知所措。吃吃忙答：「對對，她不會說話，見大司巫來了，只能趕緊找我回來。」

兩名巫女交換了一個眼神，讓出樓梯道：「上去吧。」

這麼好說話？吃吃心中狐疑，但還是拉著喝喝上樓了。

樓上除了她們那間房外，所有客房門都緊閉著。她們的房間外也站著兩個巫女。

吃吃大著膽子走到門前，巫女們果然伸出竹杖攔住了她。

「先別進來。」姬善的聲音從屋內傳出來。

吃吃探頭一看，姬善正站在房中央，她面前有一頂轎子——跟之前在東陽關見過的一模一樣的軟轎。

伏周在裡面？

巫女們的竹杖作勢要往她身上點，吃吃連忙後退，露出一副乖巧之色，拉著喝喝等在一旁，心中既擔憂又迷惑。

伏周不是從不下山的嗎？她知道時鹿鹿被她們救了？時鹿鹿溜了，伏周會不會遷怒？善姊沒了人質，怎麼請她替喝喝看病啊？還有看看，她又去了哪裡？

姬善靜靜地看著軟轎。

她無數次想像過有朝一日見到伏周會是怎樣的情形，在她的想像中，見伏周是很難的一件事，要耗費許多時間，得到很多機緣，經歷很多險阻，才能在聽神臺見到這個人。

所以，她萬萬沒想到，伏周會下山，並主動來見她。

計畫果然永遠趕不上變化。

沉默許久後，姬善率先開口：「如果妳是為時鹿鹿而來，我本來確實想帶他去見妳，但沒看住，還是讓他逃了。」

透過轎子的紗簾，依稀可見裡面坐著一個身穿彩色羽衣的女子。女子低垂著眉眼，並沒有看她。

姬善又道：「我救時鹿鹿時，並不知道他的身分，知道後，第一時間帶來鶴城，想交還給妳。從頭到尾都沒有跟妳作對之意，妳若不信，可問巫神。」

伏周依舊沒有看她。姬善想，她還是這麼不愛說話啊……於是姬善讓自己的聲音顯得更誠懇些：「我一直想見妳。我變化極大，妳可能已經不認識我了。但是……這個，是妳給我的，還記得嗎？」

姬善從懷中取出一樣東西，抖開來，遞垂到簾前。

那是一條孩童用的披帛，年分已久，原本的朱紅淡化成了淺紅，上面還殘留著一些褐色的血漬。

正是當年十姑娘用來救小姬善的那件。

轎中人終於動了，伸出一隻手，接住了披帛。

手纖長，卻戴著彩色絲織手套，看不到任何肌膚。

姬善暗暗皺了下眉。

那隻手連帶著披帛縮了回去。伏周低著頭，似在仔細打量披帛。

姬善不自禁地屏住呼吸。

這一刻十分漫長，漫長得她聽見自己的心跳聲，撲通、撲通。是她嗎？是不是她？

「若是她……就好了。」

風吹庭院，恍如嘆息。

風小雅自嘲地一笑，道：「但我知道，她不會的。」

秋薑只會希望他快點跟江江在一起，又怎會來阻止？

茜色問：「那是誰？」

「也許……」風小雅朝喧鬧聲的來源處望去，道：「是巫神的意思吧。」

茜色面色微變。

撲通、撲通、啪！

心跳聲被打斷——披帛被扔了出來。

「不是這條。」

姬善笑了，從懷裡取出另一條同樣陳舊的紅色披帛，但沒有血漬。「拿錯了，是這條。」

戴著彩絲手套的手再次伸出來，將這條拿走，然後道：「不是拿錯，而是試探。」

「妳當年叫十姑娘，我總要確認一下，妳是不是伏周。」

十姑娘當時十二歲，被聽神臺的長老接走，很美貌，不愛說話，身分尊貴……巫族當年納新的巫女裡，全部符合這幾個條件的，只有伏周一個。

伏周沉默了一會兒，道：「現在確認了？」

「嗯。」

「想做什麼？」

姬善轉身走到門口，把喝喝叫過來，再帶著她來到轎前，道：「巫術可能醫治她？」

一根玉杖從轎子裡伸出來，杖身乃是一整塊白玉雕成，用五色寶石拼嵌出一個耳朵圖騰，杖頭還掛了一個銀製的鈴鐺——正是伏周的象徵。

玉杖輕輕點在喝喝的眉心上，帶動鈴鐺「叮」了一聲，又清又脆，說不出的空靈好聽。喝喝睜大了眼睛，很不安，但沒有動。

十息後，玉杖收回，伏周道：「不能。」

姬善失望道：「為什麼？」

「她不信巫，神術對她無用。」

「也就是說，想要治病，就得先信巫神？」

「對。」

姬善的目光閃了閃，俯下身子盯著簾內的伏周道：「那麼妳呢？妳信嗎？」

此言一出，門口兩個低眉斂目的巫女頓時被激怒，雙雙拔出竹杖衝了進來，道：「放肆！」

「退下。」伏周淡淡道。

巫女們恨恨地瞪了姬善一眼，退了出去。

姬善表情絲毫不變，又問了一遍：「告訴我，妳信巫神嗎？」

茜色冷笑起來，道：「巫神？巫神是這世上最噁心之物！」

「哦？」風小雅淡淡道：「據我所知，胡九仙當年可是帶妳去過巫神殿測命，巫神說不錯，他才放心讓妳服侍胡倩娘。」

茜色一僵。

「數月前的快活宴，本不許火相者上船，巫神賜符於妳，妳帶著護身符，才得以上船。」

茜色又一僵。

「這些年，妳用妳的醫術治好了一些病，但也治壞了一些病。那些人本要找妳麻煩，但巫神說那是他們的命數，非藥石能救，妳的名望這才得以繼續保全。」風小雅注視著卻扇上的眼睛，嘆了口氣道：「妳受了巫神這麼多恩澤，本該感激。」

茜色再次冷笑道：「恩澤？若我當年沒去幸川，這一切，我本無須經歷，這份恩澤，也就無須承受。」

這下子，輪到風小雅一僵。

他輕輕地、低低地，像是抱著最後一絲希望地問：「所以，妳……是不信巫神的？」

伏周沉默片刻，一字一字道：「我必須信，我為此而生。」

姬善眼中的探究之色淡去，變成了另一種複雜情緒。她慢慢地直起身子，道：「我明白了。」

「真的明白？」

「嗯，妳不需要我救，是我自作多情。」姬善笑了笑，露出幾分頑皮之色，道：「但想來妳不會怪我，畢竟我是一片好心。」

伏周「嗯」了一聲。

「看妳模樣，病應該也徹底好了。那麼，還有什麼我可以幫妳的嗎？幫妳抓時鹿鹿？」

「不必。」

「那我如何報當年的救命之恩？」

「不必。」

「不行，我這個人不願欠人恩情，不還上，睡覺都不踏實。我都惦念了十六年了，妳就說件什麼事，我替妳辦了，就當兩清，可好？」

伏周想了想，從簾後伸出手，彩色的手套上，躺著一朵五色斑斕的花。

「這是？」

「鐵線牡丹。聽神臺的。」

姬善連忙接過來細細打量，果然與普通的鐵線牡丹不同，花瓣更繁，花色更豔，散發著一股幽幽清香。

伏周又遞了一個瓶子出來，不過手指長短，十分精巧。

「這又是？」

「巫毒。」

姬善扒開瓶蓋，裡面是種白色粉末，沒有特殊氣味。

「妳要我做什麼？」

「研製解藥。」

姬善一怔，繼而恍然，道：「時鹿鹿說他知道巫族的一些隱祕，其中就包括……這個？」

「時鹿鹿的母親阿月本是內定的繼承者，但伏極臨終前發現她的背叛，賜死了她。伏極自己也力竭飛昇，沒來得及告知解藥配方。」

「時鹿鹿知道？」

「是。但他絕不會說出來。如今解藥已不多了。妳若真想報答我，便試著解一解吧。」

姬善盯著瓶子和花，明眸流轉，微微一笑道：「沒問題。」

伏周晃了下玉杖，門外的巫女進來抬起軟轎。

擦身而過的瞬間，姬善突升起一股衝動，想要掀簾看一看伏周的模樣，但手指動了一下後，又生生停住。

她眼睜睜地看著軟轎出去，下了樓，消失不見。

吃吃連忙衝進來道：「善姊、善姊，原來妳認識大司巫啊？妳跟她怎麼認識的？之前怎麼都不告訴我們？」

姬善比了個「噓」的手勢，吃吃只好停止詢問。

姬善走到窗邊，正好看到伏周的軟轎被抬出客棧，所有人都跪下參拜，口中齊呼「大司巫神通」。

姬善緩緩道：「我不認識她。」

「騙人！」

「起碼，不認識……這個她。」

吃吃不解地問：「什麼意思？」

姬善轉動著手中的鐵線牡丹，淡淡道：「意思就是，同是鐵線牡丹，長在聽神臺的，跟別地的，已經完全不一樣了。」

吃吃細細咀嚼一番，還是不懂，索性不想了，扭頭張望道：「對了，看姊呢？她剛才著急，直接飛隔壁了，怎麼還不過來？」

姬善一怔，問：「她在隔壁？」

話音剛落，與右側相鄰的牆壁突然穿入一截劍尖，劍在牆上俐落地畫出一個大圓，緊跟著「轟隆」一聲，半人多高的圓板倒了下來，震得地面一陣輕顫。

洞的那一邊，朱龍緩緩將劍收回鞘內，衝她冷冷一笑。

他身後，走走和看看疊坐在輪椅上，嘴裡塞著布團，發出細碎的「嗚嗚」聲。

再後面，同樣鄰街的窗邊，秋薑正在眺望胡府方向，手裡拿著一物，正是看看的鬉鬣。

秋薑悠悠回頭，衝姬善舉了舉鬉鬣道：「此物甚好。」

「所謂巫蠱，不過是裝神弄鬼之術，巫族以其誘惑、威懾、恐嚇百姓，達到斂財、攬權、干政之目的。」茜色冷冷回答：「所謂神諭，皆是人言。我為何要信？」

風小雅凝視著她，忽然釋懷一笑。

「你笑什麼？」

「我自見妳，總有陌生之感——直到此刻。」

直到此刻，才能把妳和當年那個天不怕地不怕，又刻薄又犀利、與眾不同的江江聯繫在一起。

那個笑起來缺了兩顆門牙的江江。

那個喜歡嘗試各種草藥的江江。

那個勸人種柳樹別種梨樹的江江。

那個戲謔地說我「你真是嬌滴滴的相府小公子啊」的江江。

那個喜歡看病人苦苦哀求，看似毫無同情心，卻又有原則的江江……

那個……我命定的妻子……江江。

茜色愣了愣，然後，慢慢撤下卻扇。

她的臉，完完整整地展露在風小雅面前。

這是一張跟秋薑有三分相似的臉，卻比她漂亮得多，屬於第一眼看見就會被判定為美人的臉。

尤其此刻她妝容濃麗，更加顯得美豔不可方物。

宜國明媚的陽光照著身穿婚服的她和他，天造地設，一對璧人。

三分相似的臉，在陽光下嫣然回眸，眉彎了，眼笑了，整個房間都似跟著一起亮了。

「這是蛤蟆鼓搗的玩意？可惜只能看一隻眼，要是有兩個一起看，就更好了。」秋薑愛不釋手地把玩著靉靆。

姬善皺了皺眉道：「放了她們。」

秋薑「啊」了一聲，親自上前拿掉走走、看看口中的布團，道：「抱歉，我想安安靜靜地聽個壁腳，委屈二位了。」

看看「呸」了一聲。走走卻是受驚不小地看著秋薑，眼眶微紅。

秋薑衝她笑了笑道：「大劉家的三丫頭，是吧？」

「姬、姬大小姐……」走走吶吶地垂下頭去。

秋薑給了朱龍一個眼神後，朱龍伸手在二人肩上一拍，她們頓時恢復了行動力。看看從走走腿上一躍而起，回身拔出腰間長鞭。吃吃一看，也立刻挽起黃絲帶。

兩人眼看就要動手，秋薑歪了歪頭道：「都說吃人嘴軟，拿人手短，吃了我家這麼多年的飯，拿了我家這麼多年的月錢，妳們兩個怎麼不感恩呢？」

看看和吃吃面色微變。

看看又「呸」了一聲：「收留我們、養我們的是善姊，可不是姬家！」

「對對對！要感恩也是感念善姊的恩！跟姬家沒關係！」

「要不是姬家，我們早自由了！」

「對對對，我們不跟妳計較就不錯了，還感恩？臉怎麼這麼大——」

姬善打斷二人的話，道：「妳們都先出去。我跟姬大小姐單獨談談。」

走走連忙推著輪椅離開了。看看有點不情願，被喝喝拉了一把，只好也走。

吃吃見她們都走了，連忙跟上，順帶叫上朱龍：「朱爺，人家要單獨談談，走啊！」

朱龍走出去，將房門關上。

秋薑收起笑容，靜靜地看著姬善。

姬善並未退讓，也平靜地回望著她。

十六年前的圖璧大雪紛飛。

十六年後的鶴城陽光明麗。

水去雲回，她和她再度相見，像是在看一面有些扭曲模糊生鏽了的鏡子——這般相像，卻又截然不同。

看看趴在門上聽著裡面的動靜，並惡狠狠地瞪著朱龍道：「怎麼，就許你們聽壁腳？」

吃吃道：「朱爺，雖然她們兩個，一個病入膏肓，一個不會武功，但真打起來，還是你家那位比較吃虧啊！我們聽點兒響聲，有啥事也好進去攔不是？」

朱龍雙手環胸靠在欄杆上，壓根沒有要攔阻的意思，聞言也只是挑了挑眉，一言不發。

於是吃吃也趴在門上，與看看兩人光明正大地偷聽。

「怎麼什麼都聽不見呢？難道繼眼睛壞了，耳朵也壞了？」

「我也什麼都聽不見！喝喝妳來！妳耳力最好。」

喝喝被強行拽過去，聽了一會兒道：「在寫字。」

「啊？」

「用手指，蘸著水，在案上寫字。」

吃吃和看看很失望。「沒想到善姊連咱們都防備……」

「肯定是姬忽先寫的字，果然如傳聞一般狡猾。」

「她還有心思在這裡跟善姊聊天？前夫都要跟新婦走了！」

「不是，妳為什麼覺得她是真愛風小雅？她那種女人，誰也不愛吧？」

「不可能！世上沒人會不愛鶴公！」

看看翻了個白眼。

這時外頭街道上傳來巨大的喧囂聲。吃吃連忙跑到窗前眺望，發現伏周的軟轎竟進了胡府大門！人群正是為此喧騰。

吃吃連忙跑回來拍門道：「善姊、善姊，大司巫去胡府啦！」

房門應聲而開，開門的卻是秋薑。「哦。」

「哦？妳不驚訝？不好奇？不著急？」

秋薑淡淡一笑道：「有人替我去了。」

「誰？」看看問完，才發現屋裡沒有姬善的身影。「善姊呢？」

秋薑指了指牆上的大洞。

看看一驚，快步走到几案前，上面水漬未乾，依稀可辨寫著兩句話。

可憐夜半虛前席，不問蒼生問鬼神。

字跡統一，應是出於一人之手。

也就是說——

剛才喝喝聽到的聲音，並不是兩人筆談，而是從那時起，姬善就透過牆上的大洞走到隔壁靜悄悄地離開了，留下秋薑一人在那裡寫字自娛罷了。

「善姊的祕密可真是比猴兒身上的虱子還多啊……」看看發出了由衷的感慨。

而吃吃第一時間跳窗，向著胡府方向疾奔而去。

軟轎被抬進胡府大門，喧囂和人潮也跟著湧進前院。

人們這才想起，這裡還有一對新人在等待行禮，原先定下的吉時卻已經過去了。

大家都很尷尬，卻又覺得理所應當——參加婚宴跟參拜大司巫相比，當然是後者重要。

臺上的風小雅跟茜色兩兩相望，彼此一笑。

風小雅對眾人拱手道：「未等諸位，我們已自行禮畢，婚船在槐序等候多時，我們這便上路了。」

抬轎的巫女出聲道：「慢著。」

眾人頓時興奮起來，期待地盯著轎子，不知尊貴無雙的大司巫，會對這對命運多舛的新婚夫婦施以何等祝福。

巫女冷冷地盯著茜色道：「汝受神庇護，不得離境。」

眾人譁然。一膽子大的詫異道：「為何？以往沒這說法啊。」

宜商遍布四國，從沒有不許信巫者離境一說。

巫女道：「因為她不是宜人。」

眾人這才想起，巫神只庇護宜人，別國子民想要得到神的祝福，需要立誓，或更改國籍，或不離左右。

而茜色之前是胡家的婢女，現在證實了她的身分是燕人。一個燕人憑什麼得到神的祝福？眾人看茜色的眼神頓時變得不太友好。

胡倩娘見狀上前一步道：「我這便為她改籍！今日一定完成！」

眾人心道不愧是財大氣粗的胡家，改籍跟吃飯喝水一樣容易。

巫女道：「不行。」

胡倩娘急了，道：「為什麼？」

巫女從懷中取出一根絲帶扔給胡倩娘。臂長的紅絲帶，繡有耳朵圖騰，宜人全都認識此物——這是許願帶，信徒把心願寫在帶上，繫在巫神殿下的迎客松上，透過伏周向巫神許願。伏周會挑選其中的有緣者，給予祝福。

而這一根，上面寫著：願永陪小姐左右。

胡倩娘一眼就認出來，這是當年茜色到她跟前侍奉時許的願。

彼時，她們都是十三歲。

胡九仙把茜色指派給她，大年初一，她們一起爬蜃樓山，在迎客松下許願。她許了什麼已經不記得了，伏周也沒有給予回應，但茜色許的願她看見了，十分感動，自那後更是偏愛茜色。

「茜色當時不記得自己的身世，所以許了這樣的心願，並非有意欺神……」胡倩娘試圖辯解，說到一半也自覺理虧，看看臉色蒼白的茜色，再看看一旁的風小雅，咬咬牙大聲道：「好！我決定了！我跟他們一起去燕！」

「什麼？」人群起了一陣驚呼。

「她的心願是陪我左右，我也去燕，就不算違誓了！」

胡府的一位老嫗連忙阻止道：「這怎麼行！大小姐，您……」

「為何不能？反正我也不想在這個鬼地方待著，去燕住幾年也挺好。」父親不見了，胡家亂得很，那些叔叔嬸嬸全都來她跟前哭哭啼啼、吵吵鬧鬧，煩得不行。索性遷居，來個眼不見、心不煩。

胡倩娘越想越覺得此法甚妙，既成全了這對苦命鴛鴦，又讓自己從泥潭中解脫。

然而，巫女還是搖了搖頭道：「不行。」

胡倩娘有點生氣了，道：「這也不行，那也不行，妳們想怎樣？非要逼死新娘嗎？」

老嫗嚇得連忙拉她的手，道：「大小姐慎言啊！」

胡倩娘甩開她的手，走到轎前，她本就是受不得半點委屈的性子，即使面對著大司巫也毫不畏懼。「巫神憐愛，怎會毀人姻緣？還請大司巫給個說法。」

轎內，伏周的聲音輕輕卻又清晰地傳了出來：「妳要保她？」

「對。」

「她殺了妳父，妳也要保她？」

轟隆隆，似有晴天霹靂，重重砸在所有人耳中。

更砸得胡倩娘連退三步。她睜大眼睛，不敢置信道：「妳、妳說什麼？」

「神諭——胡九仙，死於此人之手。」簾內伸出至高無上的玉杖，伴隨著「叮噹」鈴聲，杖頭不偏不倚地指向茜色。

「天啊！天大的消息啊……」吃吃飛奔而入，把胡府發生的事快速說了一遍。「太緊張了，我要繼續去看！」

走走道：「那大小姐呢？看見沒？」

然而吃吃壓根沒聽到這句話，又風一樣地飛走了。

秋薑站在窗前，放下手中的靉靆，悠悠道：「有意思。」

「難怪妳不著急。」看看忍不住譏諷：「妳是不是早就預料會有人替妳破壞婚事？」

「妳這丫頭，為何對我這般有敵意？」秋薑好奇道。

看看愣了愣，別過頭去不說話了。

走走則遲疑著開口：「姬、姬大小姐……胡老爺，真的死了？茜色殺的？」

「我不知道。如果是真的，這丫頭可太了不起了；如果是假的，那這個丫頭，更了不起。」

「還請姬大小姐指教。」

「能當天下首富的人，一生不知要經歷多少坎坷風波、倒懸之急，這些都不足奪其運，能殺這樣人物的人，豈非很厲害？」

看看反駁道：「那可不一定，所謂大風大浪蹚過來，結果陰溝裡翻了船的人也不少。」

秋薑笑了笑，沒說話。

走走道：「那麼，為何說如果是假的更了不起？」

「大司巫的神諭是不可以輕易出口的，一旦不準，就會降低她在百姓心中的威信。若是謊言，能讓大司巫搭上自己的名望也要栽贓給她，可見此人之重要。」

秋薑說到這裡，再次拿起靉靆，瞇眼看向人潮的中心處，沉聲道：「個人之勢不足如此，茜色，妳背後站著誰，讓我們看一看吧……」

院落內一片死寂。

神諭降臨，所有人都在瞬間失去聲音。

幾息後，最先反應過來的人，是胡倩娘。

她僵硬轉身，望著被玉杖指著的茜色，顫聲道：「是、真、的、嗎？」

茜色眼中一派漠然，似是默認。

胡倩娘的第二句話就越發顫抖了起來：「不可能！我爹不會死的，我爹怎麼可能死？不可能……」

她環顧四下，希望能找到應和者，然而所有人臉上都寫著驚恐。

神諭，是不會錯的……

胡倩娘跌跌撞撞地朝茜色走去，問：「妳為何殺我爹？為什麼？」

茜色的嘴唇動了動，剛要回答，一旁的風小雅突然牽住她的手。

茜色一怔，胡倩娘也一怔，她的眼睛瞬間紅了，道：「你要庇護她？」

她立刻拔劍。

胡倩娘當然是會武功的，而且在貴胄小姐中算得上是佼佼者。可她還沒來得及拔出，風小雅指風輕彈，劍身崩斷。

她拔出了一把斷劍。

此舉猶如火上澆油，瞬間惹怒了眾人。胡府家丁紛紛拔出武器圍上去，將兩位新人圍在中央。

胡倩娘盯著茜色，嘶聲道：「回答我！為什麼？」

風小雅站到茜色身前，道：「可不答。」

茜色卻反握了握他的手，重新走到他跟前，直視著胡倩娘道：「因為他該死。」

胡倩娘尖叫起來，揮舞著斷劍朝她劈去。

風小雅一掌，將她整個人拍飛出數丈，落在草地上。

胡倩娘顧不上疼痛立刻爬起來，喊：「殺了他們！」

張燈掛彩的喜堂，終究是變成了修羅場。無數人、無數武器，全都朝二人衝去，從客棧窗戶看去，就像是一個巨大的漩渦，旋轉著要將一切吞噬。

秋薑的目光閃了閃，低聲道：「阿善，該妳出手了。」

然而姬善並沒有出現。

風小雅以一人之力，應對憤怒的人潮，像崔嵬劍門的守隘人，讓萬夫在他身前退卻。胡倩娘看著一個個被拋飛的家僕，目眥欲裂道：「殺了他們，府內物件，任憑挑選！」

圍觀眾人一聽，當即有數十人躍躍欲試地加入攻擊。

胡倩娘又喊：「他武功雖高，但無以持久！給我拖住他！」

風小雅面色微變。

茜色在他身後低聲道：「你走吧。她們只想要我的命，你單獨走，她們不敢攔的。」

「不。」

「我不值得你如此！」

風小雅回眸看了茜色一眼，這一眼，如光透紗、霜凝珠、天破曉、風輕來，如這世間所有美好被領略的瞬間，令她心中一驚、一漾，復一悲。

「抓緊我。」他伸出手臂，將她挽於胸前，然後，就有一把傘破空飛來，不偏不倚落到他手中。

傘面「砰」的旋轉打開，風小雅帶著茜色一起飛了起來。

一名曾在玖仙號上見過風小雅和馬覆一戰的婢女連忙提醒道：「小姐，他們要逃了！」

「攔住！」胡倩娘將斷劍用力擲出去，然而，斷劍在離傘面不到一丈時就被什麼擋住了，反彈落地。

「給我攔住他們！」胡倩娘咬得牙齒都滲出血來。

眼看所有人都攔不住時，一直袖手旁觀的巫女們，突然動了。

她們拔出竹杖插在地上，開始吟唱。

眾人聞聲頓變，會武功的連忙逃離，不敢聽；不會武功的紛紛跪下，跟著應和。胡倩娘不肯走，執著上前的後果就是身體一震，似有成千上萬根針，扎透了她的身體。

而空中的風小雅也很不好受，他的武功雖比巫女高，但體內七股真氣本就彼此不和，被《據比屍曲》一勾，就像是毫不配合的七個人一同捕獵，彼此衝撞，各不相讓，氣血洶湧間，一口血湧上喉間。

茜色下意識抓緊他，風小雅輕輕道：「別怕。」再次提力，拚命向前飛去。

樂聲如蛇，不依不撓地追著他，伺機啃咬。

風小雅忍不住想，他需要一把琴，或者一根簫，或者隨便來點兒什麼東西……

就當他這麼想時，一記詭異的敲擊聲突兀清脆地響起，「啪」，簡單乾脆，聽得眾人心頭一跳。

巫女們面色陡變。

「啪！」

又一記聲音響起。

巫女們齊齊抓著竹杖轉動起來，吟唱更急。

風小雅飛上屋簷，趁機看了人群一眼，什麼也沒看見。

這時，轎子裡突然傳出一聲鈴聲，鈴聲勢弱，卻異常清晰。風小雅腳下一滑，踉蹌著就要摔下去，被茜色眼明手快地一把扯住，堪堪立穩。

轎子裡的鈴聲沒有停，「叮、叮、叮」，響了三次。

風小雅的血「噗」的噴出來，在鮮紅的婚服上再添豔色。

茜色再次道：「你走，別管我！」

「不。」風小雅嚥下喉間殘血，手指在傘骨與傘面上輕點，發出一連串樂聲，這樂聲，瞬間蓋過了鈴聲。

這樂聲，穿透風月，來到了秋薑窗前。

她的眉心不受遏制地跳了幾下。

這是……《玉鉤欄》。

十四歲的彰華所寫，送給摯友風小雅的曲子，十分輕快，十分美好，十分地肆意快活。

十四歲的太子不可一世。

十四歲的少年不懼死亡。

「《據比屍曲》要敗了……」秋薑幽幽一嘆。

風小雅飛快地彈奏著，一把傘，被彈出了琴瑟鐘鼓之聲，聽在眾人耳中，只覺酣暢淋漓，痛快至極。

哪還能聽見巫咒蝕骨、死亡之音？

巫女們的身體抖了起來，苦苦支撐著不肯罷休。但她們的聲音越來越小，氣息也越來越弱，所有人都知道落敗只是時間問題……

一道光突然亮起。

短促、閃耀，像夜間劃過天幕的流星。

從茜色袖中飛出，沒入風小雅後腰。

樂聲，頓時停了。

淺藍色的傘，破了一個洞。

風小雅的腰上也多了一個洞。

看到這一幕的眾人，紛紛驚叫起來。

風小雅垂眸，看著破了的傘面，眼中不知是惋惜多一點兒還是哀傷多一點兒，再然後，慢慢回頭——

茜色的臉在這一瞬間跟秋薑的臉重合了。

若干年前，秋薑從內室掀簾而出，扔出他父的人頭時，也是這樣的表情：微笑的、輕鬆的、愉悅的，以及……詭異的。

「又被摯愛之人背叛一次，感覺如何？」

秋薑手裡的鬘鞢從窗口掉了下去。

看看大驚道：「我的寶貝！那是我的！」當即跳下窗撲救，然而已來不及，水晶落地，瞬間碎裂。

晶瑩碎片崩了一地。

看看心疼得無以復加，氣得抬頭就要大罵，然而就在抬頭的這瞬間，她看到了秋薑的臉——一張真實的、悲傷著的臉。

看看的聲音戛然而止。

又被摯愛之人背叛一次的感覺，是什麼樣的？

親眼看見這一幕的眾人全都心頭驚悸，震撼難言。

風小雅看著茜色，苦笑道：「我以為，我活著比死了有用。」

「你活著，只能救我一人；而你死了，能累及伏屍百萬。」

「原來如此。」風小雅喃喃，眼中的最後一絲光也暗了下去。

茜色冷冷一笑，抓緊匕首正要拔出來，一根黃絲帶橫空出現，一把捲住風小雅的腰將他拉走。

匕首也因這一拉之力離開風小雅的身體，噴薄而出的鮮血濺了茜色一臉，茜色尖叫一聲，不得不捂眼後退。

黃絲帶捲著風小雅落地，跌入吃吃懷中。她身邊還有一人，正是姬善。

姬善出手極快，用布團壓住風小雅的後腰，又餵了一顆藥丸給他，嘴裡道：「擒下她！」

「是！」吃吃飛上屋簷跟茜色打了起來。

胡倩娘也跟著回過神來，叫：「殺了茜色！」

眾人正待上房，茜色手中揮出一物，手指長短的瓶子，裡面的粉末迎風而化，變成白霧迅速擴散。

「吃吃，跑！」

姬善連忙喊，但已來不及，吃吃張嘴吸入了一點兒，整個人立刻僵硬地倒下了。

白霧所落之處，暈倒一片。

胡倩娘驚駭回頭，對巫女們道：「是巫毒！她怎麼會有巫毒？」

茜色發出一連串銀鈴般的笑聲，道：「我不僅有，而且還知道，妳們只剩下最後一瓶解藥啦！哈哈哈哈……」笑聲中，她在屋簷上幾個起落，飛躍著離開了。

巫女們一臉惶恐地向軟轎跪拜道：「大司巫！」

軟轎內沉默片刻，然後，彩色手套伸出來，掌心上躺著一瓶解藥。

「共有三十二人中毒，伏周給了解藥。據說，那是最後一瓶解藥。」客棧內，朱龍向秋薑稟報。

秋薑點點頭，望向內室，隔著紗簾，依稀可見姬善正在為風小雅針灸。

朱龍稟報完便悄然退了出去。

一旁的几案旁，吃吃邊揉頭邊道：「這巫毒真是厲害，我整個人跟被暴揍了一頓似的，哪裡都疼。」

「能及時解就不錯了，知足吧。下次再中招，就得死翹翹了。」

「不怕，我對善姊有信心！善姊，妳一定能研製出解藥來的，對不？」

「嗯。」內室傳來姬善的回應。

吃吃很高興地道：「聽，善姊說沒問題！」

看看瞄了秋薑一眼，刻意問：「善姊，風小雅沒事吧？」

姬善沒有回應。

吃吃道：「完了，善姊不說話，就是要糟糕啊。妳說說那個茜色，怎麼能那麼狠呢？鶴公為了救她，不惜跟所有人為敵，她卻在後面捅刀子！」

看看又看了秋薑一眼，心想不愧是傳說中的如意夫人，臉上真的一點兒表情都沒有，啥心思都看不出來。

「她是瘋子吧？她到底是不是江江啊？怎麼能這樣對鶴公？」

「善姊不是說了嘛，這麼多年過去了，沒準她都移情別戀了，不愛風小雅了。」

「瞎眼的賤人！」

看看咳嗽一聲道：「文雅點兒，喝喝在呢。」

「喝喝在我也要罵，狗娘養的！禽獸不如……」

吃吃正在罵罵咧咧，內室的姬善警告：「太吵了！」

吃吃一怔，連忙禁聲。

房間裡安靜了一盞茶工夫，直到姬善掀簾走出來，對秋薑道：「妳……要不要見他最後一面？」

秋薑毫無表情的臉上終於有了變動，像鏡子承受不住重擊，終於裂了一條縫。

姬善補充：「他沒有意識。妳可以一見。」

秋薑站在原地，沒有動。

姬善朝四個丫頭使了個眼神，帶著她們退出客房，並關上房門。

吃吃作勢就要往門上貼，被姬善揪住耳朵道：「做什麼？」

「好想知道她會跟鶴公說點兒啥。」

看看道：「我也想知道！」

「別鬧，吃飯去！」姬善抓著她們下樓。

房間裡，秋薑盯著那道簾子，薄薄一層紗，卻似隔著萬水千山，遙不可及。

唯方如此之大，多少人說著再見再也難見。

唯方如此之小，多少人不願再見卻總是再見。

是命運嗎？是嘲笑嗎？還是……考驗呢？

多少人生死之際可以不顧一切，而到了她這裡，這一步，依舊沉如千斤。

今日發生之事，像是一齣精心為她準備的戲碼。

她不肯出現，她不肯表達。

於是冥冥中那隻充滿惡意的手，就強行將她捉過來，按在臺下，看一切發生。

看新人如玉；看歡天喜地；看前緣再續；看破鏡重圓。

她想，她不遺憾，也不後悔，更不回頭。她要繼續往前走。

但突然間，喜事變成喪事；新人變成敵人；強行縫合的鏡子再次碎裂；而她給予了無限祝福的那個人……就要死去。

秋薑的眼淚流了出來。

她在心中一遍遍地問：為什麼？憑什麼？說什麼？做什麼？什麼和什麼……

最終歸結為另外三個字。

五色小盞，分別裝著甜的、鹹的、酸的、辣的、原味的五種豆花。

每人只吃自己那一份。

吃吃吃著甜豆花，對吃著原味的姬善道：「善姊，姬大小姐會見鶴公最後一面的吧？鶴公真是太可憐了。」

吃著鹹豆花的看看道：「自以為是情聖的男人，最終都會死於女人之手。」

「多情有錯嗎？」

「多情沒錯，多情到愚蠢就是錯。」

吃吃頓覺吃不下去了，把碗一放，重重嘆了口氣，道：「鶴公死了，燕王得多傷心啊。」

「茜色的目的不就是惹燕王動怒，挑起兩國紛爭嗎？」

「但妳說，她怎麼會有巫毒？又怎麼知道只剩下最後一瓶解藥呢？」

看看和吃吃對視一會兒，全都想起了一個人。

「時鹿鹿？他跟茜色是一夥的？」

「八成是！」

二人齊刷刷看向姬善，道：「善姊，妳覺得是他嗎？」

姬善吃著沒有添加任何調味料因而極為寡淡無味的豆花，幽幽道：「聽說秋薑做的素齋非常好吃，尤其豆腐，堪稱一絕。」

吃吃、看看莫名其妙。

姬善以手托腮，望著樓上客房方向道：「人死了，辦喪事時，也許能吃到？」

「善姊！鶴公都要死了，天下就要大亂了，妳只想著吃嗎？」

「九成九吃不到，唉。」姬善嘆了口氣，好生失望。

吃吃急道：「善姊，妳快想想辦法阻止——」

走走打斷她的話。「死不了。」

「哎？什麼？」

「如果鶴公真的命不久長，大小姐絕不會坐在這裡吃飯，而是拚了命地翻醫書找偏方、尋奇藥，死馬當活馬醫也要鬧騰起來，直到對方嚥氣才肯罷休。」

姬善悠悠一笑道：「知我者，走走也。」

吃吃「啊」了一聲，反應過來道：「也就是說，鶴公不會死？但姬大小姐以為他要死了，也許就會對他說一些……平日裡不會說的話？」

看看點頭道：「生死之際，確實可見真心。」

吃吃睜大眼睛道：「這是妳的主意還是鶴公的？」
姬善指了指自己的鼻子。
吃吃啐道：「善姊，妳這招太陰險了！」
「我是在治病。」
「什麼？」
「風小雅是個痴兒，先被姬忽拋棄，再被茜色這麼一搞，壓根不想活了。此其一。」
「還有二？」
「姬忽命不久長。」
此言一出，四人皆驚。
吃吃顫聲道：「真的？」
「風小雅跟她是兩個極端：一個肉身強健，心卻千瘡百孔；一個破爛之軀，偏偏心志堅韌。所以，一個能活卻不想活，一個想活卻瀕死。」
「那妳這算是心病用心藥醫？」
「我想知道……人類，為什麼如此脆弱？哪怕衣食無憂、毫髮無損，卻仍會抑鬱成疾；又為什麼如此強大？開天闢地，改寫山河，馴百獸為禽，馭萬物以樂。為什麼有些病藥石無解卻可自癒；為什麼有些病對症下藥卻仍消弭……」
姬善說到這裡，用蘸著湯汁的筷子在几上寫了一個「醫」字。
「醫的本意是什麼？是把箭從中箭之人體內挖出來？是用藥酒消毒對抗頑疾？還是，巫醫同宗，驅散心邪？」
她的眼瞳幽深，神色難得一見的嚴肅。「江晚衣立志於醫，對他來說，無所謂人，只在意病。不管好人壞人，只要是病人，他都醫治。我的道與他不同，我不問病症，只求醫人。所以……」

縱她一生，三分瘋癲、三分痴狂、三分清醒，再加以一分虧欠，變成了十成執念。

行觀天下，醫人為生。

是謂，善。

沒什麼。

秋薑想，沒什麼大不了的。

不過就是毀誓，不過就是屈服命運，尊崇本心，自私一次又怎樣？

她朝簾子走過去。

一步、兩步、最後一步。

手指輕抬，觸及紗簾的瞬間，銅鉤映出半張臉，其他全是模糊的，唯獨眉心被頤非用劍紋出的薑花，格外清晰。

「要歸來。」

「要歸來。」

「要歸來。」

無數個聲音在耳畔迴響，秋薑整個人重重一震。

最後，她後退三步，回到原來的位置上。

秋薑開口，聲音裡充滿情緒，不再遮著藏著，反而顯露出一種溫柔的平靜來：「兒時上學，談及鬼神橋。你知道那個傳說嗎？投胎之人要過橋，橋上會有聲音呼喚他，讓他回頭。他心裡最想聽什麼，那個聲音就說什麼。所以，過橋之前，都會有個智者苦口婆心地勸說——別聽，別回頭。回頭的人，最後都無法返回人間。」

簾後靜靜，沒有絲毫回應。

「老師告訴我們這個故事，問我和阿嬰怎麼想。阿嬰說既已身死，理當魂消，七情六欲和牽掛都應斷在上一世，下一世有下一世的羈絆。當斷則斷——這是阿嬰的道。」

她那個傻弟弟，最終沒有回頭，但也沒能走到終點。

「你猜我的回答是什麼？」

秋薑說到這裡，笑了笑，顯得又調皮又狡黠。「我跟老師說，那些回頭的人真傻，為何不等過了橋後再回頭呢？這樣，橋也過了，惦念的人也能見到。阿嬰反駁我，若那時惦念的人消失了呢？我說，那就是那個人不對了。他為何不等等我？等我過了橋，再續前緣？」

窗外的風吹了進來，簾子晃動了起來。秋薑盯著晃動的簾子，收起笑容，沉聲道：「所以，永遠前行——這是我的道。我必須往前走，完成我的事情。到時候如果你還活著，我就去見你。如果你死了，說明——你放縱自己成為命運的棋子，成為阻礙我的心魔，那，還是死了的好。」

秋薑說完，轉身離開。

她沒有猶豫。

她沒有回頭。

她大步朝前走著，每一步，都異常堅定。

簾後榻上，一動不動平躺著的風小雅依舊閉著眼睛。

唯獨放在身側的手指，輕輕地動了兩下。

似掙扎，似解脫，似一場跟命運抗衡的戰爭終於有了結果。

最先吃完辣豆花上樓去的喝喝又飛快地跑下來。「走、走……」

吃吃隨口回應：「叫走姊幹麼？」

「走、走掉了！」喝喝指了指秋薑所在的房間。

看看立刻跳起來，道：「什麼？姬忽走了？」

喝喝點頭。

看看和吃吃立刻衝上樓，果然，房間空空，只有風小雅躺在榻上，也不知是真睡還是假睡，沒有反應。

兩人又連忙下樓，見姬善還在慢條斯理地吃豆花，不由得急道：「善姊！真走了！妳的心藥沒起作用啊！」

「誰說的？」姬善微微一笑道：「看著吧，風小雅不想死了。」

風小雅不但不想死了，還很快的好了起來。

當天晚上喝喝捧藥給他時，他已經能自行伸手端碗了。

燈光如錦，鋪在他孱弱的軀體上，瘦瘦一片，卻顯得越發雅致精美。吃吃一邊托腮看著，一邊感慨：「還是鶴公更美。妳哥，還有那頭臭鹿都比不上。」

看看正在撥算盤，聞言嗤鼻道：「男人都不是什麼好東西，不想被辜負、被拋棄、被連累，還是躲著點兒吧。」

「那怎麼行？我的夢想就是嫁個如意郎君，生兒育女，白髮蒼蒼時看著兒孫滿堂，還要用沒牙的嘴嗦幾口糖！」

看看撇撇嘴，沒再說什麼。

坐在榻上喝藥的風小雅，聞言一笑，抬眸看著吃吃道：「妳一定會實現的。」

吃吃的臉騰地紅了，結結巴巴道：「鶴公，我叫吃吃，我以前去過玉京，聽過你彈琴……」

「我知道。」

「你知道？你、你怎麼會知道？」

「薛采寫信告知，姬善逃離在外，請我代為留意。而妳們……」風小雅的視線在走走的腿、看看的眼、喝喝的紅衣和吃吃臉上掃過。「很好認。」

太有特色了，姬善的這四個婢女。名字也好記，過耳不忘。

只是沒想到，他沒去找，她們就主動出現了。只不過當時婚宴上看看和吃吃易了容，他沒能第一時間認出來。

風小雅配合地將藥喝光，遞還給喝喝道：「請問，姬善在哪裡？我想親自謝謝她。」

他之前失血過多，迷迷糊糊，雖然知道施針療傷的那個人就是姬善，但怎麼也睜不開眼睛。而等他能睜眼後，姬善再沒出現過。

吃吃「咦」了一聲，道：「對啊，善姊去哪裡了？怎麼又一聲不響地失蹤呢？」

「都說了她的祕密比虱子還多，妳還沒習慣？」看看就很習慣。

走走也很習慣，她對大小姐有種盲目的信任。「大小姐肯定是去辦要緊的事了，過會兒自會回來。」

喝喝從不發表意見，默默地拿著空碗去洗。

就在這時，外面響起一道尖銳悠長的聲音。

吃吃扭身推窗一看，驚喜道：「煙火！」

月上中天，夜色如墨，卻有一簇簇五顏六色的煙花，從城西竄起，在空中不斷炸裂，變成耳朵的圖案。

吃吃嘆為觀止。「宜的煙花，真是美啊！」

「美個頭！沒看見耳朵嗎？那是巫族專門的煙火！」看看擠上前，面色大變。

「西邊……蜃樓山方向？」走走驚覺。

「巫神殿……出事了？」吃吃問看看，看看凝重地點了點頭。

所有看到煙花的宜人全都開窗推門，奔出屋外互相傳訊。鶴城的夜，被驚訝和惶恐點燃，不安地蒸騰起來。

姬善也在看煙花。

她不是一個人。

她跟秋薑並肩一起坐在客棧的屋頂上，望著夜色裡被煙花映得花花綠綠的蜃樓山，道：「是妳幹的？」

「是妳幹的？」

兩個聲音同時發出，兩人同時轉頭看了對方一眼，又雙雙道：「原來不是啊。」

姬善皺眉道：「別學我說話。」

秋薑「噗哧」一笑道：「別忘了，妳才是影子，是妳學我。」

「我已經離開姬家，不當影子了。」

「我好像沒答應。」

「妳說了不算。妳娘同意了，妳弟弟也同意的。」

秋薑的呼吸頓了一下，道：「他們真的同意？」

「琅琊給我的承諾是『當世間不需要姬忽時』。姬嬰則是『妳想離開，就可以離開』。」

秋薑笑了笑，道：「確實像我娘和阿嬰會說的話。」

「璧國政權落入姜氏之手，姬貴嬪的存在已經毫無意義。除非……」姬善盯著秋薑，一字一字道：「妳想從姜沉魚手裡，搶回來。」

「我做不到。也沒興趣。」她只想歸程，至於璧國的皇室姓季姓姬還是姓姜，無所謂。

「妳不想救妳弟弟？另一個弟弟。」

「他是個什麼樣的人？」秋薑來了興趣。她只見過昭尹一面，那時候他還是個可憐兮兮、悽慘無助的孩子。後來聽說了許多他的事情，整體評價不高。但外界傳聞多少失實，昭尹究竟是個什麼樣的人，也許這個做過他枕邊人的姬善，最清楚。

姬善沉默片刻，道：「他是個好人。」

不得不說，這個答案讓秋薑非常意外。

姬善第一次見到昭尹，是十七歲生日過後的第一天——當然，那是姬忽的生日。六月初二，正值盛夏，荷花開了一池，陸離水榭又美又涼快。她趴在欄杆上，喝著冰鎮過的瓊漿玉液，微醺道：「敬膏粱錦繡！」

「敬潑天富貴。」

「敬高明之家，鬼瞰其室……」

一旁的看看將酒奪走，著急地推了推她。

「幹麼？」她一邊去搶酒杯，一邊回頭，見　人淚流滿面地站在前方，正是看看她哥——衛玉衡。

姬善挑了挑眉，道：「你哭什麼？」

衛玉衡突然上前幾步，抓住她的手道：「大小姐，我帶妳走吧！」

「哈？」

「天涯海角，我一定會保護妳的！妳是如此灑脫快活的一個人，怎麼能去那種地方！」

姬善想，這麼英俊的男人，怎麼會哭得這麼醜呢？

就在那時，昭尹出現了。

他在崔氏的引領下出現在湖邊。彼時的他十四歲，身型較一般人瘦小，卻有一張極為英俊的臉。

崔氏看見衛玉衡，面色立馬一沉，道：「拉拉扯扯成何體統？還不速速退下？」

衛玉衡猶豫了一下，縮手低頭地含恨而去。

崔氏這才引見道：「大小姐，這位是穎王殿下。」

姬善便衝他舉了舉手裡的酒杯，道：「敬穎王殿下！」

昭尹微微一笑，上前兩步接過她的杯子，一飲而盡。

崔氏十分識趣地退下，並帶著婢女們全部離開了。

昭尹親自將酒斟滿，遞還給姬善道：「敬謝庭蘭玉、汝南姬氏三十九代嫡女，茹古涵今的圖璧第一才女，康衢煙月的逍遙散人，不凡客姬大小姐！」

姬善勾唇道：「你查過我呀。」

「對於未來的妻子，應該用點兒心。」

「妻子？不是妾嗎？」

昭尹的目光閃了閃，問：「妳不想當妻？」

「我什麼都不想當。」姬善反手將酒杯丟入湖中，濺起一片水花。

昨夜琅琊告訴她，決定把她嫁給穎王。穎王是陛下最小的兒子，比她小三歲，出身卑微，母親是浣衣局的宮女，早早病亡。諸位皇子中，他最無權勢，卻不知怎的得了薛家嫡女薛茗的青眼，娶了薛茗為妻。

如今，又看上她。昨日在姬府門前當街下跪，求娶她為妃，姬老侯爺十分感動，應允了這門婚事。

姬善心中明鏡似的，什麼姬老侯爺應允，明明就是琅琊的決定。

此刻，她上下打量著昭尹，心道：真是看不出來，此人竟有真龍之相。

昭尹在她身旁坐下，輕輕道：「不想當妻也不想當妾的話，就當我的姊姊吧。」

姬善一怔。

昭尹抬頭看她，眼睛明亮溫柔，道：「我一直想要個姊姊。」

「然後，妳猜，發生了什麼事？」姬善朝秋薑眨了眨眼睛。

秋薑半點不奇地答：「衛玉衡被人引薦給姜仲，姜仲欣賞他，決定把杜鵑嫁給他。」

姬善嘆道：「不愧是……千知鳥啊。」

秋薑皺了下眉，突有所悟。「難道……是昭尹所為？」

「沒錯！他想要姊姊，卻不想要姊夫，於是暗中推波助瀾，就此改變了衛玉衡的命運。」姬善拊掌大笑道：「所以我才說他是個好人啊！我正煩死了衛玉衡，他來這麼一招，正合我意！」

秋薑忽然覺得，姬善所謂的好人，跟她的定義似乎不一樣。

「看看一直覺得她哥對我一往情深、百般呵護，可當他得知我要嫁給穎王為妃再無機會後，立刻扭頭選了姜仲的女兒。看看去找他理論，反被他打傷眼睛。自那後，她便知道了，我為什麼一直看不上衛玉衡。」姬善說到這裡，聲音恍如嘆息。「衛玉衡喜歡的是姬大小姐，不是我。」

「那昭尹呢，他真的把妳當姊姊嗎？」

「是真的。所以我才說，他是好人。」

昭尹對她確實沒話說，她嫁過去後，也依舊自由自在、無所顧忌。乃至後來他當了皇帝，還特地找了個湖心島給她，讓她可以避開繁文縟節，繼續外出逍遙……他本可以不必這般優待她，可他全做了。

「他應該知道妳不是我。」

「他一開始不知道，當了皇帝後，琅琊告訴了他。」

「那他還把妳當姊姊？」

姬善似笑非笑地睨著秋薑。秋薑奇道：「為何這樣看我？」

「如果當時嫁過去的是妳，他肯定不喜歡妳。」

秋薑不屑地撇了撇嘴。

「因為，妳只是姊姊。而我，是大夫啊。」

秋薑一怔。

「他自幼喪母，缺衣少食，後又被高高捧起，站到了權勢之巔，高處不勝寒，圍繞身旁的全是算計，全是有所求。只有我，視權勢如糞土、縱情肆意、眼高於頂……這樣一個人卻對他溫柔親近，還會針灸，幫他緩解頭疼……昭尹喜歡一切對他有幫助的人，而我，就是一個有用的人。」

「如此說來，昭尹對妳極好。他如今中毒，妳不想救他？」

「妳這個親姊都不救，為何苛責我？」

兩人對視，相對無言。

片刻後，秋薑先收回視線，低聲道：「我告誡自己現在不要去想他。」因為那樣會猶豫，會失去方向，無法繼續前行。

命運對她從來吝嗇。

一個昭尹，一個風小雅，都是不可分心。

就在這時，姬善突然伸手，捧住了她的臉。

秋薑心中一顫，彷彿回到九歲初見的那一天。

「一定有機會的。」

九歲的姬善說道。

二十四歲的姬善，也如此說道。只不過這一次，她沒再假笑，而是眼神溫柔、神色堅定地重複：「一定。」

有一朵煙花在空中炸開，映亮了她和她的臉。

秋薑道：「我要走了。」

「去吧。」

「他……」

「他死不了。」

若吃吃等人在，肯定會問那個「他」是誰？風小雅還是昭尹？但秋薑和姬善，都知道指的是誰。

朱龍飛上來，將秋薑抱起。秋薑對她道：「妳多保重。」

「擔心妳自己吧。」姬善不耐煩地揮了下手。

朱龍瞥了她一眼，帶著秋薑飛下屋簷，坐車離開了。

直到馬車消失在視線裡，姬善才悠然起身，伸了個大大的懶腰，伸到一半，面色微變。「糟了！」

她不會武功，怎麼從這麼高的屋頂上下去？

再回想起朱龍臨去前的那一瞥，果然，他是故意的！

姬善四下張望，心中琢磨著怎麼下去時，身旁多了一道影子。她歡喜起來道：「看看，妳怎麼知道我在這裡……」

她扭頭回望，那人卻不是看看。

再然後，一記手刀切落，無邊暗幕落下的瞬間，她心中罵道：渾蛋朱阿狗！不把我送回去……我要是死在這賤人手裡，做鬼也不放過你！

第六回　共生

姬善當然沒有死。

她醒過來時，發現自己躺在一張非常華麗的大床上。床褥以上好的鵝絨織成，床頭插著白孔雀翎羽，躺在上面如臥雲端，柔軟得不可思議。視線所及，琳琅滿目，每件東西都精緻極了，空中有非常好聞的花香。

姬善這些年養尊處優，見慣了大富大貴、人間奢靡，然而，連她也是第一次見到這樣的房間——每件陳設都似乎在說「我的主人好美好美啊」。

這裡……是哪裡？

她戀戀不捨地從床上爬起來，在床旁找到了自己的鞋子——與風情萬種的房間格格不入的一雙牛皮小靴子。

她穿好靴子，推門走出去。

大風立刻吹得她一哆嗦。

好冷！

屋裡溫暖如春，屋外卻凍得驚人！

不過一門之隔，恍如兩個季節。

姬善第一時間回屋，見屏風上掛著一件白狐皮裘，便拿下來穿上。裘長至地，看來此地的主人比她高了起碼一個頭。

姬善「啐」了一聲，此前見秋薑時就發現了，秋薑也比她高了半個頭。

她不太開心地再次出屋，四下張望，發現門裡門外不只溫差有別。屋內那般精美，屋外一片荒蕪。視線內除了兩間木屋，就是一地雜草，除此外什麼也沒有，遠遠望去只有一片蔚藍色的天空。

她裹緊皮裘迎風而行，走了大概五、六百步後，終於看到了邊界。

她兩腿不由自主一軟，整個人跌坐在地，一時間，冷汗崩流，浸溼衣衫。

下面竟是懸崖！

四下毫無遮擋，再多走一步，就下去了。

懸崖！木屋！冷！

這裡是……

一個答案跳入腦海——聽神臺！

姬善手腳並用地往回爬，爬回木屋，「砰」的關上門，這才恢復些許力氣，當即罵了出來：「茜色妳個賤人！」

她懼高啊！

這些年，她遲遲沒來聽神臺找伏周，也有一部分原因是這個。她對自己爬上宜國甚至可以說是唯方大陸最高的蜃樓山，沒有信心。

現在倒好，昏迷之際直接被人送上來了。

那個昨夜出現在屋頂打暈她的人，正是茜色。

茜色為什麼抓她？跟伏周什麼關係？為什麼把她送來此地？茜色不是巫族的敵人嗎？怎麼上來的？

姬善一邊思索，一邊在屋子裡翻找。她有點餓，亟需進食維持體力。然而，屋子裡每樣東西都美極了，也無用極了，什麼吃的喝的都沒有。

除了博古架抽屜裡那些瓶瓶罐罐的毒藥。

就在這時，外面遠遠傳來一連串腳步聲。姬善心中一沉。

秋薑注視著床榻上的女子。她閉著眼睛，有一張秀雅溫和的臉，看上去楚楚可憐，但這只是假象。

這是世上最可怕的一個女人，對很多人來說，比惡貫滿盈的如意夫人更瘋狂。

「頤殊中了巫毒，妲婆沒有解藥。」朱龍在一旁稟報道。

秋薑轉頭，看向李妲道：「說說經過。」

「是。昨日我以符咒不夠為由，前往巫神殿請符，巫女們並未起疑。我在殿內一邊抄錄符文一邊等著，到了午餐時間。我牢記夫人的叮囑，沒吃殿內的飯食，只啃了幾口自己帶去的饅頭。果然，不到一炷香工夫，就發現那些人都睡著了！」

秋薑瞇了瞇眼道：「繼續。」

「我假裝昏迷。有一群黑衣人闖入神殿，每個都輕功了得，他們進來後直接上山，我便悄悄跟在後面，遠遠看到他們從聽神臺的木屋裡抬出一個大箱子。我心道不好，箱子裡估計就是頤殊，若讓他們把人帶走就糟了。於是我搶先一步下山把巫女們用水潑醒，告訴她們有人闖入。兩撥人在山道上打了起來，我就趁亂把頤殊偷了出來……」

姐婆說到這裡，從懷裡取出一物遞給秋薑。「我還從其中一個黑衣人身上偷到了此物。」

這是一只黑色的、被墨浸泡過的繭。

朱龍面色頓變。「燕王的暗探！」

燕王彰華有一批暗探，散布在各地收集情報，用來匯報的信物，就是繭。

秋薑用戒指上的針劃破繭子，從裡面抽出一張捲得細細的字條，上面寫著：核實程王確在聽神臺。

朱龍分析道：「也就是說，風小雅刻意選在昨日成親，吸引所有人的注意，並把伏周也引下山，讓燕王的暗探趁機上山擒人。」

秋薑皺了皺眉，沒有說話。

「也不知他們兩派打成了什麼樣子，不過如此一來，巫女們會以為頤殊落到了燕王手中，對我們來說，是好事。」

姬善第一時間躲在屏風後。她雖不會武功，卻深諳化氣之道，讓自己的呼吸變得緩慢悠長，接近無聲。

腳步聲在門外停了下來，然後，轎子落地。

一個巫女的聲音響了起來：「稟大司巫，當時留在殿內的姑娘們全都中了迷藥，身體僵硬，沒能擒住那群黑衣人，被他們逃脫了。」

另一個巫女道：「我們現已封鎖城門，四處尋找那群人，想必很快會有結果。」

「私闖神殿，褻瀆巫神，罪不可恕！還請大司巫聆聽神諭，幫我們盡快擒住那些瀆神者！」

伏周「嗯」了一聲。

「我們隨時等候您的召喚。」巫女們恭恭敬敬地行了一禮，然後腳步聲遠去。

姬善有些猶豫，不知是該主動現身，還是再等一等。某種直覺讓她選擇了等待。

在她的猶豫間，門「吱呀」一聲開了。透過屏風的縫隙，依稀可見身穿羽衣、頭戴羽冠的伏周走了進來。

伏周跟她想像的不太一樣，個頭十分高挑，戴著　對羽毛耳環，臉上繪滿紅紋，看不清面容，給人一種豔而妖異的感覺。

伏周走到一扇窗前——也是此屋唯一的一扇窗，窗戶緊閉著。她盯著窗戶看了半天後，忽道：「想出來？」

姬善陡然一驚，第一反應就是被發現了！

「出不來的。」伏周又道。

姬善一怔，透過縫隙，伏周背對她站在窗前，撫摸著手中的玉杖——不是在跟她說話？

「妳該知道，我出來了，就輪到妳進去了。」

姬善微微皺眉，這話非常詭異，更詭異的是，她只能聽到伏周的聲音，跟伏周對話之人是誰？

「我要做什麼？妳想不出來？」伏周呵呵一笑，道：「我要妳死，要赫奕死，要宜，也死。」

姬善下意識地捂住自己的嘴巴，她聽出來了——

此人不是伏周！

此人是……

姬善眼前突然一黑，復一亮，整個屏風橫飛出去，再然後，頭戴羽冠、身披羽衣、耳戴羽環、手持玉杖的大司巫便落在她跟前。

原先看不真切的繪滿紅色花紋的臉，也一下子清晰了起來——

時鹿鹿。

秋薑翻轉著黑色的繭，幽幽道：「但真的是燕王嗎？」

朱龍不解道：「妳覺得對方是故意帶著此物，栽贓給燕王？」

「燕王行事，喜歡堂堂正正碾壓。如此瞞天過海、鬼鬼祟祟，不像他的行事風格。還有最重要的一點——風小雅娶別人，他不在意，但風小雅娶江江，他絕不會破壞。」

彰華深知風小雅此生最大的執念就是江江，絕不會在這麼重要的事情上橫生枝節，這是他身為摯友最大的祝福，也是他身為帝王最難得的真情。

「那麼，會是誰嫁禍燕王？」

秋薑笑了笑，道：「得是個很熟悉燕王的人，能弄到這種繭，還能模仿他的暗探，而且心思極多。你以為他的目標是頤殊？不，他的目標恰恰是，放走頤殊。」

朱龍和李妲雙雙一驚。

「首先，黑衣人們既能暗中下迷藥，為何不直接下毒藥，把巫女們全毒死，豈非更安全？」

李妲低聲道：「可人命關天，那麼多巫女要是同時死了，宜國的百姓肯定會覺得是巫神降怒，動盪不安……」

「宜國動盪，燕國擔心什麼？」

李妲無語。

「其次，妳一人就能將頤殊背回來，他們那麼多人，抬個箱子做什麼？」

朱龍了悟道：「目標。是為了醒目地告訴別人——頤殊就在箱子裡！」

李妲面色一白。

「沒錯，他們生怕妳發現不了頤殊所在。妳說混戰之時，雙方都顧不上妳，這才得以溜走。但是，頤殊是他們此行的目標，遇到攻擊只會第一時間重點看護，怎會丟在一旁不顧，讓妳撿漏？」

李妲「啪」的跪下了，惶恐道：「我也想過這也許是個陰謀，但是，當時滿腦子想的都是既然夫人的目的是抓回女王，那麼，管他背後牽扯多少事，也先把女王弄到手再說！」

秋薑盯著她，半晌後點了點頭，道：「妳想得對，起來吧。」

朱龍道：「如妳所言，這是個陰謀，對方故意把頤殊送給我們，目的何在？」

「等著看下一步就知道了。」秋薑把玩著黑繭，淡淡道：「巫族封鎖了城門，還在四下尋人，過不多會兒就會找到這裡。天羅地網，我們本逃不掉。但是，此人一定會幫我們，讓我們順利離開。」

姬善的第一反應是轉身就跑。

然而，木屋雖然精美，卻不寬敞，根本無處可逃。

姬善跑到窗邊，試圖開窗，卻發現窗是封死的。

身後，傳來輕輕的笑聲。

「這麼害怕？」

軟綿綿、溫吞吞，獨屬於少年的音感，卻是裹了蜜的毒藥。

姬善見逃不掉，索性不逃了，回身望向對方。

宜國大司巫的裝束，穿在時鹿鹿的身體上，卻說不出的合適——他天生就應該穿這樣高貴繁美的衣服，而不是裹著被子躺在榻上委屈兮兮地討好她。

「伏周呢？」

時鹿鹿淡淡道：「以彼之道還施彼身。也許十五年後，我會放她出來。」

「我昨日客棧所見的……」

「是我。」

姬善的眉心跳了跳。昨天跟伏周的見面，給她一種怪怪的感覺，當時她覺得是多年未見，生分了的緣故，現在回想起來，是因為——話多。
伏周是個沉默寡言之人，昨日卻破天荒地跟她說了那麼多話。那般不正常，她卻沒發覺，大意了！
姬善咬牙道：「你怎會認出第一條披帛是假的？」
那是獨屬於伏周跟她的祕密。
她一向謹慎，昨日也是試探過後，才認定轎內確實是十姑娘。
「自妳告訴我妳和伏周兒時的羈絆，我便回來第一時間抓了她，問出了細節。」
「不可能，你分明中毒……」
「巫毒的解藥，如今世間，只有我知道。」
「可你如何瞞過眾人上山？」
「巫族的隱祕，如今世間，也只有我知道。」
她每問一句，他便前進一步。意識到這點後，姬善停止了發問。
時鹿鹿忽又放柔了聲音：「繼續問。只要妳問，我就回答。而妳知道，我一向……是不說謊的。」
「你不說，卻做！」
假冒伏周在外行走，他想幹什麼？為什麼要去攪亂風小雅的婚事？為什麼說胡九仙是茜色所殺？為什麼給她鐵線牡丹讓她破解巫毒？他到底在圖謀什麼？
無數個問題在她腦中跳躍，但她一個都不敢問。
時鹿鹿笑了起來，一邊笑一邊繼續朝她靠近，道：「妳不應該想不到的。我所做的一切，都是為了復仇啊。我要天下大亂，我要我的好哥哥四面受敵，我要拿回本該屬於我的一切……而假扮伏周，就是計畫的第一步。」

「我不想聽！」

「妳必須聽。因為，我已經放過妳一次了。我對自己說，我放過妳一次，就一次。我不辭而別，甚至借伏周之口把妳調走，讓妳專心去研製解藥，不要再出現在我面前。可是，妳主動來了這裡……」

姬善忙道：「不是我自己來的！」

「妳既來了，要不死，要不……就永遠地留在我身邊。」最後一個字的氣息，輕柔地噴在姬善臉上。他距離她，已近在咫尺。

姬善的心沉了下去。因為看著時鹿鹿的眼睛，就知道他是認真的。

秋薑摸著頤殊的脈搏，眉頭微蹙，問：「巫毒真的沒有解藥了？」

「按茜色的說法，昨日伏周拿的是最後一瓶，已經用完了。」

李妲在旁補充：「上任大司巫是暴斃而亡，伏周未能見她最後一面，她也沒有留下什麼祕籍。所以，解藥的祕方，確實斷了。」

「伏周是怎麼選出來的？」

「大司巫提前聆聽了神諭，說去汝丘接一個十二歲的女童，那是她的繼承者。當時我也在場。結果，聽神臺的巫女們剛出發，她就突然口吐鮮血飛昇了。」

「那麼，如何斷定接到的伏周，就是那個女童？」

「耳力過人，一測便知。跟我們不一樣。比如說——她能聽見種子破壞的聲音，準確說出發芽和開花的時間。」

秋薑目光閃了閃，情不自禁地想起了喝喝。當時她在屋中蘸水寫字，喝喝在外面就能聽出來。但喝喝沒能聽出屋裡只有她一人，伏周想必比她更厲害。

「伏周是到了聽神臺後才學巫術的？」

「她不用學。天生就會。」

秋薑皺眉。李妲見她不信，忙道：「真的，她跟我們不一樣。她能聽到神說話，無所不知。」

「那麼，能聆聽神諭的她，巫神為什麼不告訴她解藥的配方呢？」

李妲一怔。

「有意思啊……」秋薑笑了，這一次，是真的笑了。「宜國比我想像的，有意思多了。」

「選吧，阿善。」時鹿鹿注視著她，眼眸如月、如水、如花……如這世間最美好柔軟的東西。

然而姬善似看見了毒蛇一般，立刻悔改道：「我錯了！」

時鹿鹿慢悠悠地「哦」了一聲。

「再給我一次機會，都說事不過三，也就是說起碼得給人兩次機會！我這就徹底消失在你面前，絕不再踏入宜國半步！祝你心想事成，早日完成復仇大業！」

時鹿鹿笑吟吟地盯著她。

「我說真的，我發誓……」姬善說著就要舉手。

「妳不報答伏周的救命之恩了？」

「還是我自己的命更重要啊。」

「也不管姬忽了？」

「我跟她早已兩清，我可不欠她什麼！」

時鹿鹿「噗哧」一笑，兩眼彎彎，興致盎然道：「小騙子。」

姬善還待辯解，時鹿鹿突然摘掉手套，抬手一推，她背脊撞上牆壁，被他抵在了牆上。來自手的溫熱，和來自牆壁的冰寒兩兩相撞，令她不寒而慄。

「妳果然……從不說真話。」時鹿鹿伸出手，用指背輕輕地蹭劃著她的臉，似討好，似親暱，又似威懾。「如妳我這樣的人，想做一件事，從來都是百折不撓、志在必得。所以，妳一定會想方設法救伏周，而妳要救她，就是與我為敵。」

姬善見被拆穿，索性不裝了，沉下臉冷冷地盯著他道：「那你殺吧。」

「妳知道我捨不得。」手指從下頷，一路往上，蹭到了她的耳朵，然後探入髮間。他初見此人時，便覺得她的手和髮都美極了，美得讓他蠢蠢欲動，想要摸一摸。而今真的摸到，又覺後悔，應該早點這麼做的。

「阿善，選呀，選另一個。」

「不。」

「阿善，我會對妳很好很好的。」

「不。」

「阿善，妳一點兒都不喜歡我嗎？我又是壞人又是病人。」

「等你成了死人，我再喜歡你。」

「阿善，妳果然很會氣人。那位可憐的衛玉衡，是不是經常被妳氣哭？」時鹿鹿伸手將她的腦袋按入懷中，然後將自己的臉抵在一頭秀髮上，蹭了蹭道：「但我是不會哭的。如果妳氣我，我就更捨不得妳了。」

姬善覺得自己的八字肯定很差，盡招惹妖魔鬼怪。

「阿善，我知妳心志堅定。但妳知不知道？巫術裡，最神奇的一種，叫情蠱。」

姬善身體一僵。

「以心血餵養蟲蟲，萬隻得一，種在心上人身上，從此形影不離，生死相依。」時鹿鹿捧起她蒼白的臉，一邊欣賞一邊緩緩道：「妳，要不要試試？」

藥鋪樓下傳來了喧囂聲。

李妲忙道：「我去看看。」

「若是巫族，不必攔阻，讓她們上來。」

李妲猶豫了一下，應聲離開。

朱龍望著她的背影道：「妳在懷疑她？」

「我一向懷疑任何人，包括你。」

朱龍嚴肅道：「我是公子的人，永遠效忠公子。」

「阿嬰雖是我弟弟，但有些事上，跟我立場並不一致。你要遵從他的遺願，可能就要背叛我。」

朱龍一噎。

秋薑反而衝他笑了笑，道：「無所謂。我所做之事也不一定完全正確，若與你有所衝突，可以阻止。」

朱龍的表情變了變，情不自禁地去撫摸佩劍上的那條龍，問：「妳覺得……何為盛世太平？」

「我覺得……現在就是。」秋薑的眼睛亮如星辰，她道：「越來越多的人在抗拒命運，在擺脫束縛，在找回自我。君王在革新，士族在反省，百姓在奮鬥，能人異士層出不窮，星星火光，已有燎原之勢。」

朱龍看著她的眼睛，想，她跟公子如此像，卻又如此不像。天地畫卷，公子一路往下，看見了雞犬，而她更進一步，看見了柴扉炊煙，人間煙火氣。

與此同時，一個掌聲響了起來。

「說得好。」

朱龍下意識握劍，那人推門而入，身穿一身黑斗篷，從頭到腳裹得很嚴實，哈哈一笑，摘掉斗篷隨手扔到地上，露出了紅衣、黑髮，和一雙風流倜儻的眼睛。

朱龍驚呆了。

因為此人不是別人，正是宜王——赫奕。

姬善的目光閃了閃，低聲道：「你種。」

時鹿鹿笑得越發歡愉了。「我就知道妳願意，因為妳覺得妳一定能戰勝情蠱，對不對？」

「神農始草木之滋，醫道由此而啟，我等後人，理當仿效炎帝，以身殉道。」

「不悔？」

「不悔。」

時鹿鹿的眼眸微沉，將食指伸入口中咬破，血珠立刻冒了出來。

「鬼血凝珠，是謂瑪瑙。養汝之魂，償吾之願。宜風宜月，相聞相息。富貴不離，生死不逆。」

他將血珠按在姬善的眉心。姬善只覺額頭一涼，像被針扎了一下，緊跟著，有什麼東西遊竄而入。

這是一種非常詭異又可怕的體驗，以至於她一時間分不清，是真的有什麼活物鑽進她的身體，還是她又被巫術所惑，產生了幻覺。

姬善情不自禁地閉上眼睛，一遍遍地對自己說：假的，假的，裝神弄鬼，全是假的……

秋薑將酒斟滿，推至對坐的赫奕面前。

在她熱酒之際，赫奕一直饒有興趣地打量她。若換了別的男子可謂無禮，偏偏他做出來坦坦蕩蕩，像詩人賞月、畫師品畫、劍客觀戰，沒有半點邪念。

赫奕拿起酒杯飲了一大口，挑眉讚道：「好酒。有了這一杯酒，朕此行不虛矣。」

「我也很驚詫，宜國境內，竟有此酒。」燈光落在酒罈上，照亮了上面的「歸來兮」三個字，也映亮了一旁的金葉子標記。

此酒本是「秋薑」父母所釀，後來那對夫婦落入風小雅之手，再沒見過。但這名為「歸來兮」的酒，時不時仍會出現。

「海納百川，因容而大。善釀之才，到了我們宜，自當好好珍惜。」

也就是說，那對夫婦如今在宜，還在源源不斷地釀酒，為這個奸商皇帝賺錢。秋薑不由得嗤笑一下，道：「那麼頤殊呢？她又是什麼才？」

「她？」赫奕扭頭看了眼榻上昏迷不醒的頤殊。「她雖是個美人兒，但確實沒什麼才。朕也不知神諭為何要將她招來宜國。」

「哦？是神的旨意，不是陛下本心？」

「你們三國打得熱鬧，朕本可在一旁好好看戲。如今這美人兒一來，朕只有頭疼。」

秋薑一個字也不信，但也不揭穿，悠悠道：「那陛下把頤殊送還給我，豈非違背了神諭？」

「咦？朕？」赫奕眨了眨眼睛，笑咪咪道：「難道不是燕王劫走頤殊，然後將她送交妳手，讓妳帶回程國交差？」

秋薑想了想，默認了這個說法。「燕王真是好人。」

「敬慷慨助人的燕王陛下。」赫奕舉杯，又喝了一大口。

「宜王與他齊名，自不能落於人後。」

「有道理。妳想朕做什麼？」

「巫在滿城找我們，還請陛下開個方便之門，讓我們平安離開。」

「朕，為此而來。」赫奕說著，將一物推到她面前。

姬善驀地睜開眼睛，然後有些疑惑：我閉眼睛了？什麼時候閉的？不可能，我明明一直保持著清醒……

然後，她發現了更可怕的事。她不是站著的，而是躺著的，躺在了柔軟如雲的孔雀翎榻上。

什麼時候躺下的？剛才明明是貼牆而立的啊……

姬善立刻起身，下榻衝到四葉八鶴紋銅鏡前，打量自己——發現眉心上，赫然多了隻紅耳圖騰——

跟聽神臺巫女們一樣的圖騰。

這是巫咒，若有背叛之舉，就會受到神的詛咒，失聰、暴斃……

鹿。

姬善試著擦了擦，果然擦不掉。她踉蹌後退了一小步，然後，從鏡子裡看到了時鹿

時鹿鹿就坐在被封死的窗戶下，燈光被屏風所遮擋，重重陰影包裹住他。

這一刻的他，既不像是從魚腹裡救出的那個青蔥少年，也不像是尊貴妖異的大司巫，而是一個疲倦緊張的幽魂，需要時刻防備所有的光。

時鹿鹿抬眼，正好與鏡中的姬善對望。

姬善的心「咯噔」了一下。

他的眼神有一瞬的陌生，冰冷、陰鬱、無情無緒，但很快的，他認出了她，轉為溫柔。「過來。」

姬善便情不自禁地朝他走過去。

時鹿鹿拉住她的手，讓她一同在毯上坐下。姬善盯著毯上花紋，繡的是纏枝鐵線牡丹。

「可有不舒服？」

姬善搖了搖頭，然後問：「你在做什麼？」

「聽。」

「聽什麼？」

時鹿鹿指了指窗。姬善將耳朵貼在窗上，卻沒有聽到任何聲音。要是喝喝在就好了，她的耳力應該跟這瘋子差不多。

「我聽不見。」

「嗯，我也聽不見。」時鹿鹿微微一笑。

姬善瞪著他，他便抓了她的手輕輕撫摸，耐心地解釋：「只有伏周聽得見神諭。所以，我在等她聽見。」

姬善頓時明白過來，之所以把窗戶釘死，是因為伏周在隔壁！隔壁屋子沒有門，只有這麼一扇通往此間的窗戶。

黑漆漆、靜悄悄。

伏周就這樣關了時鹿鹿十五年。

如今，輪到時鹿鹿關伏周，還有……她。

「我要下山！」

「可以。」

「真的？」

「等時機到了，我帶妳一同下山。」

姬善皺眉，時鹿鹿伸手將她眉心撫平，柔聲道：「從今往後我在哪裡，妳在哪裡。我們要形影不離。」

「若是分離會如何？」

時鹿鹿淡淡道：「妳可以試試。」

姬善想：我一定要試試！

就在這時，時鹿鹿表情微變，盯著窗戶豎起耳朵似在聆聽什麼，然後，瞳眸幽幽，深不可測。

「伏周說話了？」

「嗯。」

「她說什麼？」

「她說……」時鹿鹿脣角勾起一個明麗的微笑。「赫奕背叛了神。」

金葉子躺在几上，被燈光一照，閃閃發光。

葉子是鏤空的，裡面站了隻三頭六尾的鵸鵌——跟馬車上同樣的標誌，但這一次，是實物——一片真正的金葉子。

秋薑將葉子拿了起來。

「把它掛在馬車上，宜境內自由來去，無人敢查。」

「巫也不敢？」

「除非接到神諭。」

秋薑盯著赫奕看了一會兒，表情有些發愁。

赫奕笑道：「妳若不信，現在便可下去走一圈。」

「我自然相信此物好用，卻也知道如此好用的東西，代價必定不菲。你要什麼？」

赫奕撫摸著酒杯杯沿，道：「雖與姑娘初見，卻是一見如故……」

「坦白點兒，悅帝陛下。」

赫奕收起笑容，放下酒杯，原本歪著的身體也坐直了。

姬善詫異道：「為什麼？」

宜王和巫可謂一體。巫宣布他的正統；他借用巫的勢力穩固江山，分明是共生的關係，為何背叛？

「因為我呀。」時鹿鹿笑得越發可愛了。而當他這麼笑時，就跟大司巫的裝束再次違和了起來。

「唯方四國，燕璧宜程四帝，各有各的苦惱。彰華受士族挾制，頤殊被如意門操縱，昭尹有個頭疼的出身，而朕……煩死了巫。」

「但是巫選你為王。」

「她們別無選擇，只能選我。」

「你的兄長澤生……」

「死於伏周之手。」

秋薑擰眉道：「不是你和她商量好的？」

「妳信不信世上有人，是壓根不想當皇帝的。」赫奕苦笑一聲，指了指自己的鼻子道：「妳面前，就有這麼一位。」

秋薑打量著他。赫奕是個什麼樣的人？拿這個問題去問路人，答案是：赫奕，宜之十九代君王，少好遊，嗜酒，可連舉十數爵不醉。精於商，惰於政，情通明，性豁達，可與販夫走卒相交也。故又稱——悅帝。

他是個很不正經的皇帝。

他不問朝政，常常消失。三個宰相負責處理朝政，三人決定不了的事，就去問大司巫。十幾年來，宜國就這麼詭異地維持著繁榮。

而作為如意門的七兒，秋薑知道的，自然比普通人多很多。

赫奕十五歲登基，借伏周之手搞倒了所有的前朝老臣，扶植起大批自己的勢力，操縱張篤、冼成風、穆聽三人控制朝局，自己則在幕後指揮。一手制衡術，玩得可謂是爐火純青。

要知道，他可不像彰華從小就是作為太子培養的，也沒有風樂天那樣的名臣輔佐，以一己之力短短幾年就坐穩江山，還能有大把時間吃喝玩樂，實在罕見。

他既不沉迷蝴蝶，也不喜愛女色，現在看來，連巫神也是不信的。分析一個人，要從對方的弱點入手，秋薑此刻打量著近在咫尺的赫奕，卻發現——此人，竟然，沒有弱點。

至於嗜酒，雖然他確實表現得很喜歡酒的樣子，但如果不醉，就不是真愛。

真心愛酒之人，愛的都是「醉」。

只喝不醉者，是偽裝。

秋薑直接問：「你不想當皇帝，想當什麼？」

「陶朱歸五湖，吾所願也。」

「陶朱之富，陛下已有。想必，是還缺一位美人。」

赫奕微微一笑。雖然他笑得跟之前一樣灑脫，但這一次，秋薑知道，自己終於說到了關鍵。

「你做了什麼？」

「赫奕遲遲不大婚，宜國上至大臣、下至百姓都很著急，於是他假模假樣地上聽神臺，讓伏周問問巫神，他的姻緣在何處。」

「伏周問了？」

「問了。」

「真有答案？」

「神答了一個字——『璧』。」

姬善的睫毛顫了一下。

「於是大臣們四處搜尋，哪家的小姐名字裡有璧，或是家中有祖傳寶玉……忙活了好久，後來才知道璧是璧國的意思。赫奕的有緣人，在璧國。」

身為姬家的大小姐，璧國的貴嬪，璧王信任的姊妹，以及一些別的原因，姬善知道很多祕密。其中就包括皇后姜沉魚當年是如何痴戀姬嬰，被逼入宮；後又如何去昭尹面前自薦，以藥女的身分出使程國；出使途中，她在船上救了一個人，那個人，就是赫奕。

都說巫術愚昧，連時鹿鹿也說那不過是裝神弄鬼之術，這一路行來，所見所聞，親身體驗，卻是詭異如斯。

「赫奕真的喜歡姜沉魚？」

「假的。」

「什麼？」

「神諭是假的。」時鹿鹿悠悠道：「一個璧字，將他引去璧國，然後把消息提前告知昭尹，讓昭尹可以趁機動手暗殺他。」

姬善瞇了瞇眼道：「是你所為？」

「是。」

「你不是一直被關？如何作為？」

時鹿鹿看著她，姬善並不退縮，而是上前一步，近在咫尺地盯著他道：「你信不過我，難道也信不過自己親手種的情蠱？回答我，你是怎麼做到的？」

時鹿鹿伸出手，輕撫她的髮道：「我母阿月，本是下一任大司巫的繼承者。十幾年，足夠她為取代伏極做準備，培養出一批死心塌地的下屬。」

「她死後，那些人……跟了你？」

時鹿鹿點頭。

「都有誰？」

時鹿鹿微微一笑，答：「妳見過的只有一個——茜色。」

「陛下看中的那位美人，怕是不好到手。」秋薑說這話時不知為何，心底有些驕傲。

多少天之驕子為那姑娘神魂顛倒，而那姑娘，偏偏只喜歡你。她只喜歡你啊，阿嬰……

赫奕微笑道：「想來正是因為極難，所以反而極喜。」

確實如此。身為帝王，萬物皆有，得來的那般容易，反而無趣。偏要姜沉魚那樣身分高貴，還心有所屬的，才更珍貴。

「所以，陛下這是想用頤殊換姜沉魚？恐怕我無能為力。」

「為什麼不能？」赫奕眨了眨眼睛，道：「她是皇后，妳是貴嬪；她有姜氏，妳有姬家；她有薛采，你有我、頤非和風小雅……怎麼看，都是妳勝算更大。」

秋薑顯得有點心動。

「璧國歸妳，美人歸我。皆大歡喜，天下太平。不都挺好？」

秋薑抬眸，誠懇地看著眼前的男人道：「就一點不好。」

「哪一點？」

「悅帝不悅。這可真是讓人……失望啊。」秋薑說著，將整個酒壺拎起，把裡面的酒潑在赫奕臉上。

一時間，血色長袍翻酒汙。

姬善想，這個答案真是出乎意外。

不過，這就解釋得通為何茜色會隨身攜有巫毒，又知道只剩下最後一瓶解藥。她在聽神臺有內應，而這個內應，就是時鹿鹿。

只是，茜色分明是如意門弟子，又怎麼成了阿月的下屬？

「阿善，妳接下去是不是想問，我為什麼假扮伏周去破壞她跟風小雅的婚宴？」時鹿鹿把玩著她的長髮，笑吟吟地看著她。「因為……妳呀。」

「我？」

「妳喜歡風小雅，不想看他跟別人成親，對不對？」

姬善一怔。

時鹿鹿露出熟悉的討好表情道：「所以，我幫妳破壞掉，讓他娶不成。」

「你恐怕弄錯了——我不喜歡風小雅。」

「妳喜歡他，我並不在乎。」

「可我真的不喜歡他……」剛說到這裡，姬善心口猛地一痛，像是有一把匕首狠狠捅了她一下。

時鹿鹿用她的頭髮刮了刮她的鼻子，道：「中了情蠱，是不能對戀人撒謊的啊。小騙子。」

姬善面色驟白。

時鹿鹿捧起她蒼白的臉，輕輕道：「我都說了，我不在乎妳喜歡誰，反正從今往後，妳只能喜歡我。」

姬善捂住心口，比起疼痛來，更多的是不敢置信。她不敢置信世上真有如此可怕的巫術；更不敢置信的是這個巫術告訴她——她喜歡風小雅！

這玩意應該給姬忽用才對吧？

「妳瘋了？」赫奕坐在地上，不敢置信地瞪著秋薑，更不敢置信的是——秋薑不但用酒潑他，還在酒裡下了毒。這會兒他全身無力，提不起半點力氣。

「瘋了的是陛下您。不但妄想我們璧國的皇后，還膽敢孤身前來見我。」秋薑俯下身，一字一字道：「我可是如意夫人啊。」

赫奕的目光閃了閃，沒說話。

秋薑打了個響指，朱龍便進來了。

「把他和頤殊帶上。」

「是！」

朱龍扛起赫奕，又把頤殊夾在腋下。

赫奕像麵條一樣掛在他肩上，嘆了口氣道：「這是要去哪裡啊？」

「送陛下回宮。」

「你們不出城？」

「我想了想，回程迢迢，恐有變故，還是在陛下宮中住幾天，等薛采他們來了再做定奪。」

赫奕喜道：「薛采要來？那沉魚來嗎？」

「話太多。」秋薑道。

朱龍立刻明白了，一記手刀切在赫奕脖子上，將他打暈。

姬善顫抖地抓住時鹿鹿的手，問：「要痛多久？」

時鹿鹿笑了笑，數道：「三、二、一。」

數到一時，疼痛消失了。

姬善震驚地看著時鹿鹿，問：「是你在操控我？」

「首次發作，疼痛不過三息。下一次，九息。再下一次，八十一息……每次疊加，無休無止。所以，別再撒謊了，阿善。」

「若你撒謊呢？」

「一樣。很公平吧？」

公平個鬼！你本就是個不撒謊的人！而我……

姬善絕望。

偏偏，時鹿鹿笑得更開心了些。

「從此往後，妳的痛苦和快樂，都與我相關。」他深情款款地說道：「阿善，我們是天造地設的一對。」

姬善的眼神恍惚了一下，有些僵硬地附和：「是。我們是天造地設的一對。」

時鹿鹿伸手一拉，她倒入他懷中，於是幽幽重重的陰影，便也將她吞噬了。

喝喝從夢中驚醒，突然尖尖叫。

尖叫聲把其他三人都吵醒了，紛紛圍至榻前。

「怎麼了？喝喝不怕、不怕，我們都在呢……」

「善姊……」喝喝睜著一雙霧濛濛的大眼睛，直勾勾地平視著前方道：「善姊被吃掉了。大嘴巴的怪物，把她吃掉了……」

她哇哇大哭起來。

其他三人彼此對視著。雖然姬善經常會神祕失蹤，過幾天又突然出現，但不知為何，這一次，眾人心中都有種不祥的預感。

「我們去找大小姐！」

「喝喝別哭了，我們一起去找找她。」

「對，一定能找到善姊的！」

第二卷

揚之水

神諭勸人清醒，
魔咒令人沉淪。

第七回　深淵

姬善坐在門口，望著外面。

外面景色荒蕪，唯一可看的只有天空。但此刻天空陰雲密布，似要下雨，看得人心情很不好。

她忍不住想：命運這玩意著實有趣。幾年前，秋薑在陶鶴山莊形同廢人時，據說只能天天看天。如今，輪到了自己。

秋薑是個倔人，在那樣的逆境中仍然堅持不懈、一點點地恢復了行動力；而她，懶洋洋地提不起絲毫想要逃跑的念頭，只想睡覺。

會是情蠱的關係嗎？

姬善掏出一把玳瑁製成的小鏡子，照了照額頭的圖騰，真不是一般的醜。同樣臉上留痕，秋薑是朵漂亮的薑花，她卻是隻耳朵。

秋薑所遇男子皆是好人，她所遇的全是瘋子。

世界之參差，真真令人絕望。

不過，此地還有個人應該比她更絕望——就是被關在隔壁的伏周。

姬善想到這裡，收起鏡子，走到封死的窗前，敲了敲。

「阿十，我是阿善啊。我是來救妳的，但不知道該怎麼救，妳若有法子，快指點指點我？」

窗那邊安靜極了，以她普通人的耳力，什麼都聽不到。

姬善嘆了口氣道：「妳耳力過人，那我這邊發生了什麼，妳也應該知道。這個情蠱到底是什麼玩意？怎麼解？」

話音剛落，終於有了動靜，卻不是來自窗那頭，而是門外。

姬善轉身走到門口，就見八名中年巫女拖著一輛獨輪車上來，車上一袋袋的全是土。她們刨地、堆土，一副要種地的架勢。

她們忙活，姬善就坐在門檻上看著，這番景象起碼比天好看。

說也奇怪，聽神臺上平空多了一個她，卻無人對此起疑。伏周的貼身巫女一共十二人，死了四個，只剩下眼前這八個。

這八人，不但認不出伏周是假的，還對她完全無視。

是時鹿鹿對她們也施展了巫術嗎？怎麼能眼瞎耳聾成這樣！

姬善轉了轉眼珠，忽掏出那把小鏡子，朝其中一個巫女丟去。「喂。」

巫女一個挪步，輕巧地避開了，鏡子落地，「匡啷」砸個粉碎。

姬善嘖嘖道：「完啦，大司巫心愛的鏡子碎啦！」

巫女們全都繼續墾地，並不理會她的話。

她們能躲避飛物，說明並未失明，那就是故意無視她了？還有，時鹿鹿說過，伏周對任何東西都不感興趣。一個無欲無求的人，怎麼會把住所布置得這麼精緻舒適，連鏡子都是罕見的奢美之物？

「喂，大司巫去哪裡了？」時鹿鹿那個騙子，說什麼從今往後形影不離，結果一大早就不見人影，獨留她一人在此。

巫女們仍不回應。

姬善感慨：「還真是行屍走肉啊……」可惜巫女們武功高強，而她又不會武功。不然強行抓一個回來研究，也許能發現到底是怎麼回事。

巫女們墾完地，撒下種子。姬善遍識百草，一下子認出那是鐵線牡丹的種子。

她們要種鐵線牡丹？

怎麼，聽神臺上的鐵線牡丹沒有了？要重種？

她仔細回想，之前跑了一圈，確實沒有看見花。

在時鹿鹿和伏周之間，到底經過了一場怎樣的博奕？花是那時候沒的嗎？伏周分明就被關在隔壁，卻毫無動靜，對她的話也毫無反應，是昏迷了？

姬善突然拿起獨輪車上一把閒置的鋤頭，跑到封死的窗戶前狠狠砸下去。

她雖不會武功，卻也不是手無縛雞之力的弱女子，多年歷練讓她的肢體充滿力量。然而，這一鋤頭下去，看似木製的窗戶沒事，鋤頭卻「嘎崩」一聲斷成兩截。

「阿善，妳又淘氣了。」

一個聲音遠遠傳來。

姬善後背上的汗毛一根根地豎了起來。她僵立片刻，回身，就看見了時鹿鹿。

他手上提著一個食盒，分明是殷切送飯的戀人，落在姬善眼裡，卻無異於催命的惡魔。

惡魔盯著封死的窗戶，挑眉道：「妳想救她？」

「沒有沒有，我就試試鋤頭……」姬善的話還沒說完，心口猛地一痛，撲倒在地蜷縮起來……

徹心徹骨間，依稀聽見一聲嘆息。

「都說了不要再撒謊的啊……」

溫熱的水流，輕柔地沖刷著姬善的身體，把汗水和汙垢一點點帶離。

她趴在桶沿上，怔怔地看著前方的屏風，彷彿那已是她唯一在乎的東西。

懲罰的時間，果然從三息延長到了九息，疼痛解除後，整個人都虛脫了。此時的她，只能任憑巫女們為她沐浴，一根手指頭都不想動。

巫女們把她洗乾淨後撈出去，用柔軟的絲帛裹住身體放在白鵝絨大榻上，用白棉吸去頭髮上的水漬，再用熏爐一點點熏乾。

最後，她變得又香又軟又乾淨，她們便退了出去。

姬善平躺在榻上，望著屋頂美麗的鐵線蓮雕花，忽然笑出聲。

「笑什麼？」角落裡，傳來時鹿鹿的聲音。他依舊坐在窗戶下，坐在陰影中。

姬善道：「八年前我嫁入穎王府，成為昭尹的側妃，大婚之夜，她們也這般給我沐浴、熏香、脫光光，放在榻上等他來。」

時鹿鹿道：「然後呢？」

「然後……」姬善側了個身，媚眼如絲地朝他勾了勾手指道：「你過來啊，我教你。」

時鹿鹿的眼睛，在黑暗中亮得驚人，但他沒有動。

「你都給我種了情蠱了，為何不同我親近？」

「之前你說怕欠因果，但現在我們已經生死相依、糾纏不清，就差最後一步……你在怕什麼？」

「過來。」

姬善索性一把將身上的絲帛扯掉，丟到地上。

玉體橫陳，美人如花隔雲端。

時鹿鹿遠遠地看著她，目光閃動，隱晦不明，卻依舊沒有動。

姬善等了一會兒，又「咯咯」笑了起來。「你知道嗎？昭尹那天一開始也沒過來。」

「然後呢？」時鹿鹿的聲音明顯瘖啞了幾分，似在忍耐著什麼。

「後來，他就過來，抓起我的頭髮……」姬善說著也抓起一綹長髮，放到唇旁，粉紅的舌頭如貓舌般探出，在上面舔了舔。

時鹿鹿的咽喉跟著滑動了一下。

「然後，是手……」姬善纖長的手指，從黑色長髮上滑過，來到唇旁，眼看那粉色舌尖就要舔上去，指尖卻像是貓爪頑皮地縮了回去。

時鹿鹿突然咳嗽起來。

「再然後，是胸……」姬善的話沒說完，一道白影飛掠而至，將她從頭到腳罩住了——是那件本來掛在屏風上的白狐皮裘。

與此同時，時鹿鹿起身推門，屋外冰寒的風一下子吹進來，吹散了一室旖旎。

姬善在皮裘裡放聲大笑。

「如果我能，妳現在不該笑，而是哭。不，是哭都哭不出來。」時鹿鹿的聲音因為壓抑而沙啞得厲害。

姬善一怔，收了笑，從皮裘裡探出腦袋。

風吹拂著他的耳環和羽衣，似乎隨時都會乘風而去一般。

「但我不能。我做不了。」時鹿鹿回頭，臉上的紅紋像魔咒，遮蓋了他的全部慾望。

「我有病，妳忘了？」

姬善的目光閃爍了幾下，低聲道：「什麼病？」

「我體內種有蠱王，有賴於牠，能操縱各種巫蠱，但牠在時，我……」時鹿鹿停了停，神色越發悲涼。「不能縱慾。」

姬善望著他。

他也定定地望著姬善。

兩人都沉默了。

片刻後，姬善開口：「背過身去。」

「什麼？」

「我要穿衣服起來了。」

時鹿鹿一怔，然後，真的轉了回去。

身後響起窸窸窣窣的穿衣聲。

「等我殺了赫奕，把蠱王從體內拿掉，就能……」時鹿鹿想到未來，又興奮起來。

「那我也不用再受你控制，就能走了。」

時鹿鹿一僵，回頭，看向姬善。姬善已穿好衣裳，坐在梳妝檯前梳頭。此刻的她，跟剛才那個在榻上色誘他的女子判若兩人，顯得又冷淡又疏離，還有那麼點兒遙不可及。

一個聲音在他耳畔響起，那是不久前伏周的預言——

「神跟妳說什麼？」

「神說，你必須殺了那個女人。不然……」

「如何？」

「你會死於她手。神諭——時鹿鹿，會死於姬善之手。」

伏周聲音悠悠幽幽，彷彿來自天上，又彷彿來自地獄。

時鹿鹿於此刻想起這句神諭，再然後，朝姬善走過去。

玉杖在他手中，不費吹灰之力就能殺人。

他殺過很多很多人，從不曾猶豫。

這個女人不愛他。

這個女人會殺了他。

他走過去，一步、兩步、三步……

玉杖放下，梳子拾起，他卻最終將她的髮捧在掌心，道：「我替妳梳。」

旭日東升，第一抹光透過門縫映在姬善臉上，將她喚醒。

姬善睜開眼睛，盯著天花板上的鐵線蓮，好一會兒才徹底清醒——這是在聽神臺，她睡在伏周的床上。而時鹿鹿，又不知去了哪裡。

姬善起身披衣，推門出去。昨日新翻的那塊地已變成了深褐色，呈現出良田獨有的色澤來，不過不知什麼原因，地面的一角被砸了個大坑……對了，新栽的鐵線牡丹種在此地，就有特殊藥效，那麼換作別的草藥，會不會也有奇效？

她蹲在田前研究半晌，覺得值得嘗試，當即就想找人要種子。四下環顧時，發現遠處有一個彩點，心中不由得一驚——時鹿鹿？

他沒走？

姬善朝彩點走過去，還真是他。只見他就坐在懸崖的邊界處，兩條腿垂掛著，只要她輕輕一推，就會掉下去。

然而，沒等她靠近，她自己的兩條腿就先不聽使喚了。

有些病看似毫不嚴重，也不影響日常生活，卻偏偏是無解的，比如——懼高。

姬善別過頭，盡量讓自己不去想懸崖，口中問：「你在這裡，卻不出聲，做什麼呢？」

「看。」

「下面是萬丈深淵，有什麼好看的？」

「世上最好看的，便是……」時鹿鹿回頭，衝她微笑道：「深淵啊。」

「為什麼？」

「因為未知，更因為危險。」時鹿鹿望著身下的懸崖，綠色一路往下，然後變成黑色，無窮無盡的黑色。

「人類對死亡有本能的恐懼，這是留在我們血脈中、來自先祖的告誡。在他們對世界的漫長求索中，有的人淹死了，所以告訴我們要怕水；有的人燒死了，所以告訴我們要怕火；有的人怕猛獸，有的人怕深淵……」

姬善想，她就是那個骨子裡怕深淵的人，雖然真的不理解為何而怕。

「畏懼危險是任何動物的本能。而喜歡危險……這種情緒，只有人類有。」

時鹿鹿輕笑一聲：「有道理。不愧是大夫。」

「我想知道這是為什麼。」姬善逼自己轉頭，看著時鹿鹿和他身後的懸崖，問：「為什麼，你會喜歡危險？」

時鹿鹿思索，神色認真。姬善發現他的一個優點——他並不輕慢她的任何話，總是給予坦誠的回應，是好是壞，是善是惡，全會直接說出來。

「妳看此地……除了木屋，就只有兩處風景，一為天空，一為深淵。」

姬善「嗯」了一聲，若有所思。

「伏周看天，她渴望聆聽神諭，她認為所有的幸福都自天上來。她討厭深淵，那是鬼魅之所、罪孽之地，只會勾引人墮落。」時鹿鹿的聲音慢慢的、輕輕的，像此刻山崖上的風。「但我覺得，認為『幸福來自天上』這本身，也是一種勾引——來自神的勾引。憑什麼，神的誘惑是慈悲、是恩德；鬼的誘惑，就是孽障、是毀滅？」

時鹿鹿抬手，在一旁的地上畫了一個「巫」字，道：「妳看巫這個字，人在天地之間，通天達地，兩處相連。也就是說，既要聽取神諭，也要知曉鬼言，不偏不倚，缺一不可。被鬼魅迷惑的巫，固然是錯，而一味崇拜神的巫，就對嗎？」

姬善有點驚訝。自認識時鹿鹿以來，他一直表現得對巫很不屑，他此番說的話，見識之高，也遠超巫人；可是，這是站在巫的立場上說的話，每個字都飽含了對巫的感情。

是因為他母親阿月的關係嗎？如果沒有祿允那事，阿月才是大司巫的繼承者；而她對巫的理解和信念，無疑透過她的手記，傳給了她的兒子。

「我聽不到神諭，可能因為我是個壞人。那麼我想，也許我能聽見鬼言。」

「所以你就坐在這裡看……有什麼發現嗎？」

時鹿鹿苦笑一下，道：「沒有。看來我真的沒有伏周有靈性。不過……有時候我會很想跳下去。」

「跳？」

時鹿鹿有點痴迷地望著懸崖下方，道：「嗯，也許跳下去了，就知道深淵到底是什麼了。」

姬善的目光閃爍著，突然抓住他的手道：「我們下山吧！」

「嗯？」

「懸崖之所以是懸崖，是因為你站在高處。回到山下，這個黑洞，也只不過是一片普普通通的地，或者還有海啊湖啊什麼的。不用跳，走下去，就能知道它到底是什麼了！」

時鹿鹿怔了怔，再看向她時，眼中就多了很多很多情緒。

「你有事要忙？」

時鹿鹿搖了搖頭。

「那走啊！你和我一起，難道還怕我逃了？而且我不會逃的……」姬善拉著他的手離開懸崖，離得遠了，她的腳步就恢復了輕快。

在此過程中，時鹿鹿一直望著她，就像剛才看著深淵一樣。「妳為什麼不逃？」

「你覺得呢？」

「妳是大夫，沒有大夫會對情蠱不感興趣。妳想破解情蠱。」

「算其一。」

「妳有一些疑惑，想藉我，或者說，藉巫之勢弄清楚。」
「其二。」
「妳……」時鹿鹿突然反手用力，一直拉著他往前走的姬善沒有防備，整個人往後栽倒，倒在他懷中。
小鹿般的眼睛倒著呈現在她上方，帶著霧濛濛的水光，能夠柔化任何鐵石心腸。
「喜歡我。」所以，捨不得逃。
姬善的呼吸，頓時一滯。

「我出生的時候據說不會哭。」姬善折了一根樹枝當手杖，撥開過膝的蔓草一路往山下走。「父親倒提著我各種拍打，依舊不哭。他很著急，想了很多辦法，後來發現，我雖然不哭，卻也沒有生病，平平安安地長大了，這才放心。」
「我和妳恰恰相反，我出生的時候據說很愛哭。」時鹿鹿跟在她身旁，用玉杖幫她開路。「母親當時是偷偷生的我，藏在外面，非常著急，怕哭聲洩漏行蹤，想了很多方法。」
「後來怎麼解決的？」
時鹿鹿淡淡道：「她把蠱種在了我體內。」
姬善一驚。她本以為是伏周為了逼出祕密才對時鹿鹿下蠱，沒想到竟是他的親娘！
「然後呢？」
「然後我就不哭了，非常乖巧，毫不違抗她的命令。」

「如果違抗會怎樣？」

「不會。蠱在心，心神受控，生不出任何違抗的念頭。」

「那……有什麼壞處？不可能只有好處沒有壞處吧？」

「壞處就是……」時鹿鹿看著她，眼神突然熾烈。

姬善忙道：「行了，我知道了，不用說了。」

姬善踢飛一塊攔路石，還是按捺不住好奇，又問：「你知道怎麼把那玩意取出來嗎？」

「不知道。」

姬善一怔道：「那你還說等報了仇就取出來……」

「不是有妳嗎？」時鹿鹿笑了笑，笑得有幾分狡黠。「取情蠱，和取蠱王，想來有共通之處。妳若想出了破解之術，記得也救救我。」

「我若想出了破解之術，就遠走高飛，才不管你！」

「妳不會。」

「為什麼？」

「因為妳喜歡我。」

姬善冷笑道：「我剛才沒有反駁你，是因為被你的自作多情給震驚了，一時間沒反應過來。既然你又提此事，那我就明明白白告訴你——」

「阿善。」時鹿鹿打斷她的話。「小心懲罰。」

姬善一僵，聲音戛然而止。

時鹿鹿的眼睛彎了起來，道：「看，妳不敢否認，所以是真的。」

姬善頭大如斗，只好又恨恨地踢了一塊石頭。

「阿善，妳小時候是怎麼樣的？多說一些。我喜歡聽妳小時候的事。」

「那作為交換，你也要說你小時候的。」

「好啊。」

姬善想了想，謹慎地選擇措辭：「我運氣不錯，出身還行，家境馬馬虎虎過得去。」

「汝丘雖是姬家的分支，但畢竟是貴族，跟平民百姓自然不同。」

姬善握著樹枝的手微微一緊，扭頭道：「你……查我？」

時鹿鹿「嗯」了一聲。

「查到很多？」

「不少。我回聽神臺第一件事就是假扮伏周讓巫女們調查妳，沒想到，巫神殿內竟真有妳的詳盡資料，共計二十頁。」

「二十頁很多？」

「頤殊就是二十頁。意味著，妳在巫族心中的地位，堪比程王。」

姬善想，那還確實挺多的，不由得更加好奇了。「那，江晚衣有嗎？」

「有，兩頁。」

姬善發現自己竟比江晚衣多十倍，有點開心。要知道江晚衣可是當今世上最有名的大夫，她雖在醫術上的名氣沒他大，卻在這種事情上贏了，也挺高興的。

「那……姜沉魚肯定有吧？」

時鹿鹿輕笑出聲：「有。」

「多少頁？」

「十七……冊。」

「啊？」

「她是赫奕最感興趣的人，她愛吃的東西、穿過的衣服、讀過的書、參加過什麼宴席……事無大小，能查到的都記錄了。」

姬善有點同情姜沉魚了。「沒想到赫奕也是個瘋子。」

「伏周調查姜沉魚，未必是赫奕授意。」

姬善聽出了言外之意。「難不成伏周喜歡赫奕？所以調查情敵……」話音未落，額上忽被時鹿鹿彈了一記。

「伏周調查姜沉魚，應是出於宜國的考量，並無兒女私情。她雖是個賤人，但在當大司巫一事上，還是無可挑剔的。」

姬善勾唇一笑道：「你對她評價還挺高。」

「我不說謊。」

「你是不能，跟我一樣。」

「我是壞人，妳是騙子。而如今，我們都無法說謊，同病相憐。何其般配？」

姬善呵呵冷笑道：「我是阿善，醫行天下、四處救人的大善人！」

「我是鹿鹿，天真純潔、無辜可愛的小鹿。」

兩人你一言、我一語間，山路走完，前方是一片看不到邊的密林，杉樹參天，樹下則繁花似錦。新開的雛菊白如碎珠，黃色的金鳳花燦似火焰，鳳尾蘭像一個個身穿綠裙的纖細美人向上伸展著柔荑，三色朱蕉則把絢麗鋪進了綠意裡……

「我第一次見姬忽時，她在插花。那時便覺得驚奇——那可是冬天，為什麼會有那麼多盛開的鮮花，後來才知道，都是商人們從宜帶過去的。」

「宜四季如春，人們認為是巫神的力量。」

「山海四季，固是神力所致，但蠅營人類，卻能挪盜天機。搬山鑿河、引海填田，把各地獨有之物運去別地，無所不用其極。」

時鹿鹿凝視著她，悠悠道：「妳……很喜歡人類啊。」

「我喜歡了解人類。」

「妳最了解的人是誰？」

「姬忽。我扮她，扮了整整十五年。」

「可妳只跟她待過三天。」

「那二十頁上寫的？」

「嗯。」

「看來巫的情報不比如意門差啊。」姬善感慨。

「姬忽是個什麼樣的人？」

姬善想了想，道：「好人。」

「如何定義？」

「好人，在我這裡就是無趣之人，就算了解了也沒什麼用。壞人，則各有各的玄妙，或性格、或出身、或經歷、或這裡……」她點了點腦子。「有問題。」

「那我屬於哪種？」

「你啊，你就是個出身有問題，經歷很有問題，性格更有問題，這裡最有問題的人。」

時鹿鹿大笑起來，驚起一片飛鳥。

這還是姬善認識他以來，第一次見他如此大笑，笑得好像放下了所有心事、所有包袱、所有祕密，笑得像個真正的少年。

然後，他彎下腰來，平視著她的眼睛，一字一字道：「妳想了解我嗎？阿善。」

「我……」姬善剛說一個字，時鹿鹿的手指就按在她的嘴唇上，笑容消散，眼眸深黑，一瞬間，從大笑轉變成大悲。

「別太了解我，阿善。」

「太了解了會如何？」

「會死。」

姬善心中一沉。

「不是妳死，就是我死。」時鹿鹿的聲音輕如嘆息。

伏周的聲音迴旋在耳旁，絮絮叨叨，不停迴盪——

「你會死於她手。神諭——時鹿鹿，會死於姬善之手！」

這哪裡是神諭。時鹿鹿想，這分明是魔咒。神諭勸人清醒，而魔咒令人沉淪。就像他此刻，玉杖輕輕一點就能要了身前女子的性命，卻寧可冒著死於伊手的危險，也不肯殺她。

她喜歡我。

時鹿鹿凝視著姬善的背影，如此想道。

我能令她越來越喜歡我，喜歡到，讓神諭無法應驗。

沒錯。神諭，是可以破解的。

比如他的誕生，就是神諭失效的結果。

林深似海，卻比海多了無數種氣味。

一開始是草木的清香，然後有枯葉腐爛的味道，入得深了，各式各樣奇奇怪怪的氣味融在一起，再被穿過林間的風一吹，便輕了淡了，飄忽不定。

姬善正在努力分辨，時鹿鹿突然拽了她一把，道：「小心。」

她前腳踩中的那一處地面，迅速塌陷。

時鹿鹿帶著她後退數丈，只見塌陷之地很快又滿了起來，變得跟之前完全一樣。

「陷阱？」

「沼澤。」

姬善想起來了，宜境確實多沼澤。「但沼澤地不是沒有大樹的嗎？」

「有，巫樹林。」

又是巫神之力？

「這種樹既能水生又能陸生，與沼澤最是般配。」時鹿鹿眺望一番，道：「看來前面都是沼澤了，還要繼續前行嗎？」

「若我想，如何？」

「這樣。」時鹿鹿說著伸手摟住她的腰，玉杖輕點，直跳上樹，手中不停，玉杖繼續點出，以樹為地，奔馳跳躍。

金色的陽光照在姬善臉上，她情不自禁地閉上眼睛，覺得自己像隻小鹿，在草地上跳躍撒歡，又像是一隻大鳥，在振翅翱翔……

會武功真好啊……

聽說風小雅的武功也極高，不知能否如時鹿鹿一樣帶她這般飛……

剛想到這裡，胸口猛地一痛，姬善「啊」了一聲，身形立沉，往下墜落。

時鹿鹿吃了一驚，連忙救她，但玉杖伸出一半，突然一頓，然後眼睜睜看著姬善掉到地上，掉進了沼澤裡。

姬善想，完了，這下子死定了！

一根東西破空射來，捲住她的腰，阻止她繼續下沉。

姬善抬頭一看，原來是玉杖杖頭彈出一根鑌絲，千鈞一髮之際救了她。

「快拉我上去！」她喊道。

誰知，時鹿鹿卻落到一棵大樹上，然後，好整以暇地把玉杖往身下一壓，坐下了。

「不要。」

「為什麼？」

「我在帶妳飛，妳卻在想心上人。」時鹿鹿看起來不太高興。

姬善覺得，這次是真的完了。

沼澤像是一張溼漉漉、臭烘烘的大嘴，不停地吮吸著她。

姬善放棄掙扎，張開手臂，盡量讓自己仰躺，加上腰間有鑌絲加持，雖然過程非常煎熬，好歹沒有性命之憂。

因為仰躺，所以她跟時鹿鹿正好面對面相望，彼此都能看得很清楚。

「我不知道原來想想也會催發情蠱。」姬善老老實實道：「而且，我真的不知道那個人是我心上人。」

「妳想的是誰？」

「風小雅。」

時鹿鹿注視著她，姬善顯得無辜極了，道：「我不服氣。我沒覺得風小雅是我的心上人。」

因為她說這話時情蠱沒有反噬，因此時鹿鹿表情大緩，卻還是不肯拉她出去。

姬善轉了轉眼珠，又道：「我覺得我喜歡的是你。」

她屏住了呼吸，用盡全力等待著，然而一息、兩息、三息……疼痛沒有襲來。

時鹿鹿的眼睛一下子亮了。

「你看，情蠱證實我沒撒謊。」

「妳說——比起風小雅，更喜歡我。」

「比起風小雅，我當然更喜歡你。」

一息、兩息、三息……還是沒有發作。

時鹿鹿起身，腳尖在玉杖上一踩，鑌絲縮回，拖拽著姬善瞬間飛出沼澤。他張開手臂接住她，順勢抱著轉了好幾個圈，笑道：「這還差不多。」

「放開我，髒死了！」

「我不嫌妳髒。」時鹿鹿抱得更緊了。

「我是可惜你這身衣服啊……」

時鹿鹿一僵，慢慢地把她放下。姬善好不容易在樹上站穩，見他神色異常，便道：「不會吧？伏周只有這一套裝束？」

「她銷毀了。」

「咦？」

「她預料到我會回來取代她，所以把除了身上這套之外的所有衣服全部銷毀了。」

「這又是為何？」

「這件羽衣是用一百種鳥兒的羽毛編織而成，其中有一種鳥來自不知名海島，每年只在一月時飛過宜境上空，不作停留，捕捉不易。我雖知製法，卻沒有時間等。」

姬善立刻想到另一樣東西，道：「聽神臺的鐵線牡丹……」

「除了我給妳的那朵，也全沒了。」

所以才重新栽種嗎？姬善覺得有趣，道：「巫族的神物，你知做法，卻沒有；她有實物，卻不會做。你們真是命中的宿敵，彼此的剋星啊。」

時鹿鹿傲然道：「她不及我。」

那是，你找到機會就能做，她卻是用一樣少一樣……

「她明知你遲早能做出來，為什麼還要銷毀？」

時鹿鹿的目光閃了閃，道：「我也在想為什麼……她雖是個賤人，卻是個聰明的賤人，此舉必有深意。」

姬善心道：你對她的評價還真高。

這時，遠處依稀傳來樂聲，二人表情一變。

《奢比屍曲》！

「曲調與我先前聽到的有些許不同。」

「她們在召喚大司巫。」時鹿鹿傾耳聽了一會兒，皺起眉頭道：「聖旨？」

「什麼？」

「她們說，赫奕的聖旨到了。」

深淵的探索之行就此中止，時鹿鹿帶姬善回到了聽神臺。

等在木屋外的巫女們看到兩人全身泥漿出現時，全都很震驚，紛紛跪了下去。「大司巫恕罪！」

「聖旨拿來。」

一名巫女跪著呈上聖旨，時鹿鹿打開迅速看了一遍，凝眉不語。

姬善歪頭湊過去看，只見上面寫著「糟了！救命！速來！等你！」如此不正經的八個字，配著一個極具威嚴的玉璽印戳，顯得說不出的可笑。

轎子搖搖晃晃間，走出蜃樓山，前方道路逐漸平坦，兩旁建築逐漸繁華。

姬善坐在轎中，翻來覆去地看著聖旨上的八個字。

時鹿鹿道：「別看了，是赫奕的筆跡。」

「你看——上好的廬山松煙墨，配以墨香村的極品羊毫，從頭到尾每一筆都寫得肆意灑脫，毫無侷促之意。我若有性命之憂，心急如焚，是斷斷寫不出這麼氣定神閒的八個字的。」
時鹿鹿淡淡一笑道：「我知道。」
「那你還去？如此明顯的陷阱。」
「妳說的——想知道深淵是什麼，就要下山，直接過去看。」陽光透過紗簾照進來，把他的睫毛染成了金色，雖然穿著全是泥汙的羽衣，卻一身神光，像極了真正的大司巫。
「神諭說赫奕背叛了。我想知道，為什麼。」
姬善還是不太放心地問：「赫奕認不出你？」
時鹿鹿握住她的手，溫柔一笑道：「阿善在擔心我？」
「我……好奇。為什麼聽神臺的巫女分明看到了你的臉，卻認不出來？」
時鹿鹿掀開簾子，看了眼外面抬轎的四個巫女，她們面無表情、腳步齊整，宛如牽線木偶。「因為……就算認出來了，我也能讓她們忘記。」
姬善想：巫蠱真是個好東西，還能這麼玩。
時鹿鹿忽道：「妳沒去過宜的皇宮吧？想不想好好看一看？」
「有何特殊之處？」
時鹿鹿一怔，答：「我也沒去過。」
「那麼……」姬善反握住他的手。「我們一起好好看一看。」
時鹿鹿的眉心微蹙了一下，似詫異，似恍然，又有那麼一點兒無所適從的侷促，然後才又笑了起來。
姬善想：真複雜，這個人到底經歷過什麼、掩藏著什麼，才會有如此複雜的情緒？

壁的皇宮典雅奢華，程的皇宮質樸厚實，燕的皇宮恢宏遼闊。宜的皇宮……則是出乎意料的平凡。甚至於，姬善都沒想到這就是皇宮，相比之下，威嚴十足的巫神殿更像是皇帝住所。

它座落在金葉子街的盡頭，門不高，牆不闊，守衛也才普普通通兩個。看到巫女們抬著轎子來，守衛先跪下了，口中頌道：「大司巫神通！」毫無身為皇帝御軍該有的矜貴。

時鹿鹿沒有回禮，巫女們也沒有停步，逕自抬著轎子進了門。門內沒有園林，只有平坦空闊的青石地，三座小樓呈品字形而建，樓高不過二層，地寬不足百丈，可謂相當寒酸，偏起了三個極大氣的名字：「北宮」、「西宮」、「南宮」。

姬善「噗哧」一聲笑出來。

時鹿鹿看著這三宮，冷哼一聲道：「譁眾取寵。」

姬善覺得他說得有道理。帝王的住所，再怎麼華麗都不算什麼，如此簡陋，反而不正常。

巫女們抬著轎子直進名叫「北宮」的小樓。

樓內白牆石地，沒有任何花紋，卻異常開闊明亮，北牆上有個巨大的圓窗，設計精巧，推窗便是造月，推多一點兒，是滿月；推少一點兒，是弦月。一扇窗，便讓整個房間都靈動了起來。屋內沒有屏風、沒有書架、沒有熏爐、沒有任何裝飾物，只有一張竹製長案，案後鋪著一塊白氈，案頭放著此行來所見到的唯一一株植物——

一枝梨花，靜悄悄地橫躺在木托盤上，花瓣上猶帶露珠。

姬善心中暗嘆：極素極雅，至美至潔。

都說富上三代才懂穿衣吃飯，而奢足天下才知大道至簡。宜王果不是一般人物。

巫女們放下轎子，躬身退了出去。

「大司巫可算來了，朕等了許久。」伴隨著一個抱怨聲，紅衣黑髮的高挑男子手扶原木欄杆，輕快地從樓梯上走下來，髮擺擺，袍蕩蕩，帶出了十分的倜儻風流態——正是宜王赫奕。

時鹿鹿的眼神有了些許變化，覆在姬善手上的手，也變得有些涼。

他們是同父異母的兄弟，一個在外瀟灑，一個被囚暗室。人生何其不公。

「喲，還帶了貴客？貴客怎麼稱呼啊？」

時鹿鹿看了姬善一眼，答：「她叫阿善。」

「善，從言從羊，像羊一樣說話。好名字。」

姬善心道：有什麼好的，羊的叫聲根本不好聽，而且，過於溫順軟弱。她曾見過屠夫宰羊，牠們排成一隊隊，屠夫手起刀落，前面的羊流血倒下，後面的羊依舊安靜無聲地等待著，絲毫不懂反抗。

她以此為名，不過是在時刻提醒自己，莫做羔羊。

一念至此，姬善看向時鹿鹿。此人名鹿，卻也是絕不甘心做一頭鹿的。

「我既來了，陛下不妨直言。」

「是這樣的，朕這幾天做了同一個夢，恐怖至極，嚇死朕了！夢中人告誡朕絕對不能外出，朕沒辦法，只能請大司巫下山為朕解夢。」赫奕說得緊張，人卻在案後側身歪坐，看上去一點兒都不緊張。

姬善翻了個白眼。

時鹿鹿淡淡道：「請說。」

赫奕將手架在曲起的一條腿上，嘆道：「朕夢見巫神訓斥，說朕背叛了祂啊！」

姬善一驚。

「朕覺得冤枉極了，追問是哪裡做錯了，神說——跟大司巫有關。朕想來想去，也想不出大司巫有什麼問題，只能把妳請過來當面請教。」赫奕說著，將木盤上的梨花拈起，放在掌心輕輕地敲。

每敲一下，那上面的花瓣便落一瓣，真正可謂是「辣手摧花」。

時鹿鹿皺起了眉。

「大司巫沒什麼想跟朕說的？」

時鹿鹿沉默許久，道：「沒有。」

「那麼，朕問，妳答，可好？」

時鹿鹿不語。

赫奕便逕自問了起來：「朕三年前求問姻緣，後去圖璧，為何好好的船在彌江突然翻了？朕事後派人徹查此事，證實船隻、船夫全無問題，是璧王的暗衛所為。可妳說，璧王又是如何知道朕去了他的地盤呢？此第一個疑惑。」

時鹿鹿不答。

「第二個，胡九仙死於茜色之手妳如何得知？為何不事先知會朕一聲？別人縱然不曉，大司巫總該知道胡九仙是朕的小金庫。他死了，朕很為難啊。」

姬善想：胡九仙果然是赫奕的人啊……她之前便覺得奇怪，四國首富竟然出在宜國，而堂堂宜王竟能容忍。要知道，唯方大陸裡，金葉和狐仙兩大商行是最大的競爭對手，有金葉子的地方，三步之內必有小狐仙的笑臉；小狐仙貨物多，金葉子價格低……總之兩家的愛恨情仇說上三天三夜都說不完。

如今才知，兩家的老闆竟是同一個。

難怪璧先帝苻樞曾說，有陽光的地方，就有赫奕的買賣。

時鹿鹿還是不答。

「第三個，巫毒的解藥，真的全用光了，一點兒都沒剩？」

時鹿鹿聽到這裡，終於開口道：「陛下真正想問的問題，是這個吧？」

赫奕為難道：「朕總要為自己的安危著想。萬一朕中了巫毒，卻沒有了解藥，怎麼辦？」

「陛下是宜王，自有巫神庇佑。」

「是嗎？」赫奕伸手緩緩拉開衣領，露出脖子和胸膛。只見一根紅線從耳根後盤旋而下，扭曲著延伸至胸前，襯著紅衣白膚，竟很好看。

巫毒，姬善見識過，是粉末狀物體，無論是燒化成煙，還是直接吞食，都只會致人昏迷，並不致死。而且吃吃也中過毒，並無紅線出現。赫奕身上這是什麼？

時鹿鹿似笑非笑道：「你喝了頤殊的血？」

什麼？這麼瘋魔？姬善驚訝。

赫奕不答，反問：「到底有沒有解藥？」

「沒有。」

「真的沒有？」

「真的，最後一瓶昨日用掉了。」

赫奕的眼神銳利了起來，盯著轎簾道：「大司巫要朕死？」

「巫毒不會致死，又經頤殊之血稀釋，毒素弱了很多，就算出現神文，也只是懲戒。」

「懲戒？」

「嗯，今後颶風下雨，陛下少不得要遭點兒罪。」

「朕不想遭罪。」

時鹿鹿悠悠道：「恐怕由不得陛下。」

赫奕起身，負手，開始踱步。屋子很大，他繞著長案從這頭走到那頭，再從那頭走到這頭，抖落花瓣無數。當把衣袍上的花瓣全抖乾淨時，赫奕扭頭，露出一個親切的笑容，道：「朕可以受苦，但不能獨自受苦。」

時鹿鹿頓生警惕地道：「陛下何意？」

「『意』字剛出，赫奕手臂一揚，突然伸入簾中，一把抓住姬善的胳膊，將她拖出去。時鹿鹿的玉杖立刻跟上，擋在她腰前。

如此一來，姬善上半身出了轎子被赫奕抓著，下半身仍在轎裡，被玉杖擋住。她在心裡罵了一句：赫奕你個老賊！

赫奕的目光從她臉上掃過，他跟時鹿鹿不愧是兄弟，看人時都顯得情意綿綿。「阿善姑娘，妳跟朕一起受苦吧。」

「憑什麼？」

「憑大司巫捨不得妳，妳若也中毒，她必想盡辦法救妳。」

「我不要喝人血！」

「哦？可巫女們都喝過。妳難道沒有？」

姬善一怔，想起了時鹿鹿點在她眉心上的那滴血，以及後來出現的詭異耳朵圖騰。圖騰，豈非也是一種紅線？

時鹿鹿手中的玉杖點向赫奕，赫奕不但沒有鬆手，反而以她為盾擋在身前。

玉杖距離姬善一分處立止。

赫奕輕笑出聲：「看，她果然捨不得傷妳。」

時鹿鹿手在座上一拍，連人帶轎竟一起飛起來，罩向赫奕。赫奕大驚，急忙後退，卻已來不及。轎簾如蛇，一口將他吞吃入肚，與此同時，時鹿鹿抓住姬善，一同飛出轎子。

轎子「咚」的砸回地面。

彩羽如灰鳳，旋轉翻飛，優雅地落在轎頂上。

姬善踉蹌一下，沒能站穩，時鹿鹿在她腰間一托，扶穩了。兩人一同站在轎頂上。

姬善心中「怦怦」直跳。此人被囚十五年，到底是如何學得一身好武功的？赫奕可是唯方四帝裡武功最高的，竟在他手下只走了一招。

時鹿鹿卻不鬆懈，雙目如電，直直盯向二樓道：「陛下也有客在。還不下來？」

咚、咚、咚。

一個略顯沉滯的腳步聲，從樓梯上緩緩下來，長袍如葉，帶來一片春光。

姬善一看。喲，老熟人。

時鹿鹿看到來人，忍不住回頭看姬善。姬善揚眉笑道：「跟我挺像的，是吧？」來人，當然就是跟她有七分相像，卻比她足足高了半個頭的秋薑。

時鹿鹿若有所思。

秋薑望著他，也是若有所思。「我曾聽聞在宜國，百姓『寧違王命也不敢抗巫言』，還覺得是誇大其辭，沒想到，大司巫竟連宜王也敢打。」

時鹿鹿手持玉杖，神色淡漠，看上去威儀十足，又因為羽衣汙濁，反而顯得說不出的詭異，確實像個通天地、馭鬼神的巫者。

「陛下中邪了，我是在為他驅邪。」

「邪？」

「汝之所為，不正，是謂邪。」

「哦？請問，我做了什麼？」

「妳劫走頤殊，把她的血餵給陛下，令陛下中毒，以此脅迫他召我入宮，求取解藥。」

秋薑鼓掌道：「大司巫果然神算也。沒錯，確實如此。」

「我說了，沒有解藥。」

「我不信。」秋薑笑吟吟道：「解藥之方，歷任大司巫都知曉。就算伏極死時沒來得及告訴妳，妳也可以直接問巫神。除非——所謂的能聽到神諭，是假的。」

姬善忍不住拍案叫絕——不愧是姬忽，這個問題太尖銳了！伏周真沒辦法回答。

可惜啊，這個大司巫，是假的。更可惜的是，這個假大司巫是知道真解藥的。

果然，時鹿鹿道：「我知解方，但無解藥。」

秋薑的目光閃了閃，悠悠道：「知道解方？那給我一份。」

時鹿鹿冷冷道：「汝私闖宮殿，劫持吾皇，其罪當誅。」

「那妳倒是誅殺我呀。」秋薑走近幾步，索性停在轎前。

時鹿鹿垂眸。

姬善心中充滿了疑惑。時鹿鹿武功高強，對付一個病入膏肓的秋薑完全不在話下。為什麼要遲疑？

「妳不敢……」秋薑笑道：「因為妳是……小十啊。」

姬善一怔，睜大了眼睛。秋薑說的當然不是時鹿鹿的時，是數字十，而當數字從她嘴裡說出來，往往具備第二種意思——如意門的編號。

小十——十姑娘——伏周——

一連串線索在她腦中串聯，拼出某個可怕的真相：汝丘所遇的那位十姑娘，是如意門弟子！然後，被選為宜國的大司巫，成了伏周，成了宜國比皇帝還要有權勢的人！

如意門果然沒有放過宜國！

難怪姬嬰、薛采、燕王他們不惜一切代價地聯手剷除它，這個大毒瘤不除，四國怎會安生？

如意夫人生前，給了伏周什麼命令？伏周說出要保頤殊的神諭，意欲為何？秋薑直接說破，本是一步好棋，但是……這個伏周是假的。

姬善向秋薑使了個眼色。秋薑看見了，卻似沒看見一般，道：「妳既見綠袍細腰，為何不拜？」

姬善總算明白為什麼秋薑會刻意換上一件綠袍子。綠袍細腰，是如意夫人的標誌。她今天，是以如意夫人的身分，來問責弟子的。

時鹿鹿看著她，脣角一點點地勾起，道：「妳又不是如意夫人，我為何要拜妳？」

「前任如意夫人已死，我就是如意夫人。」

「是嗎？如意夫人有《四國譜》，妳有？」

「我當然有！」

時鹿鹿從懷中取出一張紙條，手指輕彈，飛向秋薑。

一道紅影從樓上掠來，半空中截住字條，然後落地，雙手遞給秋薑。

姬善一看，嗯，正是那個不送她回屋從而導致她被茜色擒住送上聽神臺發生了一連串後續事件的始作俑者——朱龍。他果然也在。

秋薑接過字條，看到上面的字後，臉色大變。

姬善好奇得不得了，但站在轎頂，懼高令她膽顫心驚，絲毫不敢動。

「這是真的？」秋薑的聲音非常沙啞。

「神諭無謊。」

秋薑整個人都抖了起來，幾乎站不住。朱龍連忙扶住她。

「現在，妳還要我拜妳嗎？」

秋薑猛地抬頭，雙目赤紅地盯著時鹿鹿——就姬善對她的了解，這很不可思議。姬忽久經訓練，控制情緒可謂駕輕就熟，如此激動，顯然是被抓住了軟肋。事關昭尹，還是風小雅？那字條上到底寫了什麼？

「妳想做什麼？」

「我想做之事，與旁國無關。留下頤殊，任爾離開。」
「不行！我一定要帶回頤殊。」
「她身中巫毒，半死不活。妳確定要帶這樣一個程士回去？」
秋薑咬牙。
姬善想，這有什麼不行的？若是燕國和璧國，繼位講究名正言順，哪怕不那麼名正言順，表面上也要裝裝樣子；可程國那個破地，發生什麼都不足為奇，頤非名聲又很差，直接篡位就好，幹麼非要把頤殊帶回去？還要解了毒清醒地帶回去？這些「好人」的心思，果然是不可理喻的。
「我數到三，如果不走，就永遠別走了。」時鹿鹿冷冷道：「一。」
朱龍看著字條的內容，忙道：「走吧！」
秋薑盯著時鹿鹿。
「二。」
朱龍一把抓住秋薑的胳膊。「走！」
兩人從大圓窗戶直接跳了出去。
他們一走，姬善便一股腦地問了出來：「字條上寫什麼了？你什麼時候寫的？我怎麼不知道？為什麼不事先告訴我？」
「我告訴妳了。」時鹿鹿無辜地眨了眨眼睛。
「什麼？什麼時候？」
「我告訴過妳——茜色，是我的人。」
姬善一呆：這個，他確實說過。

「所以，她根本就不是江江。這說明什麼？」

「《四國譜》……是假的？不可能啊，其他人都對得上……」姬善突然反應過來道：「是你們替換了的？」

「是。」

「為什麼？」

「如意夫人的奏春計畫，雖然在燕、程、璧，都失敗了，但在這裡，可以說是成功了。」

果然如此……姬善繼續問：「怎麼成功的？計畫內容是什麼？」

「這，是個很長的故事，要慢慢說啊。」時鹿鹿說著，將她抱下轎子，然後掀開轎簾，注視著裡面的赫奕，微微一笑。「陛下，臣救駕來遲。」

赫奕趴在柔軟的墊子上，姬善一直以為他暈過去了，沒想到他聞言側了個身，以手支頭，朝時鹿鹿拋了個媚眼。「朕就知道，愛卿一來，朕安矣。」

兩人相視而笑，君聖臣賢，看得姬善又翻了個白眼。

夜色降臨，幾個老太監抬來泥爐木柴，將一口裝滿食材的銅鍋架在火上煮。

如此一來，那扇圓窗越發突顯出必要之處，既能通風換氣，又能借來月色，加上爐中柴火，屋內已足夠明亮，難怪一盞燈都沒有。

不過，這種窗子也就宜這種四季如春之地適合，換了燕，凍死；換了程，雨淹；換了璧……太素，肯定不受歡迎。

姬善一邊百無聊賴地想著，一邊探頭看鍋，皺眉道：「辣的？我不吃。」

赫奕一怔，看向時鹿鹿。時鹿鹿道：「換。」

老太監只好重換了一鍋。

「酸湯？我不吃。」

老太監又換了一鍋。

「骨湯？我——」

赫奕打斷她的話。「阿善姑娘，妳就說說有什麼是妳吃的？」

「我愛吃素，葷肉只吃雞魚，偶爾吃點兒牛羊鹿，入口之物皆不要任何調味料。」

赫奕嘆道：「難怪妳跟秋薑不像。」

「什麼？」

「不吃點兒好的，怎麼長高？」

姬善剛要瞪眼，時鹿鹿開口對老太監道：「換。」

「且慢！她吃的朕不愛吃。」

老太監站在原地，左右為難。

最後的結果是架起了兩口銅鍋，赫奕獨自一鍋香滋辣味的，時鹿鹿和姬善吃淡而無味的。

赫奕不滿道：「大司巫厚此薄彼，朕很孤單。要不，妳陪朕喝點兒酒？」

「陛下忘了？臣是不能飲酒的。而且，陛下一向孤單，不必在意。」

赫奕一噎。

姬善夾了一筷菌菇放入口中，眉毛不禁一動，饒是口腹之欲極淡，也不由得多吃了幾口。時鹿鹿見狀，取勺將鍋內所有此菌都挑揀出來。

赫奕立刻將自己的碗捧到時鹿鹿面前，道：「此乃麟角菇，產地極少，無法種植，只能靠天地自生。朕也愛吃。」

時鹿鹿手腕一轉，整勺麟角菇全都倒進姬善碗中。

赫奕落寞地將碗收回，盯著姬善嘆了口氣道：「阿善姑娘果然厲害，假扮姬忽十幾年天衣無縫，如今，又令朕的大司巫如此厚待於妳。」

姬善微微一笑道：「不比陛下，連姬忽都被你坑了，玩弄三國於股掌。」

「我沒有坑她。」

「那《四國譜》裡關於江江那頁，是誰掉的包？」

赫奕看向時鹿鹿，時鹿鹿道：「是神諭。」

赫奕當即點頭道：「沒錯，是神諭。」

這，確實是個很長很長的故事。

茜色不是江江。

字條上，只寫了這六個字。

秋薑坐在馬車裡，卻看了足足一盞茶時間。車身顛簸，字影搖晃，看上去是那麼的不真實。

「朱龍，你怎麼看？」
朱龍駕著車，謹慎地答：「巫言不可信。也許是反間計。」
「哦？」
「《四國譜》裡，其他都已證實沒問題，為何獨獨江江這頁有異？如意夫人不可能事先猜到妳的目的，弄個假《四國譜》在那裡。」
秋薑幽幽道：「可我覺得，茜色確實不是江江。」
因為，江江不會殺風小雅。
或者說，她無法接受江江要殺風小雅這件事。
「不管怎麼說，先找到茜色。」
馬車掉轉方向，向著和善堂馳去。

時鹿鹿注視著姬善，緩緩道：「我告訴過妳，三個月前有關程國，有一個預言——『紫微開天啟，一駐連三移。熒惑未守心，東蛟不可殪』。」
「沒錯，伏周從巫神那聽到了這四句話，告知於朕。朕便開始頭疼，實在不想再插手程國那裡的破事啊……」赫奕搖頭，為自己把酒斟滿。
姬善意識到一件事——赫奕真的認不出時鹿鹿，他真的把時鹿鹿當作了伏周——剛才的場景實在過於慌亂，以至於她都沒有好好留意，時鹿鹿是何時嘆氣對赫奕下了咒。
「但沒辦法，神諭不可違。朕只好派人去程，命他嚴密監視程國內亂，必要時救下頤殊。」

「那個人……是胡九仙嗎？」

「正是。」

姬善目光閃動道：「胡九仙從薛采手裡救出頤殊，帶回宜國，但為何說他遇到海難失了蹤？又為何說他死於茜色之手？」

赫奕瞥向時鹿鹿道：「這就要大司巫為朕解惑了。為什麼？」

時鹿鹿淡淡道：「很簡單——茜色背叛了。」

「我要妳，召集宜境內所有如意門弟子，所有能調動的人，一起幫我，掘地三尺，找到茜色！」

和善堂中，秋薑如此對李妲道。

李妲聞言一驚，但什麼也沒說，深深一拜。「是！」

「三十年前，如意夫人有了奏春的計畫。第一處決定實施之地，便是宜。」柴火的火光在赫奕眼中跳動，映得他一向從容豁達的臉龐也多了幾分晦澀。「因為，宜最弱。」

三十年前的宜，是唯方大陸最弱小的國家，九山一水一分田，雖然四季如春，卻不能大量產糧，從而導致食物匱乏。宜人很能吃苦，走街串巷、翻山越嶺地各處尋找商機，然後，從遙遠的海外帶回一種叫做玉麥的穀物，能在宜境種植，堪堪解決了溫飽。

當然，按照巫神殿的話說，那是受到巫神的指引才找到玉麥的。

「如意夫人訓練了一批絕色美人，送入宜國，分派各處。其中一個，叫阿月。」

姬善一驚，看向時鹿鹿——他娘！

時鹿鹿眉睫低垂，布滿紅繪的臉看不出表情變化，但也許是情蠱感應，她能覺察出此刻的他情緒十分低落。

「阿月在巫族熬了五年，因聽力過人最終成功進入聽神臺。父王前往聽神臺祭神，對她一見鍾情。」赫奕笑了笑道：「不久，阿月有了身孕。父王心知褻瀆神明，若傳揚出去，皇位難保，便讓她將孩子墮掉。阿月苦苦哀求，求得父王心軟，還是把孩子生下了。然後，妳猜——發生了什麼？」

「如意夫人出現了。」

赫奕將碗裡的殘酒潑入火中，火光竄起，如悲似怒。「沒錯。這一切……不過是美人計而已。」

美人計很俗，但通常很好用。比如妲己、西施和貂蟬。

「如意夫人給出的條件是，讓阿月的孩子成為太子。如意門則幫助宜國打開程國口岸，互通海商。父王迫於形勢，答應了。」

姬善又忍不住去看時鹿鹿，他沉默地提起一旁的水壺往鍋中加湯，水從壺口洩出，「嘩啦啦」的跳進鍋內，奔赴註定沸騰的死亡一場。

「但是……」赫奕說到這裡，長長一嘆道：「人算不如天算。那個孩子夭折了。」

姬善看了時鹿鹿一眼，問：「是真的夭折，還是被先王弄死了？」
赫奕露出一個神祕的微笑，道：「這個誰知道呢？」
「然後呢？」
「如意夫人只好命阿月盡快再為父王生一子。但父王得了教訓，不再與她親近。阿月為求自保，拚命博取伏極歡心，終令得伏極決定選她當繼承人。」
阿月果然也是個人物啊……
「然而，伏極最終還是發現了阿月的真實身分，以及她跟父王的私情。」
「巫神告訴她的吧。」
赫奕哈哈一笑道：「那巫神告訴得還真是有點晚啊。」
時鹿鹿突然道：「晚有什麼關係，很及時不是嗎？」
「也是。總之，伏極處死了阿月，並把大司巫之位傳給了她。」赫奕指了指時鹿鹿，微笑道：「就此，在宜的奏春計畫泡湯了。後面的，大家都知道了。」
「可你還沒說江江和茜色到底是怎麼回事！」
「別急啊……」赫奕慢吞吞地為自己倒了一杯酒，悠然道：「宜以商強國，朕以商治國。而商人有一個特徵：就是買賣買賣，有賣，就要有買。」
姬善的心「咯噔」了一下。
「阿善姑娘，看來妳最想知道的事就是茜色和江江，那麼，出個價吧。」赫奕眨了眨眼睛。
姬善氣得眼裡要冒火，一旁的時鹿鹿忽然笑了。
「你笑什麼？」

「我記得初遇時，阿善說過一句話——『若告訴你我的願望，豈非給了你一個挾制我的把柄？』從那時起，我就特別好奇，阿善的願望到底是什麼呢？」時鹿鹿轉頭，向赫奕抱拳行了一禮道：「多謝陛下，此刻，我終於知道了。」

柴火暖黃，湯汁香濃，不像是皇宮的空曠房間，兩個本該是敵的兄弟君臣……沒錯，赫奕的聖旨，的的確確是道陷阱。

卻不是為時鹿鹿，或者說為伏周而設。

真正的獵物，是她。

李妲的效率很高，很快帶回了消息。「茜色可能藏匿於巫神殿中。」

秋薑和朱龍對視了一眼。

「她不是巫女，也不是赫奕的人，怎麼混進去的？」

巫族戒備極其森嚴，之前李妲能進，是因為她本身就是巫女；那些冒充燕王暗衛的人能進，是因為他們有赫奕的聖旨。茜色，身為巫通緝的人，是怎麼瞞天過海，藏在最危險的地方的？

「不知道怎麼進去的。但有巫女在神殿見過她，然後就被打暈了。」

「為何只打暈，不殺了？」

「不知道。」

朱龍沉吟道：「妳懷疑又是陷阱？」

秋薑的目光閃了閃，注視著李妲，幽幽道：「頤殊已還了，如意門也解散了，我一瀕死之人，身上還有什麼是值得設局圖謀的？」

李妲面色微變，急聲道：「夫人一定會好起來的！」

秋薑想了想，做出決定。「走吧。」

「要去？」

「去。不入虎穴，焉得虎子。」

最重要的一點是，她覺得整個宜國之行都怪極了，怪得連她都完全猜不出等在前方的會是什麼。

姬善看了看時鹿鹿，又看了看赫奕，忽然開口：「你知道他不是伏周嗎？」

時鹿鹿舉杯的手一停。

赫奕也一怔。

姬善挑眉笑了，道：「你不知道？」

「阿善！」時鹿鹿的聲音裡有了警告之意。

「施展你神奇的巫術，繼續瞞天過海啊！讓我看看，你是怎麼蠱惑宜王，讓他幫忙來試探我的。」

赫奕放下酒杯似要起身，時鹿鹿長袖一拂，袖風到處，赫奕「啪」的倒了下去，杯子滾於一旁，酒水汙了地氈。

姬善「咦」了一聲道：「你沒有嘆氣。所以，沒有嘆氣也是能施展巫術的？」

時鹿鹿盯著她道：「阿善，我生氣了。」

「該生氣的人是我。我只是反擊。」

「我只是想更了解妳。」

「了解不是逼迫。你想知道我的祕密，就該用真心來換。」

時鹿鹿一僵。

「你給我種下情蠱，說什麼生死相依……」姬善說到這裡，冷冷一笑。「可你，根本不愛我。不是嗎？」

時鹿鹿抿緊脣角，不說話了。

姬善起身走到赫奕面前，把他的臉轉過來。赫奕雙目緊閉，顯是暈了。「要殺赫奕其實如此容易……你不是要殺他嗎？動手啊。」

時鹿鹿不說話。

「你殺不了他，對不對？因為——蠱王在你體內，助你施展巫術的同時，也給了你許多禁忌。不能縱慾，不能違抗巫神，以及……要保護宜王。」

時鹿鹿臉上的紅紋扭曲了起來，看起來越發詭異，他道：「妳怎麼會知道？」

「這是宜王和大司巫彼此用來牽制對方的契約，從伏怡時代便開始了，對吧？別忘了，你可不是真正的大司巫啊……」

時鹿鹿的眼神一下子鋒利了起來，飛刀般朝她射過去，道：「是伏周那賤人告訴妳的？她什麼時候告訴妳的？」

姬善冷冷地回視著他，並不回答。

彩影一閃，時鹿鹿瞬間來到她跟前，一把掐住她的脖子，將她推到了三丈後的牆上，道：「說——妳，什麼時候見過她？」

姬善看著這張近在咫尺、扭曲的、詭異的、再不像少年的臉，淡淡地想：果然……是假的。

這些年，她見過很多很多少年，他們都說愛她。但其實，那些人愛的都是姬大小姐，張揚個性、傲視四國的天下第一才女。

有一個人，對她極好，卻不愛她，他最愛的人是他自己。

有一個人，為她要死要活、自甘墮落，卻完全不了解她。

還有一個人，跟她羈絆極深，但愛的是另一個人。

他們……還有這個人，都是假的。

「你遇到我，發現我醫術不錯，自成一派，就讓茜色把我抓到聽神臺上，給我種下情蠱，想讓我死心塌地地想辦法解蠱。因為，只有解除你體內的蠱王，你才能殺了赫奕，不受反噬。」

時鹿鹿微微瞇眼，扣在她脖子上的手更緊，他道：「還知道什麼？」

「你雖給我種了情蠱，卻發現對我的控制極為有限，而且時間會拖得很久。你很著急，就讓赫奕配合來演這場戲，想知道我最大的祕密，藉此牽制我。至於赫奕，他不知道你是假的，以為你是伏周，自然按神諭照辦。」

「還有呢？」

時鹿鹿的手越發緊了，緊得姬善覺得透不過氣，眼前的一切都變得有些恍惚。「還有……時鹿鹿，你鬬不住伏周的。我認識她，所以我知道——她比你，厲害……」

最後一個字，伴隨著無邊暗幕落下，腦海中，卻有亮光綻放——
一人在光中，坐在窗裡，望著天空。
兒時的她跳到窗前，好奇地問：「阿十，妳在看什麼？」
「自由。」
囚於樊籠裡的人，不只時鹿鹿，還有被逼成為大司巫的伏周啊……

秋薑低眉斂目地跟在李妲身後。
沿途警哨問起，李妲聲稱此女是來找她治病的，因她治不好，所以帶進神殿問問別的巫醫。秋薑取出一早準備的過所，巫女們查核無異樣後放行，朱龍卻被攔下了，秋薑示意無妨，獨自跟隨李妲入山。
走不到盞茶工夫，巫神殿便聳立在眼前——依山而建，百丈之高，大面積的石壁屹立如削壁，令整個神殿與蜃樓山恍若一體，氣勢雄偉，碾壓所謂的宜宮。
「巫神殿共有巫女三百六十人，若有不足，隨時從各地挑選調補。在伏周之前，聽神臺的巫女是三十六人。伏周性格孤僻，凡有折損，並不補納，所以，這些年越來越少，如今只剩八人。」
「想入聽神臺，除了要守貞、武功高，還要什麼？」
「種下神蠱，永遠忠誠。」李妲說到這裡嘆了口氣，道：「我便是因為過不了這關，無法再進一步。」

「小十和多麥為什麼能成？」

李妲惶恐道：「多麥天生啞巴，口不能言，所以蟲蟲對她沒有感應吧……至於大司巫，屬下不知。」

這個問題，恐怕要親自問伏周才知道。但先前在北宮時看伏周那樣子，怕是不會配合。其中必定出了一些變故，她不知道，如意夫人也不知道。

秋薑按下心中疑惑，繼續前行。她喘得有些厲害，李妲擔憂道：「屬下背您上去？」

「被看見了無法解釋。」哪有尊貴的巫女大人背平民的道理。「沒事，我能行。」

秋薑抬頭，只見巍峨神殿在陽光下無限莊嚴，凡人至此，確實會心生卑怯。但她長有反骨，看見這樣的東西，只想著一件事——巫神在宜境的權力，實在太大了，而能夠約束它的東西，根本沒有。如此之物，是禍非福。

姬善昏昏沉沉地睡著，耳畔似有人在喚她。

「阿善！阿善！」

她睏乏得厲害，一點兒都不想回應。

那聲音又道：「別怕……我留了……」突然中斷，然後便再沒出現。

如此一來，她反而好奇。是誰？為什麼要叫她別怕？留了什麼？

姬善一個激靈，睜開眼睛。第一反應是——我瞎了？

眼前漆黑一片，什麼也看不見。她試探著伸出手，摸到了木頭的紋理。這裡是……小木屋？用來關時鹿鹿的那間屋子？

「阿十！」她連忙爬起來，四下摸索道：「妳在嗎？阿十！」

無人回應。

姬善心中「怦怦」直跳，極力讓自己鎮定下來，開始四下摸索。小屋長三丈、寬二丈，無門，只有一扇通往隔壁的窗戶。可是屋內不悶，風聲嗚嗚，氣息清涼，她朝風口摸過去，在某塊地板上，有一排針眼大小的洞，沒有光卻有風。難道有密道？

除此之外，屋內有一個馬桶、一張草蓆。馬桶毫無味道，草蓆也是嶄新的，無人用過。是伏周留給她的嗎？

她進來了，那伏周呢？

一念至此，姬善心中有些後悔，不該提伏周的，如此一來，等於是將伏周置於險境，時鹿鹿會殺了伏周嗎？

剛才迷糊時聽見的那句「不怕」，是伏周對她說的嗎？

姬善坐在草蓆上，抱著膝蓋陷入沉思，然後慶幸：她只懼高，卻不懼黑，否則，此時此刻就該遭罪了。

秋薑終於邁進神殿門檻。

下一刻，她就蹲在地上，奄奄一息，連大口喘氣都做不到了。

李妲忙關切道：「還好嗎？」

一名巫女經過，李妲的表情轉為冷漠。「妳能以帶病之軀走到這裡，也算心誠。起來，進了靜室再休息。」

巫女對此見怪不怪，並未詢問，走開了。

李妲等她走了，忙將秋薑扶起來，帶她穿過大堂，進了隔壁一個小房間。

「稍候，我去倒壺水來。」李妲拎起案頭的茶壺離開。

秋薑靠在榻上，精疲力竭地將眼眸闔起。

腳步聲很快去而復返，茶香撲面而至，然後，是茶壺放到木几上的輕微聲響，緊跟著，茶水「咕嚕嚕」的倒進杯裡，杯子又被捧到她脣旁。

就在這時，一根鑌絲閃電般從她戒指裡飛出，捲上對方捧杯的手。

秋薑冷冷睜眼，盯著捧杯之人。

那人道：「我只是想讓妳喝口水。既然妳不渴，那便算了。」說著就要把杯挪走。

「要手的話，就別動。」

那人的動作立刻停了，眼眸沉沉，不復笑意。

秋薑坐直，覺得好笑道：「我來找妳，妳不逃，反而主動現身？」

此人不是別人，正是她此行的目標——茜色。

茜色不慌不忙，悠悠道：「因為——我也在找妳啊。」

姬善撫摸著草蓆上的紋路，從第一根摸到最後一根，每摸一遍，就往牆壁上劃一道線。

如此大概畫了三道線後，窗戶忽然開了。

亮光也隨之照進來，刺得眼睛生疼，她連忙用手捂住，過好一會兒適應了才緩緩睜開。只見時鹿鹿站在窗口，背光而立，看不清臉上的表情。

兩人沉默地對視許久。

時鹿鹿先開口：「被關一天，感覺如何？」

姬善呵呵一笑道：「還行吧。」

時鹿鹿的目光閃了閃，道：「妳是不是以為自己在伏周的房間裡？」

姬善一怔。

「我允許妳過來，看看窗外。」

分明心中一個聲音勸自己別過去，但姬善還是按捺不住好奇，起身跑到窗邊，掠過時鹿鹿的身體，看到了他身後遙遠的兩間小木屋。

小木屋在那麼遠的地方？那她現在是在……

姬善低頭往下看，然後雙腿一軟，一下子就癱在地上。

她在深淵上！

這間木屋，一半著陸，一半懸空，瞬間有了截然不同的定義。

想到一板之隔就是懸崖，姬善整個人就不受控制地顫抖著。

「現在感覺如何？妳覺得，妳能在這裡，也住一五年嗎？」

姬善沒有說話，恐懼令她無法發聲。

時鹿鹿眼底露出一絲憐惜，道：「找到解蠱之法，我便放妳出來。早解一日，早出一天。」

姬善瑟瑟發抖，依舊沒有回答。

時鹿鹿深深地看了她一眼，然後，將窗關上。

光亮再次消失，世界恢復黑暗，而這一次，姬善再無法保持鎮定。風從洞口灌入，每一聲嗚嗚都似在提醒她，下面是空的，是空的，是空的！

姬善終於明白了伏周為何要說「別怕」。

她的眼淚流了出來。

若是吃吃、喝喝、走走、看看看到，必定會無比震驚——因為這是這麼多年來，她第一次哭。

秋薑打量著茜色，心想：嗯，難怪風小雅見了此女並不起疑，確實跟我有點像，只不過，比我美豔許多。

「我召喚過妳，妳沒有來。」

「因為我並非如意門弟子，無須應召。」

秋薑心知她不是，卻沒想到她澄清得如此直白。

「妳是誰？」

「妳猜。」

「伏周告訴我，妳是她的人。」

茜色點頭道：「沒錯。」

「那麼請問——巫族的妳，怎會變成如意門弟子，又出現在江江的《四國譜》中？」

「妳覺得呢？」

秋薑凝視著她的眼睛，一字一字道：「我覺得，不僅妳，《四國譜》中，有關於宜國的部分……全是假的。被你們巫族調了包。」

茜色的笑容消失了，將她從上到下仔仔細細地打量一番，幽幽道：「他們都說妳很聰明，妳果然很聰明。」

聽到這句話，秋薑心中並無喜悅，一顆心反而越發低沉。本以為抓回頤殊就能完結的「歸程」計畫，又起波折……

別怕。

別怕。

別怕。

姬善一遍遍地想：又不會真的掉下去。更何況什麼都看不見，就當我是在一個安全的屋子裡好了……

然而，噁心和暈眩都在向她明確傳達著一個事實：她真的怕極了。

她小時候其實不懼高的，不但不怕，還特別擅長攀爬。但後來，自從那個人離開後，不知為何她就不敢爬樹了，後來慢慢地發展為不敢去任何高的地方，現在更是，一到高處就雙腿發軟……

姬善咬咬牙，嘗試著慢慢爬起來，靠住窗戶那面牆，告訴自己：這半邊還是陸地，下面是踏實的……

顫抖，慢慢地停止了，嘔吐的感覺，也漸漸淡去。

姬善喘著氣，一個念頭冒出來——逃！

不能坐以待斃，要想辦法逃！

她原本沒有這個想法。這麼多年，生活軌跡跌宕起伏，一直隨遇而安。搬到觀裡住時，挺開心；到了姬家後，挺好的；去了駱空山，很不錯；進了皇宮，也湊合……一直一直，從不逃。

她自小跟常人不同，應了黃花郎的特徵，隨風飛到哪裡，就在哪裡落根。凶險是奇遇，波折是情趣，人生百態皆風景，自由隨心無所懼。

可這一次，超出極限，無法容忍。必須逃！

「別怕……我留了……」

伏周的話於耳畔響起。對，她說她留了什麼，想必不會只有草蓆和馬桶，肯定還有什麼，還有什麼！

姬善在伸手不見五指的小屋裡摸索起來……

「如意夫人的奏春計畫，最早在宜國實施，一度成功了，後被宜王反擊。」茜色撫摸著手腕上的鑌絲，眼中沒有害怕，只有好奇。「如意夫人沒有氣餒，又派瑪瑙門的小十入宜。小十後來成了大司巫，巫神賜名伏周，表面看對夫人言聽計從，但其實……」

「暗度陳倉，將宜境內所有的如意門弟子，全部更換。妳、李姐，以及我這些天見到的那些人……都是假的！」秋薑冷冷道。李姐洩漏了她的行蹤，李姐招來赫奕，李姐此刻又把她帶到這裡，跟茜色見面。

一步步，都是局。

茜色微笑道：「要做到這一點很難，但幸好，宜是個特別的國家，在這裡，所有莫名其妙的事情，都可以用兩個字解釋——神諭。」

確實。換了其他三國，姑姑恐怕都會發現，偏偏宜國，又弱小又迷信，巫的怪舉層出不窮，遮蓋了很多漏洞。

「妳見過伏周嗎？」

「見過。」

「妳覺得如何？」

秋薑想起北宮裡發生的一幕，答：「伏周其人如何，時間太短看不出來。但有一點很確定——伏周不像如意門弟子。」

「為何？」

「武功。」如意門的武功她瞭如指掌，卻從不曾見過伏周那樣的身法。可是，如果伏周不是小十，實在想不出宜宮內還有哪個位高權重的女人。

赫奕尚未大婚，後宮並無主人，也沒有公主、太后。僅有的一個身分高貴的女性——鎮南王妃，也就是小公子夜尚的母親，一直留在封地，不在鶴城。因此，她心中第一個懷疑的對象就是伏周，在北宮見到伏周時，便出語試探；而對方的反應也很古怪，不否認，也不承認。

茜色看出她的疑惑，笑了笑道：「七主確實洞若觀火，那妳可知為何？」

「還請姑娘為我解惑。」

茜色笑得越發歡愉，伏下身靠近她的耳朵，輕輕道：「因為——妳見到的伏周，是假的。」

秋薑一驚。

「那是祿允和十月的私生子，叫時鹿鹿。」

時鹿鹿坐在鏡前，提起一枝玉管羊毫筆，蘸上硃砂，將臉上已經有點淡了的紅紋重新勾勒。

兩名巫女在一旁為他清洗羽衣，一名巫女向他稟報：「秋薑的馬車離開皇宮後，去了和善堂。然後從密道離開，在城西的一家農舍裡換了衣衫、易了容貌，打扮成一個四十出頭的貴婦人和車夫，跟著李妲來到巫神殿。」

「她不去追緝茜色，反來了這裡……」時鹿鹿眼眸微瞇道：「莫非，茜色躲在此地？」

巫女們嚇得連忙跪倒。稟事巫女道：「我們徹查了巫神殿，並無茜色蹤影。」

時鹿鹿漫不經心地將眼角蔓延出的紅線拉入鬢角，道：「茜色若有心藏匿，妳們找不到也正常。」

「那……」稟事巫女壯著膽子道：「能否請神諭……」

時鹿鹿「啪」的將筆往架上一放，冷冷道：「如此小事，也要問神，要爾等何用？」

巫女們嚇得再次叩拜。

時鹿鹿轉身，正要說話，外面傳來一聲異常的響動。

巫女們也聽到了，紛紛轉身。

那異動未停，接連不斷地傳來，像是什麼東西在啃咬木樁。

「奴去看看！」稟事巫女剛起身要出門，一道風聲從她身側掠過，卻是時鹿鹿本人親自衝出去。

清洗羽衣的巫女們急了，忙喚道：「大司巫，您沒穿外衣……」

時鹿鹿毫不理會，幾個跳躍衝向懸崖邊的小屋，正好看見一塊地板被人從裡不知用何物撕扯踩踏，一半脫離了木屋，啃咬木樁聲便是由此而來。

時鹿鹿加快腳步，然而已來不及，只聽「喀嚓」一聲，地板斷裂，其中一截往下墜落。

「住手！」時鹿鹿剛喊了兩個字，一角白衣出現，正是姬善穿的白狐皮裘。

姬善的頭從挖空的地板裡伸了出來，兩人目光相對——

彷彿回到初遇那一天，從著火的馬車上滾落時，她看見他，他也看見她。她見他是林深見鹿，他見她是萬劫不復。

「阿善！」時鹿鹿的聲音帶了他自己都不曾察覺的驚恐。「小心！」

姬善瞥了他一眼。這一眼，像風吹過山谷，山谷因此有了回應，但風不會停留；像雨落進小溪，小溪因此有了漣漪，但雨沒有溫度；像恢復成初見時的那個她——一個漠然地看著這個世界的局外人。

然後，她毫不猶豫地跳下去。

「阿善……」時鹿鹿下意識地飛過去，他的身體也離開了聽神臺。

身後巫女們在尖叫。

耳畔全是風。

眼前只有那道白影、那片白袍，那團被風吹得根根豎起的白毛。

時鹿鹿在最後關頭抓住白狐皮裘，左手的玉杖插進山巖。然而，沒來得及鬆口氣，皮裘「嗤啦」裂開，裡面的姬善繼續墜落。

時鹿鹿用力抓著玉杖，在巖壁上拉出一道火花，追著姬善往下奔跳。

玉杖終於承受不住這股巨力，「卡卡卡」裂出無數紋路，碎成了粉末。

時鹿鹿索性棄杖，雙腳在壁上用力一蹬，借力往下跳，在半空中再次抓住姬善。最後，一起掉了下去……

「也許跳下去了，就知道深淵到底是什麼了。」

「我們下山吧。」

「嗯？」

「不用跳，走下去，就能知道它到底是什麼了！」

她曾試圖拉著他一起走下去。

然而最終的結局是，他們一起跳了下去。

第九回　浮舟

她夢見自己在水中，背著一艘船。

好討厭啊，怎麼又做這個夢了？

船不是已經翻了嗎？她不是已經不用再背船了嗎？她不是已經上岸了嗎？為什麼還會做這個夢？

她覺得透不過氣來，拚命想要掙脫。槳在哪裡？快出現啊，快把船拍碎，只要船碎就能結束了……這一切就都能結束了……

突然間，船底彈出無數根針，一下子扎進她體內！

姬善猛地睜開眼睛——

暖黃色的枯葉鋪了一地，她趴在葉堆上，全身赤裸，手上、頭上、背上都扎著針，而且銀針十分眼熟，定睛一看，正是時鹿鹿從她這裡偷走的那套！

一隻手輕壓住她的脊背，然後，又一根針刺進了懸樞穴。

姬善先是繃緊，又放鬆下來——這是在療傷。

然後她才發現，自己受了重傷，失血虛脫，才有一種浮在水上的無力感。

銀針一根根從命門、腰陽關一路往下。那隻手也輕輕移動，按在肌膚上，有點熱，有點癢，還有點莫名的羞恥。

但這是在療傷！她想，沒什麼大不了的。

銀針刺至會陽穴，終於停了，身後之人起身離開。

姬善努力抬眼看著前方，判斷出自己在密林中，而且比之前探索的所到之處更遠，因為巫樹沒了，變成了杉樹，這意味著，離沼澤已經很遠了。

懸崖下方竟沒有湖啊、洞啊、奇遇啊，就是很純粹的一片樹林，真無趣啊。

正當她這麼想時，一條蛇突然從草叢中抬起上身，一對琥珀色的眼睛專注地盯向她。

姬善整個人一僵……她錯了，她不嫌無趣了還來得及嗎？

蛇頭橢圓，身上黃環、黑環相間，緩緩朝她游來。

「大哥！看你骨骼清奇、相貌不凡，想必就是傳說中的金甲帶！你不是吃老鼠的嗎？你朝我游來幹麼……」

此蛇雖吃老鼠，卻有劇毒。若平時遇見，必定抓來做藥，但她此刻身不能動，只能驚慌。

「大哥！我可沒招惹你啊，別再過來了！」眼見牠越來越近、越來越近，姬善情不自禁地閉上眼睛，只聽一聲輕響，吐芯聲突然沒了。

姬善睜開眼睛，就看見一隻手抓住蛇身將牠掐死了。然後，那隻手在她身下的枯葉堆裡找了找，找出幾顆蛇蛋。原來是雌蛇護卵……

「不對啊，大姊，妳不是夏天產卵的嗎？現在可是十二月啊！」

姬善覺得書上所學，到了宜這破地，全部亂套了。

手的主人終於走到她的正前方，把一堆枯枝架在地上開始生火。

姬善睜大眼睛——此人當然就是時鹿鹿，卻不知為何，看上去有點奇怪。長髮大概是掉下來時被什麼纏到斷了，變成了參差不齊的短髮；臉上的紅繪徹底沒了，露出完整的臉龐，沒有笑容，也不靈動；最重要的是，一眼也沒看她。

要知道自認識以來，時鹿鹿的眼睛就一直黏在她身上，哪怕是撕破臉被囚禁時，也都盯著她須臾不離。此刻，卻一眼沒看。

姬善心中很清楚，時鹿鹿一開始是對她好奇，然後是暗存勾引，撕破臉後，改成了威脅。他並不曾真愛她。但此時此刻，他為救她一起掉下山崖，正該是趁熱打鐵、改善關係之際，為何如此冷漠？

這，很不正常。

又是在做什麼局？以退為進嗎？

姬善想了想，冷哼一聲道：「原來你會醫術。」從他替她針灸的手法，就知此人醫術應不在她之下，卻藏了掖了這麼久，果然心計深沉。

「既會醫術，何必求我為你解蠱？怎麼，自己解不了？」她越想越氣，氣得咳嗽起來，一咳嗽，整個人都疼了起來。

時鹿鹿走過來，在她身柱穴上補了一針，她便不咳嗽了，痛覺再次緩和。

而他處理完後，便回去生火，然後似想到了什麼，抬眸看了她一眼。

可算是看她了！姬善瞪眼道：「你看什麼？」

「妳。」

「什麼？」

「事關醫術，才有情緒。」

姬善一怔，有些不自然地瞥開視線，想了想，又心有不甘，怒視於他。「沒錯，所以就算你跟著一起跳下來，我也是不會感動的！」

時鹿鹿擦出火星將枯葉點燃，然後加入枯枝，把火苗擴大。他做這事時非常專注，專注得又不看她了，嘴裡卻說了一句：「情蠱共生。」

「什、什麼？」姬善驚道：「共生？就是會……同年同月同日死？」

時鹿鹿點了下頭，開始熟練地剝蛇皮。

他面色如常看不出情緒，她卻是吹皺春水，再難將息。難怪見她跳崖他要來救，因為她死了他也得死！可是，時鹿鹿瘋了嗎？為什麼要給她種這種雙向限制的蠱？虛情假意一場，有必要綁定生死嗎？

「瘋子……」瘋子的想法，果然是……最有趣的。

姬善忍不住再次看向時鹿鹿，覺得他既熟悉又陌生，既遙遠又親近，像捉摸不透的霧，看得見，摸不到。

「我既是病人，又是壞人，大小姐是否對我更感興趣了？」

曾經的話語於此刻迴繞在耳旁，姬善想，完了完了，確實無法置之不理了。

她看了他一眼。

她又看了他一眼。

然後她有點生氣，覺得自己是條明知前方是餌還要往上湊的蠢魚。

兩個聲音在腦海中交織——

一個說：「揚揚，揚揚，妳可不能上當。他的目的就是要妳愛上他，然後予取予奪、無所不應。」

另一個說：「我不愛，我就是感興趣，很好奇。」

一個說：「好奇是喜歡的開始。妳當初也很好奇那個人，然後就……」

另一個說：「可我最終抽身而退了啊！這次我也一定可以！」

一個說：「不可能，這傢伙可比那個人危險了無數倍，那個人不會傷害妳，但這傢伙肯定會！妳忘了他把妳關在小黑屋裡的事情了嗎？若沒有伏周……」

姬善「啊」了一聲，想起了伏周，下意識想要找什麼，然後想起自己現在全身赤裸。再看前方，時鹿鹿手中用來剝蛇皮的，赫然就是一根鑌絲——伏周藏在馬桶蓋裡的那根鑌絲。她用鑌絲一點點地劃斷地板，最終逃了出來；而且她算計得很好，那塊木板應該就在懸崖的交界處，能抓踩著懸崖的邊慢慢爬上來。然而，想像是好的，現實很殘酷。當木板脫落，她往下看的第一眼，就因為懼高而石化。

後面發生了什麼全是混亂迷糊的，只知道時鹿鹿飛過來試圖救她，然後一起墜落……

「還我！那是我的！」姬善道。

時鹿鹿停下動作，看了眼手中的鑌絲，視線上移，終於又看了她一眼。

他什麼時候變成這副冰山臉死樣子？姬善恨恨地想，一點兒都不可愛了！

「沒錯，我就是靠這個逃的，是我的，還我！」

時鹿鹿伸手摘下一只耳環，放在鑌絲旁按了一下，那根鑌絲就「嗖」的縮進去，然後他重新戴上耳環。

雖然一個字也沒說，但意思非常明顯：這是我的。

姬善咬牙道：「才不是你的！是伏周的！」

時鹿鹿看著她，目光閃動，忽笑了一下。笑容與以往大為不同，以往是少年氣的可愛率真、狡黠頑皮，此刻是似笑非笑，帶著殺人於無形的嘲諷。

姬善莫名地覺得自己輸了。

氣場對比如斯。眼前這個沒穿羽衣的時鹿鹿，比穿羽衣的他還像大司巫。

時鹿鹿突然起身，朝她走過來。隨著他的靠近，姬善警惕道：「幹麼？」

鼻尖嗅到香味，一截穿在樹枝上烤熟了的蛇肉，遞到她的嘴邊。姬善從不委屈自己，當即張嘴吃了，邊吃邊道：「太難吃了！還有，天要黑了，你不找個山洞？光這一堆火可不夠，我會凍死的。你自己說的，我要死了，你也活不成。」

時鹿鹿「嗯」了一聲。

姬善變本加厲道：「還有，我的衣服呢？我要衣服，你想辦法找隻老虎、熊什麼的，我要穿皮襖！」

時鹿鹿又「嗯」了一聲。

「這麼好說話？你心裡在打什麼鬼主意？」姬善盯著他道。

時鹿鹿轉過頭，也盯著她。

姬善的臉，突然一紅。說不清楚為什麼，之前無論時鹿鹿如何撒嬌討好、威逼利誘，她都不為所動；可現在，他如此面無表情地看著她，眼神不再繾綣，眉宇不再溫柔，反而令她心頭怦怦亂跳。

「無、無論你、你打什麼鬼主意，我、我都……」她的話沒能說完。

因為時鹿鹿的手在她眼前拂過，她眼前一黑，瞬間失去了知覺，依稀間，聽到的最後一句話是——

「妳太吵了。」

姬善再醒來時，已在山洞中。身上的針已經收了，蓋上一張黑熊皮，前方一丈遠外，還生著一堆巨大的篝火。

姬善愣了愣，然後發現自己傷勢大好，身體恢復了一定的知覺。

她慢慢地、試探地坐起來，看到身上的傷疤又多了好多。這輩子果然沒有大家閨秀的命，就算偽裝了十幾年，一身皮肉還是暴露了出身。

外面傳來腳步聲。姬善回頭，見時鹿鹿一拐一拐地捧著一塊形如甕狀的石頭走進來，裡面裝著水和切割好的肉塊。

「你受傷了？」墜崖的時候還是抓熊的時候？姬善仔細回想一下，之前他為她針灸時，走路好像就不是很穩，想來應是前者。「既受傷了，該好好休息，抓什麼熊？」

時鹿鹿看著裹著熊皮的她，似氣樂了，但依舊不說話，坐到篝火前，將石甕架在上面烹煮。

「你什麼情況？怎麼突然變成了悶嘴葫蘆？」

他之前愛說話時，她只想讓他閉嘴；此刻他不說話，她反而無法接受。如果這是一種以退為進的話，不得不說，時鹿鹿做得還挺成功的。

「好。你嫌我吵，我不說了！」姬善躺下繼續睡，肚子卻不爭氣地「咕咕」叫了起來。她只吃了一小口蛇肉，如今時鹿鹿又在煮湯，肉香一個勁地往她鼻子裡鑽，分明知道此人廚藝極差，還是抵抗不了。

姬善不甘心地又坐起來，動作太急太大，扯動傷處，再次咳嗽起來。

時鹿鹿立刻過來為她搭脈。

姬善瞪著他。此人頭髮是溼的，身上也很清爽，看來是在外清洗過了；而她，一身血汙，熊皮又臭，對比過於明顯。歸根結柢，是他把她害成這樣，本來她好好地逍遙著，遇到他、救了他，就被迫捲入這一連串事件中……

姬善突然張嘴，一口咬在時鹿鹿的脖子上。

時鹿鹿一怔，搭在她脈搏上的手緊了緊，卻沒有閃躲。

姬善加大力度，使出了全部力氣，咬到後來又想咳嗽了。

時鹿鹿伸手，拍了拍她的背，帶著安撫之意。

姬善一顫，情不自禁地鬆開牙齒，挪後幾分，注視著他。

時鹿鹿靜靜地回視她。

姬善想了想，緩緩道：「你父祿允已死，無論你有多恨他，都無法改變這一點；你母阿月也已死，無論你多捨不得，也無法挽救。你逃出木屋，已是自由身，天高海闊，有那麼多東西你沒見過、沒嘗過、沒有體驗過……你的餘生，一定要浸淫在仇恨中嗎？只有這一條路可走了嗎？」

時鹿鹿的目光閃了閃，然而太過複雜，無法解讀。

「你從崖上看深淵，是黑色的，是殺戮，是死亡；但如今我們下來了，這裡是綠色的，是生機勃勃，是未開墾之地。所以你看到了——這不是絕路，而是生機。」姬善深吸一口氣，鼓起勇氣抓住他的手，道：「我不是你，放下仇恨對你來說也許真的很不容易，但是，報仇的對象為什麼要是赫奕？就算是他，報仇的方式那麼多，你可以慢慢熬，熬到赫奕死了，你就贏了！沒有國家會永遠昌盛，就算沒有你，宜國也處處危機，說不定哪天它就完了……」

時鹿鹿的眼中閃過一絲笑意，雖然很淡，但被她看到了。

「你也覺得我說得有道理對吧？我陪你一起熬啊，笑看赫奕老死，宜國滅亡如何？」

最後一個字的尾音戛然而止。

時鹿鹿的手捧住她的臉。這一次，不再是用指背蹭，而是用掌心輕輕托住。

姬善呼吸一緊。

「我要巫死。」

姬善一驚。

近在咫尺的距離裡，時鹿鹿的眼瞳如大海般深不可測，又如磐石般堅定不移。「妳說——巫，怎樣，才死？」

這個問題……太難了。

「你該去問赫奕，或者姬忽或者彰華或者薛采或者頤非……」姬善別開腦袋，退縮。

「問妳。」時鹿鹿逼近一步。

姬善繼續後退道：「我只是個大夫。胸無大志、得過且過……別太強人所難……」

時鹿鹿雙手扣住她的肩膀，她便不能動了。「那麼……」

「治好我。」火光中，他一字一字道。

秋薑走上聽神臺，呼呼的風吹得她渾身舒爽。

這裡大概是整個宜國最涼爽的地方了，不過，對普通人而言恐怕也是整個宜國最不適宜居住之地。

之前的大司巫們只是偶爾上來聆聽神諭，只有伏周開闢了居住於此的先例。

「伏周……挺能吃苦啊！」她忍不住對跟在身後的茜色道。

茜色的身手十分了得，這一路上來，遇見的巫女全被她悄無聲息地打暈了。以秋薑的眼力，覺得她的身手不在朱龍之下，年紀卻比朱龍小很多。

茜色聞言，什麼也沒說，上前推開木屋的門。

「當我沒說過上句話。」秋薑無語地看著屋內的陳設。如意夫人也是個奢侈愛美之人，但她的自戀程度恐怕在伏周面前也要甘拜下風。

秋薑撫摸著梳妝檯上琳琅滿目的胭脂水粉，不禁問：「伏周……是個什麼樣的人？」

「是個……」茜色沉吟了好一會兒，皺眉道：「深不可測之人。」

「妳看不透她？」

「完全。」

秋薑心中訝然，然後她看見了封死的窗戶。「這麼多年，伏周便把時鹿鹿關在這裡面？」

「嗯。」

「能打開嗎？」

茜色點頭，從懷裡掏出一把匕首，費力地開始拆窗戶。

秋薑道：「這窗戶都鏽住了，不像是開啟過的樣子。」

「確實。」

「若沒開啟過，時鹿鹿怎麼逃的？」

「不知道。」說話間，茜色用力一掰，將整扇窗戶拆了下來。

裡面漆黑一片。

秋薑點燃火摺子，探入屋內一照，縱然一向沉穩，還是驚呼出聲。

茜色立刻擋在她面前。秋薑意識到她對自己的維護，不禁怔了怔。

「給我。」茜色從她手中拿走火摺子，跳入窗內，先是照了一下四周，最後才回到屋子中央。

那裡，坐著一個身穿巫女羽衣的人，身形纖細、長髮及地，但是，她的臉是——骷髏。

姬善趴在熊皮上，再次露出了脊背。

時鹿鹿為她施針，這一次落針的位置卻與之前大有不同。姬善一邊感受一邊思索，實在忍不住，開口問：「你這是什麼走針法？我怎麼看不明白？」

時鹿鹿沒有回答，只是用手指點了點她的啞門穴。一股熱血竄上腦門，姬善整個人哆嗦一下，心想好癢好爽，又癢又爽。

時鹿鹿的針一路往下，走至腰陽關。

姬善心中「咯噔」了一下，意識到有些不對勁。

時鹿鹿停了針，手指卻順著腰陽關往上，一點點，再次來到啞門穴。「感受到了？」

「感受到了……這便是？」

「嗯。」

被針灸的部位宛如一條被強行打開的密道，落針之處就是卡在上面的門，隨著溫熱的手指，某樣東西慢慢游移，滑過一扇扇門，每過一處，那門便抖動一下，被她的身體無比清晰地感應到。

這便是——蠱。

她體內，看不見、摸不著的蠱。

在這種操作下，終於現了形。

「沒法再往上引了？」

「嗯。」

「那往下呢？也排不出去？」

「嗯。」

「也是，牠在我體內待得多爽，怎捨得走……既能感應到牠在何處，不如切開身體，強行挖出來？」

「妳會死。」

「那我吃點兒毒，把牠毒死？」

「妳無效，牠亦無效。」

「既取不出，又殺不死。怎麼辦？我沒招了……」

時鹿鹿來到她面前，蹲下身，漆黑的眼睛無比認真地盯著她，道：「妳可以。」

「你對我可真有信心。我自己都沒信心。」姬善不自在地別過臉，忽然有了某種傾訴的欲望：「我的醫術……沒你想的那麼好。」

時鹿鹿似一怔。

「從小我就知道有個少年天賦異稟、醫術過人。很多人在我面前誇讚他，說醫學之路固步多年，天下苦醫聖久矣，這個少年的出現，可能會改變歷史。我……聽了很不高興，我覺得我才是那個人，因為任何草藥和醫書，我都過目不忘。」

那個人真是她童年時夢魘般的存在啊，以至於她心中暗暗發誓，一定要見見那個人。

「江晚衣？」

「嗯，是他。若干年後我終於見到了江晚衣，那時候我已從無眉大師那裡出山了，滿心期待地去挑戰他。可他跟我說，他要離家出走。」那個人拋下錦繡前程，拋下通天大道，不撞南山不回頭。「從那天起我就知道……醫術上，我永遠不可能超過他了。」

時鹿鹿想了想，伸出手摸了摸她的頭。

姬善一顫，抬睫。如果說之前的時鹿鹿像是一件華美的衣袍，雖然看上去厚實，卻是溼的，碰觸起來讓人很不舒服，也沒法穿；那麼此刻的他，就像是衣袍被晒乾了，變得蓬鬆柔軟。

「我的人生，雖然總是莫名其妙地被逼進入另一個人的人生裡，但我跟自己說挺好的，就當玩嘛，唱戲呀，演唄，怎麼過不是過啊？而且，我真覺得那樣的生活挺有意思的，什麼都不擁有，什麼都不失去。就像黃花郎，飛呀飛，飛到哪裡就在哪裡生長。可是……」

「真正喜歡的東西，是不甘心的。」

是啊，她真正喜歡的就是醫術。或者說，唯一喜歡的就是醫術。

「後來，我聽說江晚衣有很多治不好的病人，就去找來看看。發現他們都有一個特徵——心病。」

那些人，得的都是心病。藥石難醫，所以，江晚衣治不好。比如葉曦禾，比如姜畫月。

「我就想，如果，他治不好的這些人，我治好了，那麼，我也等於贏了！我就開始試。有一個富商，他爹是吃田螺死的，所以他從小就被告誡，不許吃田螺。可有天在外作客喝醉了，沒留神上了一道田螺，他酒醒之際發現自己已吃了一整盆，嚇得不行。回家當天就腹瀉不止，日益消瘦，隨時隨地內急，外出不得不帶著馬桶。他很愁，找江晚衣看，沒看好。」

「我知道後，就去他家住了一個月。最後跟他說，他那天壓根沒吃田螺，田螺是被別的客人吃掉的。那個客人也出來作證。他聽後，當天就不腹瀉了，再然後，慢慢好了……」

姬善說這話時，眼睛亮晶晶的，時鹿鹿就專注地看著她。

「江晚衣告訴我，田螺裡有很多蟲，如果沒熟透就吃，容易生病。富商他爹估計就是那麼死的。可富商吃的那盆是沒問題的，他的腹瀉，源於癔症。我治好了他，他給了我好多好多錢。他說，從前不知，原來外出不用帶馬桶，是這麼好的一件事。自那後，我就總找江晚衣治不好的人來治。」

時鹿鹿的目光閃了閃，忽道：「風小雅？」

姬善一怔，神情有一瞬的不自然，道：「他不需要我。能治好他的人，先是江江，後是秋薑。」不是她。

「你問過很多次了，我也否認過很多次，可情蠱還是判定我喜歡他，如果情蠱沒有出錯的話，那大概……是吧。我凝望他太久了，久到成了心結。」那心結深埋心底，不可捉摸，不可言說。

時鹿鹿的神色很平靜，既沒有像之前那樣吃醋，也沒有顯得難過。他又伸出手，摸了摸她的頭，然後起身，將煮沸的肉湯連甕一起端過來。

姬善嫌棄道：「能不能吃啊？」

時鹿鹿折了兩根藤條做筷，夾了一筷肉餵給她，姬善張嘴吃了，一怔道：「熊掌？」

「嗯。」

「太難吃了。」姬善想，要是走走和吃吃在這裡，看到如此暴殄天物肯定要哭。「首先，新切的熊掌是不能吃的，要放入罈中封存一年，徹底乾了再吃。其次，燉煮之時，要先抹一層蜂蜜，文火慢燉方熟，你這才煮了多久？還有……」

時鹿鹿揚一揚眉。

姬善的眼神突然變得有些古怪，問：「這些小人哪裡來的？」

時鹿鹿一驚，立刻回頭，身後空空，並無人影。

「怎麼……這麼多小人？」姬善又道。

時鹿鹿順著她的視線看向洞壁，上面只有篝火映照出的光影，怎麼看也不至於像人。

「啊？酒？好呀。我最喜歡喝酒了！來！」姬善突然探頭，吸了一大口甕中的肉湯，露出一個輕浮的笑容。「敬膏粱錦繡！敬潑天富貴。敬高明之家，鬼瞰其室……」

時鹿鹿突然想到了什麼，用藤筷撥開肉塊，露出夾雜其中的蘑菇來。莫非……這些蘑菇有毒？

「敬大司巫！」姬善以手為杯，舉到了他跟前。

時鹿鹿有些歉然地看著她。她歪了歪腦袋，笑道：「你知道嗎？」

「嗯？」

「我不是江晚衣。他不挑病人，我挑。你這樣對我，我是絕對不會給你治病的！」

時鹿鹿的目光閃了閃，又有笑意。

「所以，我先甜言蜜語說一堆，穩住你，哄得你善待於我，放鬆警惕，再想辦法反擊。」

時鹿鹿慢吞吞地「嗯」了一聲。

「但是這個見鬼的情蠱，不讓我撒謊！搞得我綁手綁腳。這見鬼的神神道道的玩意，真是太要命了！你卻從一出生就要種著牠，想想也真是滿可憐的。」

時鹿鹿深深地凝視著陷入幻覺中的姬善。她一直是個懶散冷淡的人，笑意從不抵達眼睛，就算脫光了色誘他時，也毫無羞澀靦腆之態。而此刻的她，眼神惺忪、呼吸微促，臉頰紅紅的，終於有了幾分女性的嬌柔感。

也印證了之前的一個想法——之前全是偽裝，只有這一刻的她，才是真實的她。

「如何……才肯治我？」時鹿鹿開口，輕輕地問。

姬善皺眉思考了很久很久，最後伸手抓住他的衣領，將他拉到面前道：「巫興還是亡，我一點兒都不感興趣。你生還是死，也與我無關。甚至，我的生死，於我而言，也沒有意義。」

「那，什麼有意義？」

「阿十。」

時鹿鹿無法控制，沉穩的臉龐崩開一道縫隙，讓驚色終於露了端倪。

「我欠她一條命。我要還她一條命。娘說過——這個世界上，報仇很難，但報恩更難。當今天下，我只欠阿十一人了。只要償還了她，我就……真的可以飛走了。」姬善說著，又露出了甜美的、爛漫的笑。

時鹿鹿凝視著她，眼底湧起很多情緒。

「要救她，就要殺小鹿。」

「那麼……」姬善揪著他的衣領，近在咫尺地將氣吐在他臉上。「就殺了小鹿。」

「小鹿死，妳亦死。」

「那麼，我就死！」姬善鮮紅的唇角翹起弧度，一點兒灑脫，一點兒漫不經心，卻是滿滿的認真。「死也是一種飛啊，又有何懼？」

時鹿鹿伸出雙手，捧住她的臉，千言萬語，卻一個字都說不出來。

然後，他眼睜睜地看著這張臉靠近、靠近，紅唇也越來越近、越來越近……如中咒術，無法動彈，又如見神蹟，心馳神往。

三分、兩分、一分……

眼看姬善就要貼上他，卻最終一個搖晃，擦著唇角、滑過臉頰。

熱呼呼的氣息就那樣噴到了時鹿鹿耳上。

心如小鹿亂撞，身似老蠶作繭。

偏偏，那個熱呼呼的腦袋還在肩膀上蹭來蹭去，幾根調皮的髮絲鑽進他的耳朵裡，又癢又麻。

他終於無法忍受，一把抓住她道：「停！」

說了一個字，驚覺自己的聲音在顫抖，忙又壓沉道：「站好！」

誰知，姬善不但沒有站好，反而貼著他的一側身體，「啪」的滑到了地上。

時鹿鹿一驚，連忙轉身查看，發現她雙目緊閉，雙頰通紅地睡著了。

她睡著時，眉心微蹙，脣角微微下垂，似一張繃得很緊的弓，跟醒著時那副萬事不放心上的模樣相距甚遠。

但因為得知了她的心事，查明了她所背負的東西，從而有了新的定義。

篝火「劈劈啪啪」燃燒著，時鹿鹿一直坐在姬善身邊看著她，幽思百轉，心有千結。

最終，他從靴中取出一枚煙火，走出山洞將之點燃。

五星連珠，直上雲霄，映亮了黑寂寂的夜。

天空中，一隻耳朵似隱若現，分明卑微聆聽，卻又是心機竊取。

與神、與天、與這萬物。

爭與鬥。

秋薑在茜色的幫助下爬進窗內。

黑漆漆的房間，只有手上一點兒火光，像不明局勢中的唯一一點指引，告訴她——祕密就在前方。

秋薑走到骷髏前，觀察上面的衣飾，聞了聞道：「羽衣抹過油，防潮防蟲，又沒有光照，因此鮮豔如昔，但年分起碼在十年以上。因為……」她指著衣領上的幾片翎羽道：「這種粉色鳥，這些年已經絕跡了。不信妳看外面那幾個被妳打暈的巫女，她們的羽衣上就沒有這種粉羽。」

茜色若有所思地看著她。

「此人身長五尺三，骨架纖細，手骨較一般人長……」秋薑又摸了把她的頭髮道：「頭髮也很美。」

「還有嗎？」

「她的喉骨被人割斷，用釘子接好後才入殮，所以保持著靜坐而不垂頭的姿勢……也就是說，她死於割喉。」

「神殿戒律三十七——說謊者，懲以喉刑。」

「她的小腹也有傷，看，脊椎這裡有刀痕……一刀中腹，直透入脊。」

「神殿戒律六十四——私孕者，懲以剖腹。」

一個答案呼之欲出，秋薑道：「阿月？」

茜色凝重地點了點頭，道：「恐怕就是她。」

「伏周幹的，還是時鹿鹿幹的？」

茜色還沒來得及回答，一人在窗外嘆氣，然後用一種調皮的聲音道。

「妳猜。」

茜色面色頓變，立刻轉身將秋薑護在身後，跟著她的腹部就挨了重重一擊，整個人橫飛出去，撞在牆上，「噗」的吐出了一大口血。

窗戶外，露出了時鹿鹿的臉。

時鹿鹿一招手，茜色的身體就朝他直飛過去，快到秋薑都沒來得及阻攔，他就已掐住茜色的咽喉。

茜色本在猛烈掙扎，但不知為何，突然身子一震，手腳全都軟了下去。

「說，為何背叛？」
茜色的表情也變得很奇怪，形如夢囈：「我……沒有……背叛。」
「我讓妳跟著胡九仙去程，伺機將頤殊劫回。」
「我劫回了頤殊……」
時鹿鹿冷笑道：「但妳殺了胡九仙！」
「他是赫奕的臂膀……殺了他……對你好。」
時鹿鹿繼續冷笑道：「是嗎？那妳把阿善送來我這裡，又是什麼目的？」
「你……喜歡……她。」
時鹿鹿一怔，眼神有一瞬的恍惚。茜色似反應過來，剛想掙扎，時鹿鹿嘆了口氣道：「誰說我喜歡她？」
茜色再次變得迷茫。
一旁的秋薑看得嘆為觀止。這就是傳說中的……巫蠱之術？
「我覺得，你……想見她。」
時鹿鹿垂下眼睛，沉默了一會兒，道：「那麼，妳把她——招來這裡，也是為了我好？」犀利的眼神，伴隨著這句話，一下子轉向秋薑。
秋薑立生警覺，第一時間將戒指湊到骷髏的喉骨上，道：「別動。」
時鹿鹿挑眉道：「妳，用一具屍骨，威脅我？」
「她雖然死了，肉體腐爛，這副骨架卻保養得很好，上過油、熏過香，還配上了這麼一件新衣裳……足見你的用心。」秋薑微笑道：「我無意對死人不敬，只求自保。」
若眼神能殺人，秋薑想，自己大概已被殺了無數次。

「我覺得……她能幫你對付……赫奕……」茜色艱難地開口。

她的話果然吸引了時鹿鹿的注意。時鹿鹿凝眉沉吟了一會兒後，鬆手。

茜色軟綿綿地掉到地上，陷入昏迷。

秋薑點頭道：「茜色告訴我你的身世。我覺得，你做得對。」

時鹿鹿不冷不熱地「哦」了一聲。

「阿月也許罪有應得，但你是無辜的。身為父親，不能憐愛弱子；身為兄長，不能拂照小弟，任你被伏周囚禁，一十五年。我若是你，也必要報復。」

時鹿鹿高深莫測地盯著她。

秋薑一笑道：「我只要兩樣東西。一，真正的《宜國譜》；二，給頤殊解毒，讓我帶她走。作為回報，我們幫你除掉赫奕，屆時，宜國就是你大司巫的天下，予取予奪，任憑君意。如何？」

時鹿鹿沉默。

「或者，你還有別的想法？」

時鹿鹿的脣角緩緩拉出嘲弄的弧度，道：「妳想要璧國嗎？」

「什麼？」

「妳都不要璧國，憑什麼認為，我想要宜國？」

秋薑一愣。

「這世間確實有很多人想當皇帝，但也有很多人對皇位毫無興趣。否則——妳以為當年的大司巫，為何會選赫奕為帝？」

秋薑先是訝然，繼而感慨。

這麼些年，所遇之人，哪個不是野心勃勃，妄圖操弄風雲，權傾天下。或為名，或為利，或為愛，或為恨，或為保護自己，或為保護別人……只有兩人，在她面前明確表示過不想當皇帝，一個赫奕，一個他，不愧是兄弟。

「那你想要什麼？殺死赫奕，任憑宜國大亂，就是你的目的？」

時鹿鹿道：「曾有人對我說過——『我若告訴你我的願望，豈非給了你一個挾制我的把柄』，我覺得，這句話很有道理。」

秋薑皺了皺眉道：「那我們還能聊什麼？」

「沒有。」一袖拂來，將她打暈。

姬善醒轉時，頭疼欲裂，只覺渾身疲乏無力，呆滯了好一會兒，才看清眼前的景象——孔雀翎羽。

她心中一涼：這是？回來了？

「醒了？」坐在梳妝鏡前上妝的時鹿鹿淡淡道。

她當即想要起身，時鹿鹿又道：「起不來吧？」

身上的傷沒有痊癒，每處關節都在叫囂著疼疼疼，她只好繼續躺平。

「餓嗎？」

時鹿鹿放下筆，端著玉盅走到榻旁，替她墊高枕頭，然後舀了一勺盅內之物，遞到她嘴邊。

謝天謝地，總算不是那可怕的熊掌了。香味撲鼻，看起來已非常好吃，物滑入口，更是鮮美得幾乎想連舌頭一起吞掉。

「豆腐？」

「妳不是想嘗嘗秋薑的素齋嗎？現在吃到了，感覺如何？」

「比你做的好吃一萬倍吧。」

時鹿鹿的目光閃了閃道：「我還以為妳會說——『什麼？秋薑落入你手中了』。」

「你的地盤，一個重傷在身之人，落入你大司巫之手，有什麼奇怪的。」

時鹿鹿呵呵一笑，繼續餵她。

姬善覺得他跟之前在洞穴時又不同了。也許是因為他重新畫上紅繪，也許是因為他的臉上再次有了很多表情，又也許是因為回到了聽神臺，眼前的時鹿鹿，再次變回溼答答的衣服，讓人產生微妙的不適。

姬善沒說什麼，溫順地將整碗豆腐都吃完了。

「明日想吃什麼？讓秋薑做給妳。」

「若我不想再吃她做的東西呢？」

「那她便沒什麼用處了。」時鹿鹿淡淡道。

姬善心中一緊，不信道：「堂堂姬家大小姐，如意門的新主人，怎會沒有用處？」

「對世人而言——姬家大小姐是妳，而如意門已經解散。」

他說得沒錯。秋薑身上的價值，也許對程國、璧國和燕國都有用，但對宜國，尤其是時鹿鹿來說，死了才更省事。

「那你為何不殺了她？」

「妳喜歡她，不是嗎？」

「誰說我喜歡她？」

「妳當然也可以不喜歡她，我現在就去殺了她。」時鹿鹿作勢要起身。

姬善不得不出聲阻止：「且慢！」

時鹿鹿重新坐下來，微微一笑，道：「現在，她的生死由妳來決定。這種感覺，好嗎？」

姬善不明白。明明在山洞時，她自覺跟他的關係有所改善，為何回到聽神臺，卻好像更惡劣了。

她頭疼之際，想起那蛊可怕的熊掌湯。

啊！蘑菇！是了，當時湯裡有毒蘑菇，她吃了蘑菇，神志不清。是說了什麼不該說的話，引起了他的戒備和不快嗎？

「我頭疼……」姬善將腦袋埋進柔軟的枕頭中。

時鹿鹿拍了兩下手。

一個腳步聲從門外進來。

時鹿鹿嘆了口氣道：「聽到了？她頭疼。」

那腳步聲靠近，在榻旁坐下，一雙溫熱的手過來，按在她的兩側太陽穴上。

一股輕柔的力道跟著手一起，細緻地為她按摩起來。

姬善詫異抬眼，看到來人，更是一驚道：「茜色？」

茜色表情木然，對她毫無反應，只顧繼續按摩。姬善去抓她的手道：「妳還敢出現在我面前？」

茜色反手一按，不會武功的姬善就被壓回榻上，緊跟著，雙手再次落在她的後腦杓上，繼續揉捏。

姬善想要反抗，卻觸動傷處，疼得只能哼哼。

時鹿鹿看到這一幕，輕輕一笑。

「你對她下了降頭？」

「她本就是我的下屬。」

「你不是說她背叛了嗎？」

「我查過了，是個誤會。」

「那她為什麼把我抓上山？」

「她知道我想要妳。」

姬善無語。偏偏，茜色的手法真的很好，按得她很舒服，頭疼真的緩解很多。

「她會醫術，今後就讓她照顧妳。」

「你為何不自己來？」他在山洞裡為她針灸的手法純熟，醫術顯然也很高明。

時鹿鹿卻沒有回答，而是逕自走出去。姬善下意識想要起來，被茜色一推，再次趴下。

姬善不甘心，咬牙道：「茜色，妳能聽到我的話嗎？」

茜色毫無反應。

第二日，時鹿鹿送來秋薑做的飯菜，每道都很好吃，尤其是其中的一碗茯神湯，時鹿鹿一口氣吃了兩碗，末了讚嘆道：「廚藝確實不錯，看來，她也有一雙妙手。」

「你為何如此看重頭髮和手？」

時鹿鹿歪著頭想了想道：「許是跟我娘有關。我記得她的頭髮和手，都很美。」

「臉呢？」

「我說過——我一出生就種下蠱蟲，養在外面。她很少能來看我。絕大多數時候都是僕人照顧我，所以我不太記得她的模樣。」

「你娘把你藏在晚塘？」

「兒時時常搬遷。住過最久的地方，確實是晚塘。」

「還去過哪裡？」

時鹿鹿微笑地看著她道：「阿善，是在套我的話嗎？」

「我對你開始感興趣了，你應該高興。」

「那妳，肯為我取蠱了？」

姬善正要回答，時鹿鹿提醒她：「可以不答。」

「我肯。」姬善一本正經道。

時鹿鹿眉睫微悸，下意識屏住呼吸。一息、二息、三息……姬善的情蠱沒有發作——她說的是真心話。

「妳……為何改變心意？」

「我也不知道，也許是因為你跳下崖來救我，也許是因為你的身世確實可憐，也許是因為……我確實，喜歡你。」

情蠱再次沒有發作。她說的，是真的。

「現在，把巫神殿內有關於巫的甲曆、檔籍和相關一切都拿來給我。我要了解，蠱，究竟是何物。」

時鹿鹿久久地注視著姬善，有關於她的神諭再次響起，彷彿最終的警告，又彷彿宿命的詛咒——

「你會死於她手。神諭——時鹿鹿，會死於姬善之手。」

第十回　成局

時光飛逝，木屋前的鐵線牡丹發芽、抽枝、綻葉，開出了絢麗多姿的花。

姬善的傷在茜色的調理下，徹底好了。

茜色每天背一箱甲曆上山，她用一天的時間看完，茜色再帶下山。時鹿鹿一開始陪在一旁，有什麼不懂的，姬善問，他解答。後來，他時常下山，只在飯點帶著秋薑的飯菜回來。再後來，飯菜也由巫女們派送，他日出下山，月起方回。

姬善沒有問他在做什麼，專心地讀著典籍，讀得越多，就越覺玄妙。

然後，她開始鑽研巫毒，茜色給她打下手。在將宜境特有的五種蛇、蠍、蜈蚣、壁虎和蟾蜍萃取提煉後，終於，製出了一模一樣的毒粉。

當晚，時鹿鹿回來，姬善把毒粉和配方放到他面前。

時鹿鹿拿起配方，唏噓一笑道：「不過短短一個月，妳就複製了巫毒。」

「毒不難，難的是解藥。」

「我可以直接告訴妳……」

姬善拒絕道：「不用。我要一步步來，只有足夠了解巫的歷史、構造、風格，才能追本溯源，找到蠱的真相。」

時鹿鹿認同地點點頭，然後打開食盒，從裡面取出四道齋菜，並且，還多了一罈酒。

「這是？」

「秋薑說，妳喜歡酒。」

姬善拿起晶瑩剔透的玉壺，看著裡面琥珀色的瓊漿，勾唇道：「看來她過得不錯。還有心情釀酒。」

「她的心情當然很好，因為，程、璧兩國都要派人來救她了。」

姬善一怔道：「妳……故意的？」

「像秋薑那種人，在雲蒙山全身癱瘓都能重新恢復行動力，區區一個巫神殿，幾名巫女，怎困得住她？」

姬善認同，要說逃，秋薑是行家裡的行家。

「你囚禁她，留著她，為的就是讓程國和璧國都來救她？赫奕知道此事嗎？」

「知道。」

「他能允許你這般引狼入室？」

「別忘了，一，他被秋薑下了巫毒；二，他巴不得能與璧國的皇后產生交集；三，他知道有蠱王在，我無法對他下手，更不能對他說謊……所以，從某種角度來說，他沒有選擇。」

赫奕坐在長案前，看著兩份擺在一起的國書，一封的圖騰是蛟龍，一封的圖騰是璧玉。他起身，負手在屋內開始踱步。

從東牆走到西牆，一百十八步。從西牆回到東牆，一百十八步。

最後，他坐回案前，提起御筆，分別寫了一個「准」字。

太監躬身進來，將國書捧走。

再然後，門外響起了高亢尖細的宣詔聲——

「陛下宣旨，准程、璧二國使臣入宜。沿途官員，準備接行……」

永寧八年元月十七，程、璧二國使臣入宜，分別由王予恆和衛玉衡領隊，合計三百七十二人。

姬善聽說璧國派來的使臣竟然是衛玉衡時，頓覺頭大如斗，道：「薛小狐狸果然惡毒！竟派這個人來！」

時鹿鹿自然也是知道她跟衛玉衡之間的事，聞言呵呵一笑。

「姜沉魚恨衛玉衡恨得不行，他卻是她姊夫，又是她爹的心腹，不能輕舉妄動。薛小狐狸為了維護皇后仁厚的名聲，也不得不留著他裝裝樣子。現在，可算逮著機會借刀殺人了。」

「妳想殺衛玉衡？」

「不想。」

「那麼，真正借刀殺人的，是我們。」

姬善心中「咯噔」了一下，問：「你要借衛玉衡之手殺赫奕？」

「他的命數很有意思。無論從哪方面看，都是個小人物。如此小人物，卻殺死了白澤公子姬嬰……妳不覺得，十分玄妙嗎？」

「所以這一次，你覺得他也可以殺赫奕？」

時鹿鹿抬頭看了看天空，眼神悠遠而空靈。「就算他不是，也會變成是。因為——世人會相信這個神諭的。」

雖然璧國之前對外宣稱白澤公子死於頤非之手，但自從頤非回程後，回城那邊又傳出了不一樣的說法，說好幾人親眼看到，當日，是衛玉衡的毒箭射死了姬嬰。此傳言越傳越廣，再加上官方沒有否認，已漸成共識。

所以，如果此番赫奕也死於衛玉衡之手，大家都不會再意外，畢竟已經有過一次螞蟻殺象的先例了。

「那麼，王予恆呢？」

不得不說，程國這次的使臣選得出乎眾人意料，尤其出乎姬善的預料。在她的認知裡，世上最緊張秋薑的人，除了風小雅，就是頤非。就算程國目前時局不穩，需要頤非坐鎮，無法親自前來，也不至於隨隨便便派個王予恆來。

王予恆是誰？

這個名字第一次被其他三國知曉，還是源於頤殊選夫——他是王夫的候選者之一。王家是程國的世家之一，數代單傳，人丁凋零；據說他已有意中人，不願娶女王，假裝比武受傷，卻還是沒拗過老娘，被逼去了選夫宴……總之，此人武功不及馬覆，長相不及周笑蓮，家財不及雲閃閃，才能不及楊爍，是位很中庸的公子哥。

頤非為什麼會選這樣一個人來宜國？

姬善想到這裡，忽又想起一事，問時鹿鹿：「馬覆和周笑蓮現在何處？」

「胡九仙帶頤殊來宜時，本帶著他們同行，但路上被他二人逃脫，現不知所終。」

胡九仙帶著馬覆和周笑蓮，應該是想替頤殊找兩個幫手，不料路上茜色翻臉，將他殺害，馬、周二人趁機逃脫。如果他們回了程國，應該會有動靜。既然還沒動靜，要不就是路上出了岔子沒能歸程，要不就是化明為暗，另有所圖。

不過，這一切與她無關。姬善隨便想了一下，也就丟於腦後了。她現在要頭疼的，還是衛玉衡。以她對薛采的了解，那小狐狸不可能不告訴衛玉衡她在宜國一事。衛玉衡最擅長的就是打著她的幌子行爭權奪利之事，屆時必定風波不斷。而且聽時鹿鹿的意思，是要好好利用他一把。如果赫奕真的被那個小人弄死了……

姬善看了時鹿鹿一眼——伏周，就更難救了。

「我討厭衛玉衡，不想見到他。」她冷冷開口。

時鹿鹿答應得很痛快。「好，那就不見。」停一停，卻問：「那麼……風小雅見嗎？」

「他還在宜境？」

「他在尋找秋薑，差不多也該找到巫神殿了吧。」

也就是說，燕、璧、宜、程又將會晤，而這一次的東道主，變成了宜國。

「不見。接下來我要專心研製巫毒的解藥，和探查蠱蟲的奧祕，無暇理會閒事。」

「得令。」時鹿鹿笑了起來，拿起酒壺為她將杯斟滿，依舊只有姬善一人喝。

姬善抿了一口，看向一旁的四道配菜，心想：這等好菜，估計也沒幾天好吃了。

姬善沒有猜錯。

第二天，秋薑就不見了。

兩個巫女驚慌失措地前來稟報時，姬善正在採摘鐵線牡丹，時鹿鹿在一旁幫忙。

巫女們顫聲道：「今早秋薑說要做烤鹿，我們抓完鹿後疲乏得很，就讓神殿的妹子們幫忙看著。休息時聽見外頭在烤肉，還聞到了香味。可等我們起來，妹子們都暈過去了，秋薑也不見了……」

時鹿鹿一邊鋤草，一邊悠悠道：「這不是她們第一次被放倒，一點兒都不長記性……」

巫女們連忙跪倒。

姬善道：「秋薑擅毒，且自成一派。神殿的巫女們防備不住，很正常。」

時鹿鹿看了她一眼道：「知道了，下去吧。」

兩個巫女連忙退下了。

姬善提著花籃回到木屋裡，把鐵線牡丹放入藥臼中搗碎。時鹿鹿則以手托腮，坐在一旁著迷地盯著她的手。這時，又有兩個巫女來了。

「大司巫，我們回來了。」

「嗯，看到什麼了？」

「稟大司巫，我們按照您的吩咐，潛於暗處，看著秋薑將藥粉撒在木柴上，然後點燃。如此過了一盞茶工夫，她身旁的巫女們就全暈過去了……」

姬善看了眼時鹿鹿——原來是故意放走秋薑的啊。

「秋薑不慌不忙地將鹿肉片完裝盤後，換了一位巫女的衣服、令牌，這才離開。」巫女說著從身後拿出一個食盒，打開來，裡面赫然是一盤火炙鹿肉。

姬善忙道：「我要吃！」

時鹿鹿笑了笑，端過來放在她面前。

姬善提筷一嘗，鹿肉片得薄如蟬翼，烤得鮮嫩多汁。她邊吃邊道：「她這是在咒你吧？烤鹿、烤鹿，要把你烤了。」

「我才是咒術的祖宗。」時鹿鹿扭頭對巫女們道：「繼續說。」

「我們跟著她下山，路上看見風小雅帶著四個丫頭在麵攤吃飯，秋薑沒有過去，而是轉身走了另一條路。」

「四個丫頭是不是青、紅、黃、粉四色衣服？」姬善插話。

「是的。」

她的婢女們竟跟風小雅結伴同行，距離她失蹤已快兩個月了，她們必定很著急。

「秋薑離開了鶴城，我們的人還在繼續跟著她，有新情況隨時回稟。」

時鹿鹿若有所思地看向她道：「她竟離開了鶴城……依妳看，她想做什麼？」

姬善咀嚼著口中的鹿肉，品嘗著其中滋味，半晌才回答：「她來宜的目的很明確，只有兩個。一，頤殊。頤殊就在巫神殿，卻沒有一起帶走，是因為沒有解藥。所以，她應該是去想辦法弄解藥了。」

「除了聽神臺，哪裡還有解藥？」

「現成的藥沒有，卻有可破解之人。」

時鹿鹿瞇了瞇眼睛道：「江晚衣？」

「我也只能想到他。」

時鹿鹿又問：「那麼二呢？」

「二，就是《四國譜》中的《宜國譜》。既然是被你和赫奕替換了，而你絕不可能給她，她只能找赫奕。所以，這就又牽扯到一個問題——赫奕想要什麼？」

「赫奕想要姜沉魚。」

姬善「噗哧」笑出聲道：「你信？」

「我信。」

姬善一怔道：「為什麼？」

「因為伏周信。」

姬善的目光閃了幾下，舌尖的鹿肉本來滑膩甘甜，但許是嚼得久了，變得有些柴和苦。她別過頭，轉移了話題：「結論，秋薑要不就是去找江晚衣了，要不就是去聯繫薛采想辦法了。」

「無論哪種，我都不喜歡。」時鹿鹿看向兩名巫女。

巫女們立刻叩拜。「屬下明白了。」

巫女們離開後，姬善繼續搗藥，邊搗邊道：「如果我管你要《宜國譜》，你會給我看看嗎？」

「看不了。」

「什麼意思？」

「《宜國譜》，在這裡……」纖長的兩根手指伸出，在眉心的耳朵圖騰上敲了敲，時鹿鹿露出一個燦爛的笑容道：「如果妳想知道，只能聽。」

「算了，我不想知道了。」姬善垂下頭，往藥臼裡又加了一朵鐵線牡丹，碾碎的汁液紅而混沌，像此刻繁複不明的局勢。

要配比準確，才能發現解藥。

要環環扣合，才能破局而出。

相比之下，秋薑從如意夫人手裡詐到《四國譜》，真是容易許多。

「同人不同命啊……」她不禁喃喃道。

此後每日，巫女們都來匯報秋薑的行蹤，她一路往北，沿途經過泉溪、樂菽、黃洲等地，已然抵達宜、璧邊境。

姬善皺眉道：「若是跟薛采的人碰頭，也離得太遠了……莫非，是要回璧國？」

時鹿鹿問巫女：「她有跟誰接觸嗎？」

「沒有，獨自一人。」

「朱龍呢？」

「沒有出現。」

時鹿鹿沉吟道：「風小雅現在何處？」

「他們在蜃樓山下轉悠了幾日後回了客棧，昨日祕密去了趟胡府……」

巫女剛說到這裡，另一名巫女匆匆跑來道：「大司巫！胡倩娘來了神殿，大吵大鬧說要見您……」

時鹿鹿和姬善對視一眼。

「他們來了。」

「嗯。」時鹿鹿起身，走了幾步，回頭問：「妳要與我同去嗎？」

姬善拿起小秤繼續分秤藥物，用行動表示了拒絕。

時鹿鹿深深看了她一眼，下山去了。巫女們跟著他一同離開，卻有一人來到跟前，繼續看著她。

姬善抬眼，看到對方的紅裙，道：「妳不跟妳的主人一起走？」

「我的命令是監視妳。」對方終於開口，對她的提問做了回應。

這個人，當然就是茜色。

時鹿鹿還沒走進神殿，就聽到裡面傳來胡倩娘撕心裂肺的哭喊聲——

「今日我一定要見大司巫！我們胡家多年來一直供奉巫神，神殿我們出錢修繕，殿中衣食我們提供……如今，我父橫死，屍骨難尋。我只是想問問巫神，為何如此對待我父？為何如此對待胡家，都不行嗎？」

時鹿鹿抬步走進去。原本束手無策的巫女們看見他，連忙跪拜道：「大司巫神通！」

胡倩娘扭頭看到他，眼睛一亮道：「妳可算來了！今日我一定要問個——」

時鹿鹿袖子一揮，她便睜大眼睛，繼而喉上一痛，再也說不了話。

胡倩娘大駭，捂著喉嚨，不敢置信地看著時鹿鹿。

「神聖之地，豈容妳喧譁？」

胡倩娘咬著唇哆嗦半天，眼淚流了下來。

「妳父為神而死，死得其所。妳身為他唯一的女兒，應該繼承他的遺志。」

胡倩娘睜大眼睛，滿臉憤怒。

「還有，妳的怒火應該衝殺死妳父之人，而不是衝我。」

胡倩娘重重一震，然後目露渴求。

「想知道茜色在哪裡？」

胡倩娘拚命點頭。

「跪。」

胡倩娘一驚。

「為妳剛才的失禮，祈求神的原諒，並且宣誓，今後凡有神諭無不應從。」

胡倩娘臉上的表情變了又變，最後，走到神像前，深吸一口氣，跪了下去。

她非常認真地磕了三個頭。

時鹿鹿揮袖解了她的禁制。

胡倩娘喉嚨一鬆，發現自己能說話了，便仰望神像，開口道：「我有話說。」

「說。」

「我從小就信巫神，就算今日不發誓，也早已是神的信徒。」

「嗯。」

「我父一生，更是對神無所不應。因為他覺得，他之所以能成為天下首富，全靠巫神庇佑。」

「嗯。」

「但是……」胡倩娘話題一轉，突然起身轉向時鹿鹿。「此趟赴程，是神的指示。敢問——神可知我父會死？」

胡倩娘上前一步，直勾勾地盯著時鹿鹿，每個字都擲地有聲：「若知道，祂為何不庇護祂最虔誠的信徒？若不知，神，為何不知？」

此刻神殿內，巫女有二、三十人，她們都只是普通巫女，並不像聽神臺的巫女那麼忠誠，因此也不像她們那麼木訥。此刻，聽到如此大逆不道的話，一張張臉上，全都寫滿了震驚。

姬善看著茜色，冷冷一笑道：「原來，妳是能聽懂我的話的。」之前喚她卻不回答。

茜色隨手抄起案上的瓶瓶罐罐檢閱，措辭很不客氣：「都兩月了，還沒研製出解藥。這等無用之人，懶得理會。」

姬善氣笑了，道：「妳不也會一點兒醫術？妳行妳來。」

「我若能，此刻在這裡坐著的人就是我。」

「就妳？連區區幾個婦人的隱疾都治不好，還敢來我面前叫囂？」

兩人四目相對，「劈里啪啦」，幾乎撞出火花。

就在這時，茜色吸了吸鼻子，皺眉道：「什麼味道？妳搗鼓的什麼玩意這麼臭？」

姬善也聞到了這股味道，覺得很熟悉，然後，恍然大悟地「啊」了一聲。

「是什麼？」茜色有所警惕，但已來不及，驟然向後栽倒——倒在了一個人臂間。

黑衣紅裙，對比強烈。

風穿山谷，撲入門內，吹得姬善的頭髮和睫毛都在顫。

今夕何夕，又見郎君。

「是你……你是來找……茜色的？」

她注視著來人，輕輕問。

那人抱住茜色，視線向她，凝眸一笑道：「不，我是來找妳的。」

此人黑袍如夜，笑意如星，正是燕國第一美男子——風小雅。

「若知道，祂為何不庇護祂最虔誠的信徒？若不知，神，為何不知？」

胡倩娘問完這句話後，巫神殿內好一陣子寂靜。

巫女們都不知道該怎麼辦，眼巴巴地望向時鹿鹿。時鹿鹿緩緩勾起脣角，一把掐住胡倩娘的脖子，將她整個人抵在牆上。

胡倩娘沒有反抗，只是眼神越發犀利，充滿不忿。

「為何不庇護？因為他背叛。」

「什麼？」

「妳父，背叛了神，所以，死。」

胡倩娘尖聲叫了起來：「妳胡說！」

巫女們嚇得魂不附體，紛紛跪了下去，誦唸禱告。

「妳胡說，我父絕不可能背叛！」

「妳父書房，博古架第九行第三格，回去自己看！」時鹿鹿說完鬆手。

胡倩娘跌落於地，抖了半天，咬牙起身衝了出去。

一個巫女道：「此女質疑巫神，頂撞司巫，當嚴懲。」

「妳教我做事？」

巫女連忙伏倒，不敢再多言。

時鹿鹿轉身走人。

風小雅看著姬善，凝眸一笑道：「還未拜謝姑娘的救命之恩。」

姬善咬了咬下唇，一時間不知該說什麼。就在這時，一黃一青兩個身影衝上聽神臺來，一左一右地撲到她身上。

「善姊！」

「可算找到妳了！」

正是吃吃和看看。她們果然跟著風小雅一起找到了這裡。

「快，善姊，趁胡倩娘拖著伏周，妳快跟我們離開！」吃吃抓住姬善的手，急聲道。

時鹿鹿回到聽神臺，腳步極快地來到木屋前，卻在推門的一瞬，停住了。

他看到了門檻上的鞋印。

鞋子踩過鐵線牡丹，黏到了些許土，再踩在門檻上。

有人來過。

時鹿鹿眯了下眼，下一刻，踹門而入——

門板立刻脫離了門框，重重砸在一個人的腳邊。那人嚇了一跳，回頭不悅道：「你做什麼？」

時鹿鹿盯著姬善，只見她好好地坐在長案前，仍在搗鼓草藥，手上、臉上、身上沾滿了斑爛的花汁。

時鹿鹿的目光在屋內迅速搜羅一遍，問：「茜色呢？」

「被風小雅帶走了。」

「他果然來了……」可門檻上的腳印，是女子的。「帶著妳的婢女？」

「對。看看和吃吃。」姬善邊答邊繼續搗藥。

時鹿鹿盯著她問：「妳為何不走？」

姬善嘆了口氣道：「我離開你會死呀。要走，也得除了情蠱再走，不是嗎？」

時鹿鹿的神色緩和下來，笑了笑道：「妳倒是坦誠。」

「我不能說謊，只能坦誠。而且……」姬善將混好的汁液倒入瓶中搖勻，淡淡道：「我知道你是故意離開的。」

「哦？」

「你已知風小雅曾帶著我的婢女來過山下，又知他昨日祕密去了胡府……今日胡倩娘突來神殿鬧事，怎麼看都是調虎離山。所以你故意離開，給他們機會見我，想藉機試探我，對吧？」

時鹿鹿拿起一綹她的長髮在手中把玩，道：「妳是聰明人，聰明人從不做無用之事。我是在給妳機會。」

「什麼機會？」

「跟風小雅徹底告別。」

姬善似要動怒，但最終深吸一口氣，忍住了，道：「他帶走了茜色，沒有帶走我，我想，這已足夠說明問題。」

時鹿鹿「嗯」了一聲，眉眼都顯得很柔和，他道：「明天，兩位使臣就抵達鶴城了。陛下邀我赴宴，妳去不去？」

「你已經問過。我說過，不見衛玉衡。」

「但我希望妳去。」

「為什麼？」

時鹿鹿在她的髮上親吻一下，眼神顯得有些哀傷，又有些討好地道：「因為，明日也許就是赫奕的死期。那麼重要的時刻，我希望，妳能陪在我身邊。」

姬善想了想，把搖勻的瓶子遞給他，道：「我們來打個賭吧。」

時鹿鹿挑眉道：「什麼？」

「這是巫毒的解藥。如果有效，我就陪你赴宴，當作慶功；如果無效，說明我還要繼續鑽研，恕我無心外出。」

時鹿鹿一驚，立刻打開瓶蓋，裡面的液體無色無味、恍若清水，卻讓他的心為之繃緊。

他一伸手，從門外抓進來一個巫女，將瓶裡的水倒入她口中。巫女喝下此水，原本木然的表情逐漸變化，額頭的圖騰也由紅轉淡。

巫女匍匐在地，顫抖不已地道：「請神寬恕我！」

時鹿鹿盯著她的變化，眼中的情緒非常複雜。

「怎麼樣？跟你的解藥一模一樣嗎？」

時鹿鹿轉身，盯著姬善，道：「妳是怎麼做到的？」

姬善終於笑了，笑得又得意又傲慢，道：「我說過，當世除了江晚衣，無人比我更有醫學天賦。而即便是江晚衣，我也是不服的。」

時鹿鹿看看手裡的瓶子，再看看那名巫女。她額頭的圖騰徹底消失了，眼神也恢復了些許靈動。

姬善在一旁看著，若有所悟。

時鹿鹿招手，命該巫女上前，然後咬破自己的手指，往她額頭點了一下。血珠很快滲入消失，耳朵圖騰重新出現了。

而當圖騰再次出現時，巫女又變得木訥起來。

姬善道：「我明白了。巫毒是同一種，巫咒也是同一種。但施毒方式不同，達到的效果也不同。若是透過粉末和煙霧散布，能讓吸食者瞬間昏迷不醒；若是透過血液傳播，則能控制對方的心神。」

「不盡然。」

「嗯，確實——頤殊就是中毒昏迷不醒者，秋薑逼赫奕喝了她的血，但赫奕的神志依然清醒……這說明，想要控制對方心神，必須要蠱王，也就是你的血。」

時鹿鹿點頭微笑，道：「沒錯。妳是如何發現解藥的配方？」

姬善從抽屜裡取出一張紙，遞給他道：「我經過排序組合反覆試錯，從一千三百二十六種配比裡，最終留下了這一張……」

時鹿鹿正要伸手接，姬善卻又收了回去，眨了眨眼睛道：「不如這樣，你也把配方寫出來，然後我們對比，看看是否一致？若是一致，我要獎勵。」

「什麼獎勵？」

「讓我見伏周一面。」

時鹿鹿的表情果然一沉。

「時間我定，地點你選。」

時鹿鹿靜靜地看了她一會兒，什麼也沒說，而是提起筆來，開始往紙上寫字。第一個寫的是：安息香，一錢。

姬善看後，將自己的配方用手捂住，挪開露出第一行字，赫然也是「安息香，一錢」。

時鹿鹿又寫：艾納香，五錢。

姬善再露出一行字，也是「艾納香，五錢」。

時鹿鹿不再停滯，一揮而就寫了六行，果然全部相同。

姬善沉聲道：「還有最後一樣，也是最特別的一樣——鐵線牡丹。」

時鹿鹿「嗯」了一聲，筆鋒落下，開始書寫。

時間彷彿靜止，只有狼毫遊走在紙張上，「沙沙沙沙」，一筆一畫，拚就心血——

姬善下意識地屏住呼吸，睜大眼睛。一點、一點、再一點……然後一橫一豎一橫折鉤……

她的眼睛亮了起來。「我本也走至絕境，覺得不可能破解，直至昨日……」

「昨日秋薑送來一壺酒。」

「對。我就想，可以試試。」

時鹿鹿微微一笑，收筆，一個「酒」字赫然呈現。巫毒解藥的最後一劑也是最關鍵的一劑，是酒漬鐵線牡丹。

姬善將手從自己的配方上一點點挪開，正要露出全貌，門外突然傳來一個急促的腳步聲。

「善姊……」

時鹿鹿和姬善雙雙回頭，看到吃吃去而復返。

「我想過了！就算妳不能離開這裡，我們也不能就這麼走呀。我要回來陪妳！」吃吃衝上前一把抱住姬善，姬善站立不穩，整個人撞在長案上，瓶瓶罐罐倒了一桌。

吃吃嗚嗚大哭道：「善姊，讓我留在這裡陪妳吧！不然我們實在不放心啊……」

姬善拍了拍她的肩膀，柔聲道：「這個妳得問過他。」

吃吃轉頭，看到一旁的時鹿鹿，怔了怔道：「你是？小鹿？你怎麼也在這裡？還這副樣子？伏周呢？啊，難道說你就是伏周？可伏周不是女的嗎？還是你男扮女裝？這到底是怎麼回事啊，我都糊塗了……」

時鹿鹿看著滿臉震驚的吃吃，最終，嫣然一笑。

這一笑，花開了，雲散了，無限晴朗重歸人間。

「那就留下吧。」

「不要。吵死了。還有這個……」姬善從狼藉一片的長案上拿起自己的配方，紙張已汙了，看不出原來的字。她不滿地瞪了吃吃一眼，然後看向時鹿鹿道：「我可是贏了的，你要遵守承諾！」

時鹿鹿含笑看著吃吃和她，道：「妳選時間。」

「那就明日赴完宴，帶我去見伏周。」

「好。」

細雨如煙，紛紛揚揚。

姬善靠著修好的門，坐在門檻上望著聽神臺上的雨。身後的床榻上，吃吃已呼呼入睡。她十分喜歡這種鼾聲，因為意味著安全，還有陪伴。

時鹿鹿撐著傘從山下上來，見她發呆，便收傘坐到她身旁，問：「怎麼還不睡？」

「想起明日宴席，睡不著。你也是嗎？」

時鹿鹿沒有回答，只是仰頭也看雨，神色鬱鬱，不似平常。

「赫奕非死不可嗎？」

「妳非要見伏周嗎？」

兩人同時開口，然後從彼此臉上看到了答案，再度沉默。

姬善伸出一隻手，感受著綿綿涼意。宜國的雨真是廢物，半天也溼不了衣裙，不乾不脆，拖泥帶水——就像是此刻的她。

不能再這樣下去了！她決定再試一試。

「你能不能放下仇恨？」

「妳能不能放棄報恩？」

「我……不能。」

「那麼，我也不能。」眼看姬善有點著急，時鹿鹿握住她的手，用指背輕刮，一下、一下地安撫著，不得不說，非常舒服。

「把妳關在懸崖上的木屋裡，是我不對，但看在我跳崖救妳的分上，原諒我吧。」

姬善怔了一下。

「我並不是真的嚇唬妳，只是讓妳體驗一下，我的十五年是怎麼熬過來的——哪怕一天、一刻、一瞬間，讓妳站在我的立場上，感受一下。」

姬善頓覺喉嚨堵住，再也說不出後面的話。

「妳擅醫心病，當知得病時間越早，拖的時間越長，便越難醫治。我，已不可能省悟、悔改、解脫。所以，阿善，別太了解我，別試圖勸我，更不必救我。我只要妳……」時鹿鹿握緊了她的手，眸色如夜雨，蘊含著綿綿密密的情意。「陪著我就可以了。」

姬善的神色無可抑制地悲傷了起來。

像小時候，知道救不了那個人時，一模一樣。

二月十五，程、璧使臣抵達鶴城，酉時，悅帝於西宮設宴款待群臣。

姬善看著簾子縫隙中再次出現宜宮那樸素的門臉時，已近亥時。鶴城與其他三國皇都最大的不同也赫然呈現——這裡，沒有宵禁。

一路上張燈結綵，行人如織，熱鬧非凡。

因此，宜宮就顯得更寒酸了，使臣的車馬全停在外面，將整條街道堵了個水洩不通。幸虧巫族地位尊崇，所到之處，人人主動避讓，才能擠出一條路來，進得宮門。

姬善忽然想到一個問題，問：「有別的宮門嗎？」

「沒有。」

「為什麼？」別的皇宮起碼有四道宮門，璧宮更有八處之多……

時鹿鹿想了想，附到她耳旁道：「因為有密道。」

姬善想，這可真是個好答案。

「幾條？」

「我所知的，三條。」

也就是說，很可能還有他不知道的……

「那今晚，還能成事嗎？」

時鹿鹿高深莫測地笑了笑，道：「看看就知道了。」

巫女們抬著轎子來到西宮。這是三棟樓裡最大的一棟，除了柱子就是窗，此刻窗戶大開，薄紗重重，伴隨著絲竹歌舞聲一起飄出來，配以南嶺獨有的霧氣，頗似雲上仙境。

老規矩，巫女們並不停步，直接抬轎而入。

一瞬間，樂止舞停，歡聲笑語，全都成了靜默。

無數道目光紛紛投來。姬善想，幸好她提前備了個羽毛面具戴在臉上，裝扮成巫女的模樣，否則，光靠這層薄紗，肯定許多人能認出她來。

耳畔依稀聽到眾人的竊竊私語——

「這裡面坐的就是宜國的大司巫伏周？」

「她不是從不下山的嗎？這次怎麼來了？」

「轎裡好像有兩個人啊……」

姬善環視四下，只見東西兩側各有十張長案，坐了不到二十名使臣，看來大部分人留在驛站，並沒有全來。

東側為首的是衛玉衡，獨自一人占了一案，正在默默喝酒；西側首席則是兩人，一個面色冷峻，應就是傳說中生人勿近的王予恆；另一個是非常漂亮的少年，十五、六歲，面如好女，但看上去心事重重，眼神呆滯。

殿中這麼多人裡，就這三位沒有看轎子。

有趣……

坐在正北龍椅上的赫奕笑道：「朕的大司巫來了？來晚了。罰酒罰酒。」說罷親自倒了一杯酒，起身迎至轎前。「這杯，妳說什麼也得喝！」

時鹿鹿伸出戴著彩絲手套的手，沒有接酒杯，而是輕輕按在赫奕的左肩上。

「陛下……」他開口道：「請聽神諭。」

赫奕面色頓變，當即將酒杯轉交於一旁的太監，一掀衣袍，行了一個大禮，道：「謹接神諭……」

時鹿鹿因為沒有了玉杖，只能將手從赫奕的左肩滑至他的眉心，道：「紫微星暗，流珠東至。」

此言一出，殿內所有的宜人，全部惶恐地跪下了，道：「巫神恕罪！」

「這個人會殺了陛下……」時鹿鹿說著，戴有五色寶石指環的食指，不偏不倚地指向衛玉衡。

這下子，不僅宜人，璧使和程使全驚了。

姬善心中暗嘆：時鹿鹿的行事作風，還真是一如既往的直接。這大概便是巫的優勢了，隨時隨地，只要搬出神諭，就能平地驚雷，攪弄風雲。

如此一來……衛玉衡，你要麻煩了哦……

她有些期待地朝衛玉衡看過去。

衛玉衡聞言短暫地驚了一下，轉瞬恢復鎮定，放下酒杯，起身行了一個大禮道：「臣惶恐。臣奉命來宜，身為使臣，一舉一動唯恐令璧蒙羞，又怎會行刺客舉、妄動干戈？此間恐有誤會，還請陛下明鑒！」

赫奕道：「是啊，宜、璧素來交好，他沒有理由這麼做。大司巫，妳會不會是……」說到這裡，他遲疑停下，終究是沒有說出「聽錯了」三字。

時鹿鹿突然動手。

彩影一閃，只一閃，就來到衛玉衡跟前。衛玉衡下意識後退，身後卻是牆，當即腳尖一勾，長案旋躍而起，擋住時鹿鹿。

時鹿鹿腳不退、手不動，長案在他身前三分處，突然從中心旋轉裂開，一片一片，像是被風吹散的花瓣般凋零。

這一幕既凶險又唯美，令所有人都看呆了。

連王予恆身旁的美少年都睜大眼睛，驚呼出聲：「戲法？」

衛玉衡急聲道：「住手！」

時鹿鹿沒有停，繼續往他逼近，羽衣飛舞，面紋晃動，詭異而肅殺。

衛玉衡無奈之下，從身側坐墊下拔出一把紅傘。

姬善挑眉。好傢伙，居然真的帶武器入殿！

紅傘「砰」的頂開，然後「沙沙沙沙」一陣細碎聲響，被時鹿鹿的袖風剁成了千萬縷線，與傘架分離。留在衛玉衡手中的傘柄，就露出原來的模樣——劍。

衛玉衡持劍道：「我再讓一招，大司巫若還不停下，恕我要反擊了！」

時鹿鹿冷哼一聲，長袖揮拂，朝衛玉衡罩去。衛玉衡想要破罩而出，劍尖劃過羽袖，竟拉出一連串火星。

袖未破而刃已捲。他大驚失色。

時鹿鹿道：「你可以反擊了。」

衛玉衡的五官扭曲了一下，下一刻，突然扔掉傘柄，匍匐在地道：「陛下，臣絕不敢殺您，請明察！」

姬善在轎中捂住嘴巴，才沒有笑出聲。不愧是能屈能伸的衛玉衡啊，果然沒有辜負她的期待。

時鹿鹿瞇眼，朝他繼續走過去。衛玉衡一動不動，毫不反抗，任由他將自己拎起，跟抓小雞似地抖了抖。

啪答一聲，一只卷軸從他袖中滑出，滾啊滾地滾到赫奕腳邊。

赫奕一怔。身旁的太監連忙把卷軸撿起，打開後，大驚失色地抖開，讓所有人都能看見——赫然是宜宮的輿圖！

宜宮簡陋，只有三棟樓，大家都知道。可這張輿圖上，用紅線畫出了三條密道，這些密道盤旋在三棟樓下，蔓延出宮，分別抵達宮外的三處隱祕地點。

群臣譁然。

赫奕沉下臉道：「此物，玉公做何解釋？」

衛玉衡抬頭看著這幅輿圖，驚慌不已道：「陛下，這不是我的東西！」

「這麼多雙眼睛親眼看著從你身上掉下來的，還說不是你的？」赫奕身旁的太監反駁道。

「不是！真的不是！我也第一次見此物！」

「這是戲法……」王予恆身邊的美少年突然開口，聲音清脆，異常清楚。

衛玉衡朝他投去感激的眼神。

「雲二公子，不要隨便開口。」王予恆沉聲道。

姬善心中「啊」了一聲，這才明白美少年是誰——雲家的二公子，雲閃閃。雲笛為救頤殊已死，沒想到他弟弟竟會被頤非派來使宜。

一個面癱、一個草包，頤非這是打什麼算盤？

在她的沉吟中，雲閃閃起身走到衛玉衡面前，看了時鹿鹿一眼道：「這是戲法。妳在震碎長案的那一刻，趁所有人的視線被粉末吸引，偷偷將輿圖塞入他袖中——我親眼所見。」

草包有時候也是有用的，比如此刻。姬善有些嘲諷地想：時鹿鹿自視武功極高，當眾栽贓嫁禍衛玉衡，誰能想到竟有人能識破他的障眼法，而且還一根筋地說出來，完全不顧引火上身地亂出頭。

天意啊……

時鹿鹿嘆了口氣，轉身看向雲閃閃道：「你說——什麼？」

「我說……」雲閃閃剛要重複，但對上他的眼睛，整個人一僵，聲音立刻恍惚了起來。「我不知道……」

「你不是看見了？」時鹿鹿微笑道。

「我……看見……他，他私自攜帶兵器入殿。他的傘，就是兵器。」

雲閃閃倒戈，又引得殿內一片譁然。

姬善心知雲閃閃此刻是中了巫術。時鹿鹿的武功也許有破解之法，但這巫術……實在防不勝防。只不過，為什麼時鹿鹿只對雲閃閃施展，不直接對衛玉衡施展？其中必有緣由。

她的面色再次凝重起來。

時鹿鹿得了雲閃閃的答案，滿意地點點頭，對衛玉衡道：「你還有什麼話說？」

衛玉衡咬牙道：「還是那句話，輿圖不是我的。傘雖是我的，但僅為防雨用。以我的武功，何須專門的武器？絲帶、飛花皆可用。最重要的是——我為什麼要刺殺宜王陛下？」

時鹿鹿比了個手勢，一名巫女從門外飛掠而入，將一封信箋呈上道：「大司巫，這是從驛站璧使的房間裡找到的。」

衛玉衡看見那封信，表情頓變，下意識想要搶，被時鹿鹿擋住去路。衛玉衡不管不顧，繼續衝。時鹿鹿拂袖，一掌拍在他肩頭，那一處的衣服就跟傘面一樣，瞬間抽碎成千萬縷絲。

此情此景，令姬善腦海中突然閃過一個念頭，但還沒來得及捕捉，就已消失。

「唸！」時鹿鹿下令。

巫女立刻唸了起來：「姬忽在我手上，取宜王人頭來換。知名不具。」

衛玉衡急聲喊了起來：「那封信午間突然出現在我房中，我根本不知對方是誰，也壓根沒放在心上……」

「那為何不銷毀？」時鹿鹿冷冷道。

「我急著趕來赴宴，想留著信日後好核對筆跡，查出對方是誰……」

時鹿鹿環視四下道：「諸位，你們信嗎？」

眾人反應各不相同。有信的，有不信的，更多的是看熱鬧的。

「諸位皆知宜王武功高強，完全不在我之下！而且我與姬忽，清清白白，毫無瓜葛，又怎會為了她而孤身涉險，我是瘋了嗎？」

「是嗎？」時鹿鹿別有深意地回眸看了姬善一眼，然後衝巫女比了個手勢。

巫女立刻道：「圖璧四年八月初一，衛玉衡於回城染布坊擊殺姬嬰，口中喊著姬忽之名，聲稱姬家拆散了他和姬忽，所以要殺姬嬰報仇。當時在場百餘人，全聽見了……」

「胡說！胡說！我沒有！我沒有說過！我摯愛吾妻，絕無二心！」衛玉衡氣得臉都紅了。

時鹿鹿悠悠道：「你為了姬忽，連姬嬰都敢殺，那麼，對陛下動手，也不算什麼。」

衛玉衡的臉一下子變得慘白。在場眾人看他的眼神，也變得跟之前不一樣了。

「不是的，不是這樣的……我沒有，我不是刺客……我自入殿以來，什麼都沒做，你們不能僅憑推測定我的罪……」

「等你做了就晚了。」時鹿鹿冷冷道：「神諭，本就為預防而降。把他拿下！」

巫女跟侍衛正要上前，赫奕忽道：「且慢！」

時鹿鹿回眸，看著赫奕。赫奕對衛玉衡道：「你束手就擒，朕保你安全回璧。」

衛玉衡原本的期待轉為失望，道：「束手就擒……豈非等於認罪？」

「朕不會定你的罪。」

衛玉衡冷笑道：「那就是讓姜沉魚和薛采定我的罪？」

有璧國的使臣連忙喝道：「玉公，你怎能直呼皇后之名？」

「我明白了……我全都明白了！」衛玉衡環視眾人，俊美的五官絕望極了，他道：「你們是串通好了的！姜沉魚一直想殺我，但沒機會，也沒有理由，就故意派我來這裡，讓你這個老相好幫忙來殺我！」

「玉公！慎言！慎言啊！」璧使們快要瘋了。

「你……」衛玉衡索性破罐子破摔，指著赫奕的鼻子道：「是她的相好，當我不知道？你以為殺了我就能博她高興？別做夢了，她只會把這份功勞算在薛采頭上……」

赫奕扭頭對時鹿鹿道：「讓他閉嘴！」

時鹿鹿揮袖，一片白霧飛出，直撲衛玉衡面門。衛玉衡反掌拍散，人則朝赫奕撲了過去。

時鹿鹿擋在赫奕身前，擒住衛玉衡的兩隻手，「喀嚓」聲響，腕骨立碎。衛玉衡尖叫起來，叫聲極大，像針一樣扎入眾人耳中。

姬善心中一動——就是現在！

時鹿鹿的動作因這叫聲停了一下，就這麼一下，衛玉衡的右靴突然彈出一把匕首，越過他踢到了赫奕身上。

赫奕下意識伸手去擋，匕首扎進掌中。

直到此刻，巫女和侍衛們才反應過來，衝上去擒住衛玉衡。

時鹿鹿轉身一把抓住赫奕的手道：「陛下？」

「沒事，小傷……」然而只說了四個字，赫奕的臉就從白轉青，恍若蒙上一層黑紗。他睜大眼睛道：「怎、怎麼了？為、為、為什麼這麼黑？大、大司巫？朕的眼睛，眼睛……」

「陛下？陛下！」

赫奕緊握著他的手，鮮紅的血源源不斷地從傷口裡流出來，也汙溼了時鹿鹿的手。

「看、看不見了……朕，看不見了……」

「沒事的，陛下，沒事的……」時鹿鹿一邊安撫他，一邊朝巫女使眼色。

嘩啦啦，從樓外湧入大群羽衣綵帶的巫女，將所有人都抓起來。

四下一片驚亂。

一名程使慌不擇路地撲進轎內，抬眼看到姬善，一怔，剛要說話，時鹿鹿朝這邊彈一彈手指，一股白霧撲到他身上，他立刻暈厥了。

與此同時，被按壓在地的衛玉衡抬頭，目光穿過眾人，看到了轎子裡的姬善。縱然她戴著羽毛眼罩，仍是被他認了出來。

「忽兒……」

姬善坐著沒有動。

衛玉衡突然振臂，用斷了的手腕硬是將身上的兩人擊倒，朝她衝過來。

姬善面無表情地看著。

「忽兒！妳居然在這裡！妳真的在這裡……」

他的腳步越來越快，離得也越來越近，眼看就要衝進轎子，一股力道突然襲來，姬善橫飛出去，被時鹿鹿抓到身邊。

時鹿鹿用巨大的羽袖將她攬住，口中吟唱起來。

所有巫女跟著他一起吟唱。

衛玉衡呻吟一聲，栽倒在地，而這一次，悸顫翻滾，卻是再也爬不起來了。

十大巫樂之一的《夔鼓曲》，聲傳百里，威懾天下。

第十一回　反制

「陛下手上的傷還好，身體也無他恙，唯獨那匕首帶毒，導致陛下雙目失明，還請大司巫盡快找出解藥……」太醫們為赫奕看了傷，轉身向時鹿鹿稟報。

「知道了，你們暫住宮中照顧陛下。」時鹿鹿交代完，太監便領著太醫們出去安置了。

時鹿鹿走到龍榻前。赫奕躺在上面，眼上敷了藥、蒙著布條，臉上的表情很忐忑。

他問：「大司巫，朕的眼睛會好嗎？」

「會的。」

「要快些。朕……很不適應。」

「好。」時鹿鹿的聲音很溫柔。「臣這就去審訊衛玉衡。」

「留個人！朕不想這麼安靜。」

時鹿鹿示意兩個巫女留下，為他唱歌。赫奕聽到樂聲，稍稍平靜了些。

時鹿鹿轉身，牽住姬善的手，走下樓，離開北宮。

直到上了轎子，姬善才開口問了第一個問題：「他為何沒死？」

「我改變主意了。」

「為什麼？」

時鹿鹿磨蹭著她的手，緩緩閉上眼睛道：「我想看看，當赫奕也被關入黑暗中時，他會崩潰，還是振作。如果是前者，我再殺他。」

「如果是後者？」

「那我給他機會，殺了我。」

姬善皺眉。

時鹿鹿歪頭睇眼看她，微微一笑道：「妳不認同我的做法，對吧？但我自做出這個決定後，卻是舒服了許多。我現在心情很好，所以……」

「所以你該讓我見伏周了。」

「別急。在那之前，我們先去見見衛玉衡。我覺得，妳應該跟他，也徹底告個別。」

衛玉衡被關進了天牢。他一路都在哀號，等姬善見到他時，已喊得嗓子都啞了，整個人趴在地上，卻依舊含糊不清地喊著「忽兒」兩字。

時鹿鹿居高臨下地看著他，一笑道：「忽兒來了。」

衛玉衡果然重重一震，轉過身來，當他看到姬善時，立刻變得無比激動，拚命用身體撞擊柵欄，道：「忽兒！忽兒！」

姬善後退一步。

衛玉衡用斷腕夾住柵欄，懇求道：「別走！求妳……我好不容易進了端則宮，卻發現妳不在！這兩年，妳離開皇宮去了哪裡？為什麼會在這裡出現？妳跟伏周什麼關係？她是不是脅迫妳？」
時鹿鹿笑吟吟地看著她問：「我們什麼關係？嗯？」
姬善淡淡回答：「我們是生死相依的情人。」
「什麼？妳跟她、她……」衛玉衡瞪大眼睛，不敢置信地打量時鹿鹿。「妳、妳喜歡女人？」
不能怪他，大司巫的裝束過於華麗，羽領過喉，再加上時鹿鹿五官秀麗，聲音低柔，確實雌雄莫辨。
時鹿鹿鬆動衣領，露出喉結。
衛玉衡更加震驚道：「你是男人？伏周居然是個男人！」
「我不是伏周。」
衛玉衡並非蠢貨，很快便反應過來了，道：「是你！是你設局陷害老子？那封信是你寫的？卷軸也是你塞我袖裡的！你假冒伏周假傳神諭陷害老子？」
「沒錯。都是我做的。」
「為什麼！」
「你還看不出來？」時鹿鹿意味深長地瞥向姬善。
衛玉衡的臉越發蒼白，道：「為了忽兒……你、你……你也是跟我搶忽兒的——」
姬善實在聽不下去，打斷他的話道：「行了，別再演了！你們兩個爭權奪勢就爭權奪勢，非要打著情聖的名頭，不嫌噁心嗎？」
衛玉衡一怔。時鹿鹿則輕笑出聲，道：「阿善，兩個男人為妳明爭暗鬥，妳應該享受。」

「你，借他之手毒瞎赫奕；他，現在扯我下水企圖自保。無論輸贏，消息傳出，我都是禍亂宜國的妖姬，成了第二個曦禾夫人。請問，這有什麼好享受的？」

「阿善啊，我就是喜歡妳這麼的清醒。」時鹿鹿親暱地牽住她的手，十指相扣。

衛玉衡看得眼裡幾乎冒出火來，道：「忽兒，此人居心叵測，竟敢冒充大司巫，還毒殺赫奕……妳快離開他，免得被他利用！」

「她不會離開我的。你沒聽見？她剛才說了，我們是生死相依的情人。」

衛玉衡顫聲道：「忽兒，是真的嗎？」

「是真的！」姬善無情地擊碎了他的最後一點希望。

衛玉衡眼裡的光一下子就消失了，他雙腿一軟重新跌回地上，怔怔地看著自己的兩隻手。腕骨已碎，此刻高高腫起，就像是當年流放時戴了半個月的枷鎖一樣。那時他的手腕也又青又腫，劇痛難忍。

「為什麼……為什麼這麼多年……無論我多努力、多辛苦，多不顧一切地衝到妳面前時……妳總是，看不到我呢？」

她總是看不見他。

她留下了小欣，卻不肯留他，找個藉口把他送得遠遠的。

那時候他想，沒關係，等他學好了武藝，變得強大了再回去，她就會看見他的。

練武那麼苦，冬練三九，夏練三伏，受傷了癒合，癒合了再傷，但最後還是熬到了出師，第一時間就去找她。她卻不肯帶他回姬府，讓他自行在外找房住。

他想沒關係，大家都大了，確實要避嫌。她讓妹妹入了奴籍，卻沒讓他入，這是對他的體貼，不視他為奴。

但平民是娶不到姬家大小姐的。

於是他去考功名。那是璧國有史以來的首屆武舉，特別難，輸一次就淘汰，百進十時他受了傷，第二天還要比賽。妹妹來看他，他怯怯地哀求，能不能讓姬忽來看看他。妹妹答應帶話回去，他等啊等，從夜晚等到晨曦，從滿心期待變成了絕望。

姬忽始終沒有出現。

他咬牙強撐著走上比武場，被打得遍體鱗傷，最終一擊而中，將對手打下擂臺，而他自己也力竭倒下。

他以為自己止步於此，無緣再參加後面的比賽時，右相姜仲，突然出現了。

姜仲問他，還想不想再戰？

若想，就娶他的女兒；若不想，就算了。

他拒絕了。

那夜的雨「嘩啦啦」的從破屋頂灌下來，接雨的盆不夠，汙水流一地，打溼了他的草蓆。傷口發炎潰爛，疼得根本無法入睡。於是他慢慢地爬起來，拿傘，想去找姬忽。看一看她，哪怕只是遠遠地看一眼，就會重新獲得堅持下去的力量。

他跌跌撞撞、一瘸一拐地走了一炷香，終於來到朝夕巷時，看見的卻是穎王的馬車。

華貴的馬車在姬府門前停下，穎王跳下車，親手扶著姬忽下車，姬忽朝他燦爛一笑——她從不曾對他這樣笑過。

他們兩個進去後，隨車的下人們小聲議論著，說好事將近，姬忽註定成為昭尹的側妃。

紅傘不知何時跌落在地，大雨沖刷著他的身體，像天地對他的一場嘲笑。

我本也是貴冑公子出身啊……

我父被政敵陷害，蒙受了冤屈啊……

我的真心，在高門貴女眼中，原來一文不名……

他狠狠地哭了起來，怨天怨地怨所有人，最怨恨的，還是姬忽。

終有一天，終有一天我要讓妳後悔，我要把妳奪回來！

第二天太陽出來的時候，他來到姜府門前，求見右相，跟他說，願意。

他娶了右相的女兒杜鵑，右相跟他說，由於某種原因暫時不能跟杜鵑認親，希望他們化明為暗，作為隱棋助他一臂之力。

他統統答應，就一個要求：他要當武狀元。

此後的比賽一帆風順，所有障礙都被提前清除。嘉平廿六年，十八歲的他戴著桂冠，一步步走到錦陽殿前，跟文狀元同時朝拜天子。

所有人為之驚豔。掌聲、鮮花、恭維、讚美……蜂擁而至。

然而，那些祝賀的人裡，沒有姬家。姬嬰分明站在人群中，卻一眼也沒看他。姬家，那麼傲慢的姬家，從不曾把他放在心上。

杜鵑是個眉目平庸的女人，還是個瞎子。但性格有點像姬忽，尤其是那股不冷不熱的勁，一模一樣。

他就把她當作姬忽，各種討好，殷切熱情。杜鵑的反應很冷淡，可她越冷淡，就越像姬忽，他就越喜歡。

他們維持著看似和諧的婚姻，一晃五年。直到姬嬰在回城出現，姜仲給他密令：殺了姬嬰。

他看著如此簡單的四個字，手興奮得直抖。

五年，五年歲月蹉跎，回城的貧瘠也澆滅了想要榮華富貴的欲望。尤其是昭尹成了璧王，姬忽成了貴嬪。他本已死心。

可這一張密令，像內心深處不肯服輸的那一口氣，吹得死灰復了燃。

殺了姬嬰！姬氏沒落，姜氏獨大。再遇姬忽，就會是截然不同的狀況！失去家族庇護的妃子，和得勢崛起的新臣，姬忽再也不能忽視他！

殺了姬嬰！殺了姬嬰！殺了姬嬰！

他既激動又惶恐，最終還是做了那件事。然後——老天庇佑，他居然贏了！

姬嬰死了，姜仲伺機召他回京。時別五年，他又回到了權力的最中心。

這一次，他沒去找，妹妹先來了。妹妹氣憤地質問他為何要殺姬忽的弟弟，他說想知道答案，讓姬忽自己來問。妹妹脾氣極差，當場動手，他不得已推了一把，她的一隻眼睛就那麼不巧地撞到案角上。

妹妹氣呼呼地跑了，姬忽也沒出現。

他進不了宮，只能等，但一直一直沒有機會。而等他再有姬忽的消息時，已是今年。薛采召見他，問他願不願意去宜國，並給了一個機密任務：姬忽帶著四個婢女逃離出宮，有人在宜境見過，讓他伺機擒捕。

一向被無視的他，這一次，成了獵手，反過頭去追緝她——這樣的身分轉變，令他無法拒絕，哪怕明知可能有詐，明知是個陷阱，還是不顧一切地跳了。

「我十四歲初遇見妳，如今二十五歲，為妳丟下璧國的榮華富貴、結髮妻子、一切的一切，來到宜國，身陷樊籠，背負汙名……而妳竟說，我是裝的……」

衛玉衡回想至此，眼淚終於流了下來。

「姬忽啊姬忽，妳果然是個……無情之人。」

姬善看著他的眼淚，卻一點都不感動，不但不感動，還厭惡極了，她道：「你妹妹說過一句話——多情沒錯，多情到愚蠢就是錯。我覺得應該再加上兩個字——『自作多情』。我從不曾喜歡你。你的親近在我看來是糾纏，你的痴情對我來說是麻煩。」

「為什麼？」衛玉衡大喊起來。「我哪點不好？我一表人才、武功高強，又對妳一片痴心……」

時鹿鹿忽然笑著插話：「是不錯。但這三樣，我也有呀。」

衛玉衡一怔，看著時鹿鹿，悲哀地發現他說得沒錯，而且明顯此人的容貌、武功更在他之上。

「忽兒，妳對我真的一點感情都沒有？」

「沒有。你說初遇時便愛上我，但別忘了，我們初遇之時，你要殺我。」

「那是原來，但是……」

「但是你發現我不是蠢貨，還比你更強，反過頭讓你成了階下囚。你骨子裡是個慕強之人，知道我的身分後，便覺得我與你見過的其他女子不同。尤其是，你得不到我。你口口聲聲說愛慕我，你愛的不是我，是你自己。你期待透過征服我，來證明自己和滿足自己。榮華富貴？結髮妻子？算什麼，只要最後得到我，這些，你都會有。」

姬善的聲音很輕，但說出的每句話，都像是鋒利的匕首，捅得衛玉衡千瘡百孔。

「我現在告訴你，我不是姬忽。我是她的替身，真正的姬大小姐另有其人。」

衛玉衡的眼睛一下子睜到最大，問：「妳說什麼？妳在說什麼？」

「你啊……根本不了解我。不了解而說愛慕，多可笑。」姬善說完這句話，便轉身離開了。

衛玉衡拚命拍打柵欄道：「妳說清楚！妳不是姬忽？妳怎麼可能不是姬忽？回來！妳給我回來……」

他的聲音在冗長的走廊中迴盪。

姬善面無表情一步步地向外走，聽著這個撕心裂肺的呼喊聲，眼底沒有痛快，只有悲哀。

有一個人，對她極好，卻不愛她，他最愛的人是他自己。

這個人是璧王昭尹。

有一個人，為她要死要活、自甘墮落，卻完全不了解她。

這個人是衛玉衡。

他們為她的生活帶來錯覺，讓她身為女子的虛榮心得到了呵護和滿足，可虛榮就是虛幻，永不會變成真的。

我遇到的都是瘋子啊……

我也想……遇到一個正常人，與他產生糾葛，達成認知，體驗一下何為真心。

可大千世界，人海蒼茫，最難覓的就是真心。

葉曦禾，遇見了，後來呢？

姜沉魚，遇見了，後來呢？

還有姬忽，遇見了，但又如何？

真心……不過是鏡中月、水中花，尚不如指尖銀針，起碼你知道扎下去後，能挽救點什麼。

姬善垂著眼睛走得很快，即便如此，還是有人追了上來，一把抓住她的手。

姬善回眸，看到了時鹿鹿。

她想：嗯，又是一個瘋子。

時鹿鹿凝視著她，似有話說，但最終目光閃動，說了一句：「我帶妳去見伏周。」

說罷，他躍過她，走在前面，但他的手，始終沒有鬆開。

時鹿鹿帶姬善回到蜃樓山，沒去聽神臺，而是直接進了巫神殿。

大殿高闊，神像威儀，蘭膏明燭，華燈錯些。

他讓她稍等，然後便離開了。

姬善跪坐下來，望著足有二十丈高的伏怡雕像，莫名想起時鹿鹿在懸崖下時說過的那句話。

「我要巫死。巫，怎樣才死？」

巫族與如意門不同。如意門弟子對如意夫人，畏懼多於感激。巫的信徒對巫，卻是發自內心的敬愛。

他們深信是神引領他們走出大山，戰勝疾病，獲得新生。

他們中的很多人，親身感應過所謂神蹟，在陷入混沌時，憑藉著對神的信任，走出困境。

世上最難磨滅的便是希望。

對宜國百姓來說，巫神，就是希望。

想要讓這樣的東西死亡、消絕、覆滅……怎麼可能？

「做不到啊……」她忍不住喃喃道。

這時一名巫女前來，恭聲道：「大司巫有請……」

姬善的心，「怦怦」跳了起來。

她起身，跟著巫女穿過大殿，走了好久，最終來到一扇門前。

巫女轉身離開了。

姬善想了想，伸手推門，氤氳的水霧伴隨著潺潺的流水聲撲面而至——裡面，竟是個浴室。

十丈見方的房間中央有一個圓形水池，一具玉石美人雕像抬著水瓶，水從瓶中源源不斷地倒下來，落進池內，池內還有七色石雕成的鐵線牡丹，一眼望去，栩栩如生。

一個人背對著她，在池中沐浴，肩若削成，腰如約素，延頸秀項，皓質呈露。灼若芙蕖出淥波。

令人聯想到曹子建筆下的洛神。

姬善的眼神恍惚了起來，越發地悲哀了。

她遲遲不動，那人便笑了道：「過來。」

姬善有些僵硬地走過去，繞到前方。白霧縈繞，水漉美人，原本應是香豔至極的一幕，卻因為那個人的臉，變得愁雲慘淡。

姬善盯著那張臉，心中一遍遍地想：妖孽啊，妖孽……

她第一次見他便知道他是個妖孽，有兩種截然不同的面貌，卻始終沒有正視這一點，放任自己跟他產生交集，一次次，最終變成了不死不休的羈絆。

對方看著她，脣角上揚，笑得很開心道：「有這麼震驚嗎？難道，秋薑不是已經告訴過妳——我，就是伏周？」

赫奕安安靜靜地平躺著，眼上的布條被風吹得飄啊飄的。他伸出手抓住絲帶一端，再鬆開，再抓住。

「陛下很自得其樂嘛。」一個聲音從樓梯處悠悠傳來。

赫奕淡淡道：「苦中作樂唄，不然還哭嗎？」

「陛下分明是高興。」

「哦？朕為何高興？」

「你今日本做好準備一死，結果對方卻手下留情，只要你的眼睛……你不高興？」

赫奕嘆了口氣道：「他那是留著我的性命慢慢折磨呢，哪裡是手下留情？反倒是妳那邊……行不行啊？我看今日妳那位替身全場發呆，毫不作為。」

「我不知道。她曾經是我的替身，服從我娘的安排。我本人，卻是使喚不動她的。」

來人緩步走到榻前，一身宮女裝束，五官平凡，本是看過即忘的，但伴隨著她的說話、動作，越來越鮮明，當她伸展身體慵懶地靠坐在美人榻上時，便讓人覺得這世間再沒人比她更配坐「美人」榻。

此人，不是別人，正是巫女口中去了宜、璧邊境的秋薑。

「妳告訴她時鹿鹿的真面目了嗎？」

「當然。」

「妳怎麼告訴的？」

「秋薑送來的飯食，都會放些花草做點綴。其中薑花，出現過六次。」浴池中，時鹿鹿凝視著姬善，微笑道：「第一次是茯神粥；第二次是送酒那天的四道菜；第三次，便是火炙鹿肉——加起來，茯（伏）粥（周）酒（就）四（是）鹿。」

確實如此。

秋薑用獨有的暗號向她傳達了訊息——伏周，就是時鹿鹿。所以她才問時鹿鹿，如何得到《宜國譜》。

時鹿鹿回答《宜國譜》記在他的腦中。從那時起她就知道，這會是比秋薑得到《四國譜》更難的一件事。

因為，秋薑可以用假死騙得如意夫人心軟。可她，身中情蠱，一舉一動都在對方的掌控中，甚至連謊言都說不得。她，是騙不了時鹿鹿的。

「你既已察覺秋薑把你的祕密告訴了我，為何還放任她離去？」

「因為她對我不重要。重要的，從頭到尾——只有妳。」時鹿鹿眼瞳深深，如霧中的星光，隱隱閃爍。

「伏周是女人。」

「是。」

「而你是男人。」

時鹿鹿眨了眨眼睛道：「妳看過我的。」

「怎麼做到的？」

「妳忘了，我說過，我會變繭。我第一次出現在妳面前時，是一個繭。」

「我查過很多醫術，都沒有找到出處。」

「那不是醫術，是巫術——巫蠱中的化繭術。」

「阿月生的是個皇子，小名小鹿，祕養在外，但她也知道，如意夫人隨時會對小鹿下手，而我父未必保他。她想了很多辦法，最後，宣稱皇子夭折，其實偷偷將小鹿交給信任的下屬撫養，並且以丫頭裝束示人。所以，小鹿從小就是當作女孩養大的。她還將一隻蠱種入小鹿體內，如此一來，母子二人心有感應，她能操控這個孩子。」

秋薑皺眉。「可茜色告訴我，時鹿鹿體內的是蠱王。」

赫奕盤腿坐起來，也許是因為目不能視，他的心反而變得很平靜，能很平靜地述說過往：「一開始，那確實是一隻普通的蟲蟲。但是，小鹿十二歲時，伏極發現了他的存在，下令追殺。阿月為了保護兒子，反殺了伏極，從她體內挖出蠱王，並將蠱王封存，偽造神諭，宣稱汝丘有個女童，是大司巫的繼承人……」

「伏極那時已老了。人一老，就會變得多疑。我娘利用她的多疑剷除了很多對手，把她的身邊人全換了。歷任大司巫都不飲酒，我娘以酒蒸雞，騙她吃雞，她吃了一隻果然醉了。我娘從她體內挖出蠱王，封於冰中。巫女們按照神諭去了汝丘，把我接回神殿。我這才第一次真正的見到她。」

時鹿鹿低頭看著水中的影子，據說他的眉眼五官很像娘，所以每每照鏡子時他就會想，娘到底是什麼樣的？

「她因為背叛和碰觸了蠱王，受到反噬，等我到時，她的臉已爛了，只有一頭長髮，拖在地上，美極了。她朝我伸手，問我怕不怕，我搖頭，她便摸了摸我，說——好孩子，娘要保護你，你會活下去，無論多麼痛苦，都要活下去……」

時鹿鹿說到這裡，抬頭看姬善，水氣氤氳中，姬善的臉龐也很模糊，但她的頭髮是那麼美，跟娘一樣美。

「她把蠱王塞入我口中。她讓我別怕，她說我一定能活下去。」

蠱王入體，也許是因為受了巨大的驚嚇，也許是出於對人類的憤怒，開始吞噬一切。而他體內那隻普普通通的蠱，為了求生不得不反擊。牠們在他體內打架，他痛得死去活來，幾度窒息昏迷。

迷迷糊糊間，有一雙手始終在溫柔地撫摸他；再然後，又一隻蠱被餵入他體內。

那是他體內小蠱的媽媽，原本在阿月自己的體內。

兩隻蠱一起對付蠱王，最後，蠱媽媽用自己做誘餌牽制住蠱王，讓小蠱從後方給予了蠱王致命一擊。

牠吃掉了蠱王，也吃掉了蠱媽媽。最終，牠成了新的蠱王。

牠們在他體內決出勝負，也把他弄得千瘡百孔，垂危瀕死。就在那時，奇蹟發生了——

新蠱王為了自保活命，吐出一層層的絲，把他纏裹起來。他變成了一個繭。

繭子裡的世界是黑色的，他聽見娘在繭外對他說：「從今往後，你就是宜的大司巫，你叫伏周。伏周，一定要好好地……活下去。」

「等我再從繭裡出來時，體內的傷全好了。自那後，沒有巫女敢違抗我，我能用體內的蠱王輕易操縱她們，讓她們認為我是女子，讓她們認為我無所不知。」

姬善咬唇，重複了一遍：「你就是伏周，伏周就是時鹿鹿……」

「是。」

「可你說你被關了十五年……」

「是。」

「這說不通！」

「這能說通……」時鹿鹿的眼神溫柔極了，而當他這麼溫柔時，像極了一隻我見猶憐的小鹿，讓人情不自禁地想要保護他。

「也許是因為太過痛苦想要忘記，也許是因為新蠱王的誕生……時鹿鹿在繭中將自己一分為二。一半帶著時鹿鹿的痛苦被塵封，另一半作為伏周繼續存活。」

「你說他變成了兩個人？」

「對。」赫奕點頭道。

「那伏周記得小時候的事嗎？」

「記得，但他並不怨恨。他心平氣和地接受了阿月的安排，成了伏周。」

秋薑震驚了半天，感慨道：「迦樓羅。」

「什麼？」

「又名不死鳥，佛經中一種專門吞噬毒蛇猛獸的神鳥。當牠壽命將至時，體內的毒素發作，會痛苦不堪。於是，就飛到金剛輪山頂自焚，只剩下一顆琉璃心。如果有人持心引火，即能復生……」秋薑說到這裡笑了笑。「跟時鹿鹿的奇遇很像，對不對？」

「世間沒有這等神奇的鳥。」

「世間都有如此神奇的蠱了，有那般神奇的鳥也不足為奇。」

赫奕皺了皺眉，沉聲道：「但朕不接受這個解釋。」

「你接受什麼解釋？」

「朕認為——他病了。是一種，心病。」

雖然看不到眼睛，但秋薑知道，赫奕是真的這麼想的。

「我說過，我被伏周關了起來。她把我關在體內，黑漆漆的，沒有光。我只能聽到各種聲音……」

姬善下意識地搓了搓手臂，喃喃道：「人有心腎兩傷，一旦覺自己之身分而為兩，他人未見而己獨見之，人以為離魂之症也……」

「妳覺得我是離魂症？」時鹿鹿輕輕一笑道：「但我心腎無傷。」

「傷了，只不過，被藺暫時治好了。」

時鹿鹿一怔。

「之所以說暫時，是因為沒有痊癒。後來，你又變了一次。」

時鹿鹿糾正她道：「是兩次。」

「伏周接任大司巫一職後，任勞任怨，對我極好，一心一意助我振興宜國。我雖察覺出他不是女子，但亦不願揭穿。尤其是父王臨終時把這個祕密告訴我，讓我善待於他……」赫奕說到這裡，唏噓不已。「但人生無常，誰能想，時鹿鹿會破印而出……」

「他怎麼出來的？」

「雷擊？」姬善問道。

「對。」

「有一次，雷正好擊中我住的那間屋子，把它燒掉了。巫女們花了三天時間重建，那三天，我終於看見了藍天白雲和太陽。」

那是時鹿鹿曾說過的話。而真相是——

「雨夜，雷電擊中了木屋，伏周被電暈了。蠱王自動化繭，為我療傷。等繭破之時，再醒來的……是我。」

時鹿鹿說到這裡，揚起脣角露出一個極盡燦爛的笑容，卻讓看到這個笑容的姬善，不寒而慄。

「十二年。二十四歲時，我取代了伏周。」

「三年前，大臣們逼朕大婚，朕跟伏周說好，讓他幫朕搪塞。誰知到了聽神臺，當著文武百官的面，他突然給了一個『璧』字。」

秋薑想到當時的情形，不禁一樂。

「朕事後問他為何改口，他說與其一味拒絕不如給個目標，好讓那些閒著沒事幹的大臣忙活起來。朕雖覺異樣，但並未細想。因為那時，朕已經很信任伏周了。」

他登基後，與伏周始終並肩作戰，才得以迅速平定動盪。在程國入侵之際，也是伏周的一句「匕鬯不驚」，讓所有宜人吃了顆定心丸，從而士氣大振地連連打了好幾場漂亮仗，逼得程王銘弓不得不御駕親征。而他與伏周一起，反滲了如意門，令如意夫人對銘弓極不滿意，最終毒倒銘弓，從而徹底保住宜國。

「朕信任他，當他說朕的有緣人確實與璧有關，很可能在璧國時，朕正好要與九仙見面。九仙常常自誇紅園之美，朕心嚮往，便索性約在紅園相見，偷偷赴璧。」

那是圖璧四年最美麗的五月。他在彌江上遭到伏擊，九死一生之際，得遇救星。

那女孩從人群中走出來，為潘方倒酒，白妝素袖，靜如籠月。

婢女為她取來一把琴，她彈琴為他們助酒，酒不醉人，人自醉。

那時他便想，伏周沒有騙他。他的有緣人，確實在璧。

又逢程王銘弓壽宴，如意夫人一早下令給伏周，讓他務必說服宜王親臨。因此，他索性賴在璧的使船上，得與姜沉魚同行，就那樣引出了一段……孽緣……

其實哪裡又是罪孽呢？

不過是一場君知女有夫，贈伊雙明珠的遺憾罷了。

秋薑忽然打斷他的話。「你說，如意夫人下令給伏周？」

「嗯。」

「伏周為什麼聽我姑姑的？」

「如意夫人在時鹿鹿身旁安插了一名弟子，被阿月發覺了，阿月沒有殺她，而是完全控制她，捏造了一個瑪瑙門小十成功被伏極賞識、選為親信、繼任大司巫的謊言。」

「我姑姑沒有起疑？」

「有。她先後派了三撥人來核實查證。但我們早有應對，因此，天衣無縫。」

難怪伏周……哦不，時鹿鹿見到她的綠袍細腰，毫無畏懼。他從一開始就不是如意門弟子，沒有經歷過地獄般的馴服過程。

「你們又是如何得知《四國譜》的？」

「我們並不知道《四國譜》。」

「可是《宜國譜》分明——」

赫奕很坦誠地糾正她：「我們只是找出了宜境內所有的如意門弟子，然後殺的殺、改的改、放的放，剩餘的，全部成為巫神的信使，用蠱控制住他們。」

「所以，《宜國譜》還是真的，只不過，人變了。」

「對。」

宜境內共有如意門弟子四百六十九人，加上茜色，四百七十人。赫奕和伏周，竟用十五年時間把他們全部找到，清洗了一遍……宜的覺醒，真是走在了燕和璧的前頭。

不得不承認，巫蠱有時候還真是很好用。

「我醒來得太晚了，祿允已死，他的大兒子澤生也死了，只剩下了赫奕。」

「你就把所有的仇恨，都遷怒在赫奕身上？」

「不。我最恨的……」時鹿鹿的眼神又迷離又悲傷，道：「是伏周啊。」

他憑什麼放下一切，平靜如水地活著呢？

他憑什麼心無芥蒂地輔佐赫奕？

最重要的是，他為什麼過得那麼苦？

「他既不好好對我，也不好好對自己，住在聽神臺那種鬼地方，一直一直一個人……」

「他不知道你的存在？」

「之前不知，後來我逃脫了，他被封印起來了，就知道了。」

「你第一次出來的時間，不長吧？」

「嗯，他在我體內一直不安分，各種尋找機會。我想借昭尹之手殺赫奕，沒成功。伏周知道了後大鬧，我的頭特別疼，疼痛難忍之際，我開始殺人。果然，我一殺人，他就不敢鬧了。」

姬善凝眉。

「我那段時間過得很不好，又要應付巫族的大小事宜，又要應付他。他各種阻撓我，我很煩，想著怎麼才能徹底弄死他。」

「然後你找到了辦法？」

「我找到了娘的骸骨，把她從地裡挖出來，穿上衣服、打扮漂亮，放在隔壁的木屋裡。而當我這麼做以後，伏周，再沒出聲。」

姬善心中嘆息。不知是該說時鹿鹿過於瘋魔，還是說伏周過於可憐……

「我以為他消失了，繼續我的復仇計畫。伏周控制了宜境內的如意門弟子，我則起用他們來幫我做事。赫奕名望很高，而我受蠱王控制，有很多限制。比如，不能對他動手，不能對他撒謊……我沒辦法，只能藉助外力。」

「你想到了頤殊。」

「沒錯。只要女王在宜，宜自然亂。我說服赫奕，告訴他神諭說了，頤殊暫不能死。」

「他信了？」

時鹿鹿點頭道：「他信了。」

「我從那時開始懷疑伏周，再聯合之前的一些蛛絲馬跡，心中越發確定——伏周變了。可歷任宜王登基之時，都會餵一滴心頭血給大司巫體內的蠱王，做認主標記，以保證大司巫的忠誠。」

「人也許會背叛，但蠱子不會。」

「沒錯。所以朕一直在想，伏周為何而變？朕觀察了許久、研究了許久、試探了許久，得出結論——他病了。」

秋薑想，還真是個與眾不同的答案。不過，能做出這種結論的宜王，才是傳說中那位仁厚灑脫、樂觀積極的「悅帝」吧。

「那麼，你做了什麼？」

「我同意派胡九仙赴宴，暗中救助頤殊。」

「胡九仙是你的人？」

「是。」

「時鹿鹿呢？他的算盤又是什麼？」

「我命茜色跟胡九仙一起去程國，負責監視，沒想到，她竟在回來的路上殺了胡九仙。等我得知時，她正準備嫁給風小雅逃之夭夭。」

「所以你親自下山去追殺她。」

「結果她竟也對風小雅下手，並道破巫毒的解藥所剩無幾的事實，再次逃脫。」

「而且她還把我送上聽神臺，送到了你身邊——為什麼？」

「她說她所做一切都是為了我。」

「你信？」

「我不信。但是，蠱蟲不會說謊，她體內的蠱並無異樣。除非……」時鹿鹿停了一下，才道：「她跟我娘一樣，是無痛人。」

「無痛人？」姬善立刻反應過來道：「你指的是無痛症？你娘感受不到疼痛？」

「對。她沒有痛覺，所以能對伏極撒謊，她說的謊言遭到了蠱蟲的反噬，但因為感覺不到疼痛，所以不會表現出來。」

難怪她能瞞天過海與宜王祿允偷情；她能直接碰觸蠱王，她的臉都爛光了還能那麼溫柔地跟孩子說話……

「也就是說，你至今無法確認茜色是否背叛了你。你對她發的命令，她都會照做，卻總是擅作主張。」

「對。」

「試探不出她是否有痛覺？」

「別忘了，她是如意門弟子，跟秋薑一樣，擅長表演。」

姬善的表情變得有些古怪，還待追問，時鹿鹿突然朝她伸出手。

姬善下意識地接住。

時鹿鹿一拉，她被拉下水池，濺起無數水花。水花紛紛落在她和他的頭上、臉上，伴著霧氣，像是一場迷離曖昧的夢境。

「妳真的好在意茜色啊……」

姬善的睫毛顫了顫，垂眸道：「你不是說我喜歡風小雅嗎？我自然想知道……情敵的一切。」

時鹿鹿用手指抬起她的臉，姬善不得不抬眼，與他對視。

她的心顫顫縮緊，可她知道，她沒撒謊。沒有撒謊，情蠱就不會發動。

時鹿鹿等了一會兒，眼神幽幽，宛如晨間的寒氣在花瓣上一點一點地凝聚成霜，他道：「分明是我先遇見妳……」

「可妳不記得我。」

「因為伏周把快樂的記憶都搶走了，只把悲傷的記憶留給我。在我的記憶裡，沒有汝丘的姬善。」

姬善心中一顫。這句話裡所包含的東西，太過複雜，令她又歡喜又悲憫。歡喜的是，對伏周來說，和她的相遇是快樂的；悲憫的是，連那麼一件開心的小事都不記得的時鹿鹿，他被壓抑在伏周體內的十二年，是怎麼度過的？

留給他的也許只有顛沛流離的逃亡、腸穿肚爛的蠱王之爭，以及臉在腐爛的娘親……

姬善情不自禁地伸出手捧住時鹿鹿的臉龐。時鹿鹿的喉結滑動著，眼神越發幽深道：

「阿善，若我當年沒走，一切是否就會不同？」

若他當年沒被伏極發現，他還能繼續做他的十姑娘，跟阿善一起長大。水災時，他就能帶著她和她娘一起走，她就不會被琅琊的人找到，不用去當姬忽的替身。他們能一直一直在一起，她就不會去燕國看風小雅三次，不會喜歡上風小雅……

那樣，阿善就能完完全全屬於他了。不用情蠱，也能廝守。

然而，命運沒有如果。

現在的他，只能用卑劣的手段強行將她留在身邊。

不過，反正我是個壞人……時鹿鹿想，那麼，這麼做又有什麼關係呢？

「時鹿鹿利用頤殊，將燕、璧、程三國的注意力全部吸引至宜，並在今晚的宴席上，借衛玉衡之手殺我——這就是他的計畫。」

「那你的對策呢？」

「躺平任殺。」

秋薑無語，提醒道：「可他沒有殺你，他只毒瞎了你的眼睛。」

赫奕失望地嘆氣道：「我是又高興又失望啊。本以為能藉此機會假死遁世，現在看，還要煎熬一陣子囉。」

秋蘿直勾勾地盯著他，有點想笑，又有些感慨道：「你還真是……灑脫之人。」

「我有執著的東西，但不在皇位。」

「接下去如何做？」

「我拜託妳尋的人尋到了嗎？」

秋蘿拍了拍手，一個人從樓梯下走了上來，青衣如竹，背著一口巨大的藥箱。

「陛下親封的天下第一美人兒，來了。」

「你後來又是如何變回伏周的？」

時鹿鹿的耳根莫名一紅，目光也有些閃躲。

姬善意識到什麼，捧緊他的臉，逼他與自己對視道：「因為頤殊，對嗎？」

「妳……怎麼……知……」

「宜境很少有雷雨天氣。我在翻看巫神殿的書籍時，刻意查過，今年沒有下過暴雨。既然無雷，就不是又被雷劈了。而你地位尊崇，心志堅定，也沒什麼事能讓你驚慌失措的……除了……」姬善說到這裡，脣角勾起了一個嘲弄的弧度道：「女色。」

頤殊以放蕩聞名天下，她是個非常會利用自身優點的美人。當她發現自己落到宜國的大司巫之手時，以她的敏銳，應能看穿伏周是個男人。那麼，用以自救的方式只有兩種：一，威脅他；二，誘惑他。

「頤殊讓你內心動搖了？」

時鹿鹿立刻否認：「沒有！」

「她是個大美人，而且，她的頭髮和手，也都美極了。」

時鹿鹿的眼神有些委屈，道：「妳覺得，我是個對頭髮和手漂亮的女子就會心動的人嗎？」

「那麼，你為什麼會被伏周抓到機會逃脫？」

時鹿鹿的睫毛慌亂地顫動起來，半晌，才沉聲道：「是。她脫了衣服，我大驚。我是吃驚，不是心動！」

姬善有些想笑，時鹿鹿看上去卻是快要哭了，道：「我真的是第一次遇到這種事，當時一掌就把她打暈了，又生氣，又嫌棄，又、又……然後就什麼都不知道了。」

姬善終於笑了出來。

「有這麼好笑？」

「嗯，挺好笑的。難怪輪到我時，你不上當了。原來，是有經驗了。」

姬善本意調侃，時鹿鹿的耳朵卻越發紅了，道：「她，我是不願。妳，我是不能。」

姬善收了笑。

時鹿鹿的臉在蒸騰的水氣裡真的清純極了。這讓她想到他的年紀。他十二歲被封印，二十四歲才放出來，如今二十七歲。嚴格算來，真正的經歷人世不過十五載，還是少年。他跟伏周不一樣。他甚至跟普通的少年也不一樣，殘忍是真的，天真，也是真的。

於是她不再笑了，繼續溫柔地問他。「伏周趁機拿回了身體，然後呢？」

「然後……我不知道。他封印了我，這一次，我連聽都聽不見了。等我再醒來時，就見到了妳。」時鹿鹿的眼眸落在她身上，再次變得亮晶晶。

姬善終於確定一件事，一件很重要的事。

跳崖後，撲過來救她的人，是時鹿鹿；但懸崖下，為她療傷、獵熊的人，是伏周。

伏周再次出現了，但時鹿鹿，不知道。

所以，才會出現兩種截然不同的對話。一個對她說「治好我」，而另一個說「別太了解我」。

第十二回　飛揚

燈光如織，照在銅鏡上，泛呈出一片暖黃。

姬善坐在鏡前，換了乾的新衣，時鹿鹿站在她身後，用白棉織就的汗巾為她將頭髮一點點拭乾。

「上次情蠱反噬之後，見她們為妳熏髮，心中一直躍躍欲試。」那時候他坐在窗下，看著遠處的她，內心渴慕，壓抑不住，又不能表現出來，忍得著實辛苦。而今，終於有機會親手嘗試，滿足之情溢於言表。

姬善淡淡道：「你只是把我當作你娘的替代品。」

時鹿鹿蹲下，將臉湊到她面前，暖黃色令他顯得柔情蜜意。「此地巫女人人都有一頭秀髮，妳幾時曾見我把她們當作我娘？」

姬善的睫毛不自然地顫了顫，剛想後挪，時鹿鹿卻又逼近，低聲道：「妳知道的——我一直，很想……吻妳。」

姬善心中一悸，眼角不自覺地跳了跳。

「但你不能。」

「是。不過……如果只是這樣的話，應該可以做……」最後一個字的聲音軟軟消失，時鹿鹿鼻尖蹭上來，貼住她的皮膚，緩緩上移。

滑過下頷，滑過臉頰，滑過額頭，來到鼻子。

兩個人都生得一個好鼻子，鼻尖輕觸時，光從側方投過來，勾勒出高低起伏的清晰弧度。

鼻如懸膽，下墜至脣。

時鹿鹿的動作稍稍一停。

姬善鬆了口氣，心想總算結束了之時，時鹿鹿眼眸一沉，突然用了點兒力度，撞上來。她被撞倒在地，與之一起壓到的，還有他的身體。

「阿善……」他的聲音輕如嘆息。「雖然我沒有兒時的記憶，但以我對自己的了解，能做到出手相救，必定是因為……喜歡妳。」

眼前的一切迷離了起來。

姬善看到燈光將她和他的影子長長地投遞在牆上，糾纏不清……

「妳叫十姑娘？姓十，還是在家中排行第十？」

「她們說妳是來養病的？可我看妳沒病啊。喂，妳是不是來躲什麼的？」

「妳為什麼不理我？方圓十里就咱們兩個同齡人，妳不想要朋友嗎？」

「我見過很多冷冰冰的大人，但還是第一次見到冷冰冰的小孩。妳有祕密，對不對？」

「阿十，謝謝妳救我。」

「不理我是吧？哼，今日妳這樣對我，他日妳要病了，別來求我救妳。我可是大夫，長大後，我會是唯方最厲害的大夫。妳別後悔。」

「妳會後悔的！妳一定會後悔的！哼！」

世事玄妙如斯。

滄海桑田，雲回潮生，竟都是命定的劫數。

時鹿鹿將姬善抱回聽神臺時，她已經睡著了。

木屋內，吃吃驚詫地過來相迎，時鹿鹿衝她比了個「噓」的手勢，將姬善輕輕放在榻上。

一名巫女在門外道：「大司巫，您傳喚我？」

「去把頤殊的毒解了，然後交給程使帶走。」

「是。」巫女躬身退下。

吃吃聽了這話，吃驚道：「你肯交還女王了？」

「我的目的已經達到，留著頤殊已無用處。而且……」時鹿鹿垂眸看了姬善一眼。「做人最重要的是善良。不是嗎？」

吃吃道：「你這是洗心革面了？」繼而大喜，拊掌道：「這就對了嘛！好好做個好人，造福百姓，自己也開心……要不這樣，你也別當這個什麼人不人、鬼不鬼、神不神的大司巫了，跟我們一起遊歷四海吧！」

時鹿鹿輕輕一笑道：「人不人、鬼不鬼、神不神……好準。」

「那你是答應了？」

「也許吧。」

「什麼叫也許？」

「意思就是大概十五年後，如果我開心了，就可以結束宜國的這一切，跟妳們去玩了。」

吃吃失望至極，道：「一竿子支到十五年後，行啊大哥！你乾脆說百年後咱們都成鬼了，再去瀟灑得了。」

時鹿鹿被她逗笑了，道：「難怪阿善喜歡妳，無論什麼境地，都要帶妳們同行……」

「因為我們心思單純、胸無大志，不求功名利祿，只求開開心心。」哪像這些人，各個活得這麼複雜、這麼累。

時鹿鹿一笑。

這時巫女們去而復返，聲音微急：「大司巫……」

時鹿鹿走出去，聽了她們的話後，神色頓變。

半炷香後，時鹿鹿走進神殿東北角一間專門用於囚禁犯人的密室。

頤殊此前被秋薑掠走，帶去了北宮。他收到赫奕聖旨帶著姬善去時，順便把頤殊又帶回了巫神殿。

按理說，頤殊身中巫毒、昏迷不醒，不會再有人妄圖帶走她。可此刻，她不見了。

只有一種可能：她的毒解了。

「我們詢問了當值的姊妹，一無所獲。反倒是皇宮那邊有消息傳來，說是秋薑再次出現了，且帶著一個人。」

「什麼人？」

「暫未得知，只知道是個男人，二十多歲，面目俊秀，對了，還背著一個藥箱。」

時鹿鹿微微瞇眼道：「江晚衣。」

「哎？是他？我們這就去查證！」

時鹿鹿看到榻上留著一綹頭髮，伸手拈起，仔細辨認片刻後，眸中怒意閃爍，沉聲道：「茜色呢？」

「不、不知道……」巫女惶恐地看著他手裡的頭髮，道：「這、這是？」

「茜色的頭髮。」

「啊？不是頤殊的？」

時鹿鹿踱步，腦中思緒翻滾，宛如灼燒的熱浪，瘋狂地湧向心臟。他的心口突然一痛，捂胸彎腰。

巫女察覺出他的異樣，忙道：「大司巫！」

「阿善！」時鹿鹿立刻扭身，跌跌撞撞地衝出去。

有人在殺阿善！

情蠱感應，阿善體內的蠱蟲在向他體內的蠱王求救！

是誰？是誰？

無數線索在腦中串聯——秋薑、頤殊、茜色、江晚衣、風小雅、赫奕……拼湊著靠近真相。

時鹿鹿飛奔，山路崎嶇，劇痛徹骨，時近子時，天昏地暗，他彷彿回到被封印的時候，什麼也看不見，只有一個信念異樣鮮明。

阿善！

阿善！

他一口氣衝上聽神臺，踢開木屋的門——

屋內，一人持匕，撲在榻上，吃吃奮力抓住對方的手臂，但已來不及，匕首的刃已進入姬善體內。

紅裙、紅刃、紅色的血……滿目鮮紅。

時鹿鹿揮袖，一股厲風飛向持匕之人，將她掃到一旁。那人撞在牆上，「噗」的吐出一大口血，露出臉來，竟是茜色。

時鹿鹿立刻唸動咒語，茜色整個人劇烈地抖了起來，開始各種翻滾。

時鹿鹿一邊繼續吟唸，一邊快步走到榻前抱起姬善。

吃吃在一旁淚目道：「鹿鹿，這個人是誰？為什麼要殺善姊？」

姬善臉色蒼白，雙目緊閉，在他懷中瘦瘦小小一隻，虛弱極了。

時鹿鹿更加憤怒，轉向茜色道：「說！為什麼？」

茜色的嘴唇顫動著道：「因、因為……」

「說！」

吃吃的聲音突然變得很慌亂：「鹿鹿，善姊、善姊她……」

時鹿鹿下意識扭頭，茜色奮力躍起，重重撞在他身上；與此同時，一把匕首刺進他的心口。

持匕首的人，是姬善。

吃吃尖叫起來。

時鹿鹿睜大眼睛看著近在咫尺的姬善。

姬善也靜靜地看著他，沒有說話。

只有吃吃在不停地喊：「善姊，妳、妳到底在做什麼？妳的傷是假的？」

「她的傷是真的。」回話的人是茜色。她氣喘吁吁地從時鹿鹿背上爬起來，四肢扭曲顯得很不協調，但臉上半點痛苦之色都沒有，冷靜極了。

「這、這到底是怎麼回事？」吃吃覺得自己的腦袋變成了一團漿糊。

她剛才梳洗完正準備跟姬善一起睡覺，這個茜色就突然走進來，走進來後也不說話，直勾勾地看著姬善。

兩人彼此對視一會兒，茜色說了句「時間差不多了」，就拔出匕首扎進姬善體內。她嚇得魂飛魄散，連忙去救，這時時鹿鹿回來了，打飛茜色，抱起姬善，結果姬善突然醒轉，拔出自己身上的匕首，反刺進時鹿鹿心口……

「天啊！我這是又看了一齣『被最信任的人背叛』的戲碼嗎？」她忍不住喃喃道。

「這把匕首，眼熟嗎？」茜色問時鹿鹿。

時鹿鹿低頭看了一眼，匕首的刃已刺入他體內，只剩下把手，把手薄如紙片，上面雕刻著毒蛇紋理，確實眼熟——這本是藏在衛玉衡靴子裡的。

他讓巫女們潛入驛站，偷到衛玉衡的靴子，把上面的劇毒換成致盲的弱毒。然後，在宮宴之時，借衛玉衡之腳毒瞎了赫奕。

如今，它被握在姬善手中。不知為何，他卻半點都不覺得意外。

「我百毒不侵，對我用毒，是無用的。」他開口，每個字都說得很柔軟。

「我知道。」姬善終於開口，聲音因為平靜而顯得更加殘酷。

「妳殺了我，自己也會死。」

「我知道。」

「所以妳要跟我一起死？」

「不。」

時鹿鹿的眼眸亮了一些，道：「那妳在做什麼？」

「你受了致命傷，蠱王該出來保護你了。」

時鹿鹿立刻明白了她的用意，當即掙扎著想要起來，卻被姬善死死抱住。姬善的臉，在他眼前模糊，而他清楚，這種模糊不是因為毒發。

幾縷白絲從他耳中鑽了出來，體內的蠱王意識到危險，開始吐絲。

時鹿鹿強忍痛楚，沉聲問：「為……什……麼？」

姬善轉頭，看向一旁目瞪口呆的吃吃，一字一字道：「我說過——我來宜國，是為了救伏周。」

「妳以為這樣，伏周就能出來了？」時鹿鹿忽然輕輕地笑了起來，道：「阿善啊，雖然我不能對妳說謊，但是，有一個問題妳沒有問，所以我沒回答。」

「什麼問題？」姬善有種不祥的預感。

「那就是——伏周不聽我的，但是，蠱王是完完全全聽我的。」伴隨著最後一個字，原本冒出耳朵的白絲停止了蔓延，再然後，慢慢地縮回去。

姬善揪緊他的衣領道：「你！不療傷會死！」

「妳以為我在乎？」

姬善的心沉了下去。

時鹿鹿笑著，用鼻尖蹭了蹭她的鼻尖道：「能跟妳一起死，我甘之如飴。」

姬善一把將他推開，從一旁的抽屜裡找出銀針，扔給茜色。「給他止血！」自己則到一旁療傷。

吃吃見狀上前幫忙，口中道：「善姊，妳沒事吧？」

姬善從懷中取出藥粉撒在傷口裡，疼得說不出話。

茜色用針扎住時鹿鹿的幾個穴位，扭頭道：「不行，血還在流……」

姬善撕下布條草草纏住傷口，過去接針，忍不住說了句：「醫術真爛！」

「我刺妳，正好離心一寸；妳扎他，亂捅一氣。」

「我又不會武功！」

「我也不是專職大夫啊！」

兩人彼此瞪眼，冷哼一聲，又各忙各的。

吃吃在一旁看看茜色，又看看姬善，道：「妳們兩個認識啊？」

姬善發出一聲冷笑，道：「誰要認識她，每次出現，都沒好事！」

茜色則道：「沒有我，妳什麼都做不了。」

兩人又各自冷睨了對方一眼。

時鹿鹿虛弱地睜開眼睛，視線掠過姬善看向茜色，道：「她是為了伏周，妳呢？」

茜色沉默片刻，道：「我也是。」

「妳為何能對我撒謊？」

「你猜得沒錯。我確實患有無痛症。」

時鹿鹿一顫，突然「噗」的噴出一大口血來。

姬善連忙將一根針扎進他的孔最穴，急聲道：「快讓蠱王救你！」

「不。」

「你……」

時鹿鹿盯著她，一字一字道：「我，絕不會讓妳，見伏周。」說罷，又噴出一口血來。

「妳行不行啊？」茜色急了。

冷汗從姬善額頭冒出，她持針的手在不停地抖，因為心口處的傷，也因為時鹿鹿的眼神。最後，她咬一咬牙，捧起時鹿鹿的臉道：「那就一起跟我死吧！」

「好啊……」

「不行！不行！」吃吃著急道。

姬善扯掉自己身上的布條，並把時鹿鹿身上的針一起拔了，然後抱住他。兩人的傷口緊緊貼合在一起，血液再次噴薄而出，一時間，不知是她的血還是他的血。

視線搖晃，萬物轉黑。

姬善在暈過去前，聽見茜色說了一句話。

她說：「兩個瘋子……」

她不是瘋子。

她只是在實現承諾罷了。

「巫興還是亡，我一點兒都不感興趣。你生還是死，也與我無關。甚至，我的生死，於我而言，也沒有意義。」

「那，什麼有意義？」

「伏周。」

「要救她，就要殺小鹿。」

「那麼——就殺了小鹿。」

「小鹿死，妳亦死。」

「那麼，我就死！死也是一種飛啊，又有何懼？」

又有何懼……

又有何懼……

她終於，可以重新飛揚了……

「停！」

黑暗中，似乎有個聲音輕輕響起，說著一些奇怪的話。

「站好。」

她想，她哪裡沒有站好了？她明明站得很直。

那個聲音消失了一會兒，然後又響了起來——

「記住——妳是大夫。」

姬善想，她當然是大夫，她還是當今世上最好的大夫……之一。

那聲音道：「借鬼神以醫人；救殺戮而止戈。」

她不明白這句話的意思。

這句話，跟另一個女音重疊在一起，在黑暗中不停迴盪。

「做人，最重要的就是善良……」

你到底想說什麼？你為什麼搬出元氏的話來？

「所以，不要為了救人而殺人……永遠不要。」

你是誰？你到底是誰？

鼻息間依稀有腥臭的味道，她忽然想起，這是曾經發生過的一幕——懸崖下，山洞中，她喝了毒蘑菇湯，陷入幻境，裹著臭臭的熊皮，抓著時鹿鹿，哦不，當時應該是伏周，說了很多很多話。

伏周也對她破天荒地說了一些話。

說的就是這些……

「睡吧。」

「睡？」

「可我還要找船。」

「船？」

「我自由了……不，還沒有……船在哪裡？在哪裡？」

「船，是我嗎？」伏周輕輕地問。

所有的聲音戛然而止。

姬善霍然睜眼——再次看見了熟悉的白孔雀翎。

「善姊！妳醒了？」

吃吃激動地撲過來，亮晃晃的黃衣刺得她的眼睛有點疼。

「我沒死？」

「沒有！」

「那時鹿鹿也沒死？」

「對！江晚衣出現了，及時救了妳和他！」吃吃笑著移開身體，一角青袍就那麼映入眼簾，隨之一起出現的，還有江晚衣的笑容。

「哪裡不舒服嗎？」

姬善下意識皺眉，然後轉了個身，背對著他。

「嗯，能轉身，看來沒事了。」江晚衣的聲音裡隱含了幾分笑意。

姬善絕望地嘆口氣，回過頭來睨著他道：「你怎麼會來？」

「宜王找我，說這邊可能需要我。我過來一看，竟是真的。」

姬善翻了個白眼，內心說不出的煩躁。她的醫術再次輸給了江晚衣——因為她救不了時鹿鹿，他卻可以。當然，她當時也身受重傷，下針手抖，再加上心情慌亂，做不到他這麼心平氣和……種種原因，雖然可以找補一些，但輸了就是輸了。

「他怎麼樣？」

「妳是指大司巫嗎？他的情況不太好。」

姬善一驚，當即就要起身，被吃吃攔住道：「不行啊善姊，江哥哥說妳起碼得躺個三天才能下床！」

「居然要這麼多天？無能！」

江晚衣笑了道：「妳還是老樣子。」

「別廢話，他怎麼個不好？」

「他的身體無法自癒，目前全賴藥物頂著。」

姬善沉吟。無法自癒，是因為時鹿鹿對蠱王下了禁令吧。

「會死嗎？」

「目前看，不至於死。但，何時能好轉，是未知數。」

「身為大夫，居然給這麼模糊的答案。」

「大夫所能做的我都做了，接下去，得看病人自己。」江晚衣將一碗藥遞到她面前，道：「比如妳，喝我的藥嗎？」

姬善垂眸看著琥珀色的湯汁，糾結了一會兒還是拿起來喝了，結果才喝一口，就「噗」的吐了出來道：「這麼甜？」

江晚衣「咦」了一聲：「妳們女孩子不都怕苦嗎？我多放了一點兒甘草。」

吃吃忙道：「善姊不吃甜的！苦一點兒沒事，甜了絕對不行！」

江晚衣「哦」了一聲，再次問：「那麼妳，還喝我的藥嗎？」

姬善恨恨地把藥一口乾了，道：「要不說你不行，就算你能開出生肌養骨、起死回生的藥方又如何？半點不了解病人的喜好！」

「千人千面，了解人的喜好太累了。我時間有限，只能專精於病。幸好……」江晚衣說到這裡，衝她悠悠一笑。「不還有妳這樣擅觀人性、專醫心病的大夫嗎？」

姬善瞪著他道：「你是在諷刺我嗎？」

「何出此言？」

「我若真擅治心病，那位就不至於搞成現在這樣。」

江晚衣想了想，走到榻前，側身坐下了道：「揚揚……」

姬善幾乎要跳起來，道：「誰允許你叫我小名？」

「那麼，阿善。」

姬善情不自禁地想，時鹿鹿怕是也不樂意別人這樣叫她。

江晚衣注視著她的眼睛，很認真地說道：「阿善，我只能保他不死，但不能讓他好起來。如果有一天，他好了，那個治好他的人——肯定是妳。」

姬善一怔。

江晚衣伸出食指，在她額頭的耳朵圖騰上輕輕敲了敲，露出一個鼓勵的微笑，然後起身背著藥箱離開了。

姬善抬手，碰觸自己額頭上的圖騰，一時間，心緒翻滾，若有所悟。

江晚衣推測得沒有錯，姬善在榻上足足躺了三天，第四天時，才能勉強起身行走。

然後她才知道，這幾天，時鹿鹿就躺在隔壁的小木屋中。封死的窗戶已被改裝成一扇門，屋裡鋪了一張草蓆，蓆旁有具身穿羽衣的骷髏。

吃吃道：「江哥哥說這間屋子不通風不利康復，但鹿鹿不聽，非要住在這裡，否則就不喝藥。江哥哥沒辦法，只好任由他瞎來。」

姬善一點點地挪進去，發現時鹿鹿睡著了，呼吸很是虛弱，手中還牽著骷髏的一隻手骨。

「茜色說，這是他娘的屍骨。」吃吃湊到她耳旁低聲道。

時鹿鹿的睫毛動了動，醒了過來。

木屋光線微弱，他的眼睛也不復之前那麼明亮，黑漆漆的，像是兩個深不見底的洞，看著她，卻又不像是在看她。

姬善想了想，開口道：「你有話要對我說嗎？」

時鹿鹿別過頭去，注視著骷髏，沒有回應。

姬善等了很久，他都沒有再看她一眼。

吃吃露出悲憫之色，忍不住道：「鹿鹿，宜王陛下派人來問，你想不想見他？」

時鹿鹿還是沒有任何反應。

「他之前還偶爾回應的……」結果看見妳，就再也不回應了。吃吃看著姬善，嚥下後半句話。

「妳出去，讓我跟他獨自待一會兒。把門也帶上。」

吃吃點頭離開，把門合上。新門上扎了好些通風用的小孔，微薄的光透過這些孔照在草蓆上，一點一點，斑駁扭曲，像是另一種傷疤。

黑暗和獨處帶來特殊的安全感，令姬善也多了很多傾訴的欲望。

「這些年，我一直記著十姑娘……當時，其實我不是在救小麻雀，牠已經死了，我爬上樹，看到鳥窩裡有隻好大的杜鵑，就知道是杜鵑把麻雀推下去的。我折了根樹枝，開始戳杜鵑，戳眼睛，戳肚子，戳牠張得大大的嘴巴……」

時鹿鹿果然被她的話吸引了，轉過頭來。

「當我那樣做時，興奮極了，整個人都在抖。一直以來，我都知道在我體內潛藏著某樣名為『惡』的東西，平時它被壓抑著、包裹著，藏得很好，但偶爾觸及，就會立刻膨脹。那隻杜鵑還是幼鳥，被我戳得拚命叫……這時，一顆豆子飛過來，打斷我踩著的樹枝，我掉了下去……」

其實想想，她的懼高症就是那會兒埋下的。

「當我以為自己非死即傷時，十姑娘飛出披帛接住了我。」姬善說到這裡，笑了笑。「我知道，豆子和披帛其實都是她幹的。」

時鹿鹿的眼眸裡依舊沒有光，但他靜靜地聽著。

「我表面上十分感激，其實心裡很生氣，想著如何尋個機會報復回來。所以我天天去糾纏她。」她從小就是個心眼很多的小孩，知道察言觀色，更知道要偽裝自己。

她一口一個「阿十」地叫著，做出一心想要跟她做朋友的模樣，但內心的惡意奔騰不息。

「我很快察覺出阿十有祕密。他們說她是大戶人家的小姐，得了怪病需要靜養才來到連洞觀。當時我的醫術已經很不錯了，我覺得她根本沒有病，我在觀後的小池塘裡找到了她吃的藥的藥渣，都只是些補氣潤肺的尋常草藥。我覺得自己馬上就要抓住一個大把柄，想到那個冰山美人驚慌失措的模樣，就興奮不已。於是我潛藏在池塘裡，等著她的婢女來倒藥……結果你猜，發生了什麼？」

時鹿鹿並不猜，他完全沒有任何開口的意思。

姬善只好繼續說下去：「黃昏時分，她親自出來倒藥，我用一根蘆葦探出水面呼吸，結果那些藥偏偏往我這裡倒，藥湯順著蘆葦被我一下子吸進肚裡，我一咳嗽，就灌了一肚子水。更糟糕的是，我的腿偏偏在那時抽筋，我不停地撲騰；而她，就在岸上看著。我知道她早就發現了我，故意懲戒我，於是一狠心，索性不掙扎了，放任自己沉下去。我在賭，我賭她會救我。」

她素來是個野丫頭，調皮搗蛋，又聰明過人，在孩童群裡稱王稱霸沒有敵手。

哪怕是遇見「那個人」，也只有她欺負對方的分。

結果遇到這個十姑娘，終於遇到了宿命的對手，一次次地栽跟頭。

小姬善醒過來，第一感覺是：好硬的床！

等她從硬邦邦的床上爬起來打量四下時，發現這裡是十姑娘的房間，於是第二個感覺是：好素的房間！

完全看不出是姑娘的屋子，什麼精巧好看的裝飾都沒有，甚至都不如她，她屋裡頭好歹還有元氏插的一瓶野花。

然後她就看到了十姑娘，還是老地點、老姿勢——坐在窗邊發呆。房間裡沒有樂器、書籍、玩具，找不到任何可以突顯主人喜好的東西，還真是個無趣的人啊。

小姬善轉了轉眼珠，走過去，故意跳到窗欞上坐著，硬生生把自己擠進十姑娘的視線裡，道：「阿十，妳又救了我一次呀。聽說如果一個人被另一人救了三次，那麼，他的性命就屬於那個人。妳什麼時候救我第三次？」

十姑娘淡淡地瞥她一眼，別過頭，看另一側。

小姬善便挪到窗欞的另一側，不依不撓道：「妳為什麼不理我？方圓十里就咱們兩個同齡人，妳不想要朋友嗎？」

十姑娘沒回話。於是她把臉湊過去，笑嘻嘻地盯著她道：「可我想跟妳做朋友，想當妳的好姊妹，跟妳一起吃飯、睡覺、遊戲，還互換裙子穿！」

身後傳來一聲嗤笑。

小姬善回頭，看見十姑娘的一個小婢女提著食盒進來，傲然道：「我們小姐的裙子，都是找鎮上最貴的巧女坊的張裁縫親手做的。」

小姬善挑眉道：「那又怎樣？賣得貴就是好嗎？我的衣服都是阿娘做的，慈母手中線，價值千萬金。」

「妳！」小婢女驚呆了，惱羞成怒道：「哪裡來的山村野丫頭，竟妄想跟我家小姐做朋友？也不看自己配不配！」

「一，我姓姬，曾祖官至一品，退而致仕，隱於鄉野罷了，不是什麼野丫頭；二，做朋友，又不是結親，不看般不般配，只看投不投緣；三，妳家小姐都沒說什麼，妳在這裡叫囂什麼？」

「妳！妳！妳……」小婢女氣得小臉一陣紅、一陣白，偏偏她的小姐也不幫她，她自己都是個八、九歲的丫頭，一委屈，扭頭哭著跑掉了。

小姬善朝她的背影做了個鬼臉，然後拿起丟在地上的食盒，開始布菜道：「就讓我們從一起吃飯開始吧，讓我看看都有什麼好吃的……紅豆羹，我喜歡！冬葵菜，我喜歡！煎小魚，我喜歡！太好了，都是我喜歡吃的菜！」

十姑娘倒沒拒絕，真的坐到了飯桌旁跟她一起吃。

每道菜都很淡，幾乎沒什麼滋味。小姬善吃得很是滿意，連連點頭道：「咱倆能吃到一塊，友情就算站穩了腳跟。」

十姑娘面無表情，毫不回應，但小姬善故意去夾她想夾的菜時，她都退讓了；小姬善索性把整盤菜倒入自己碗裡，她也不生氣。小姬善如此耍了幾次，覺得無趣，便也不再耍了。

自那後，她每天過去蹭飯，十姑娘也不拒絕。而且此後飯菜的量多了許多，顯見是把她計算在內了。

吃飯達成後，小姬善把魔爪伸向十姑娘的衣服，打開衣櫃，一邊看一邊挑剔道：「妳的衣服也不怎麼多嘛！」可她穿得那麼好看，以至於給人一種養尊處優的錯覺。

然後，小姬善看中了其中一件，道：「我喜歡這件！我能穿嗎？」

那是一條月白襦裙，領口、袖角繡著幾朵黃花郎，十分清雅脫俗。

「妳不拒絕，我就當妳同意了。」她當即脫衣準備更換。

身後傳來一聲重響，小姬善回頭一看，竟是十姑娘反應極大地關了窗戶，背對著她，雙肩似在微抖。

小姬善沒在意，繼續脫，然而衣帶勾住了耳環，疼得她驚呼起來：「糟了糟了！快幫幫我！啊呀！」

一開始十姑娘沒有反應，可後來大概是見她自己實在掙脫不開，只好轉身走過來。

小姬善額頭都冒出汗來，正在拚命拉扯耳朵，一雙手伸過來，按住她的手。

那是一雙很涼的手，沒有同齡孩童應有的溫度。

「妳手這麼涼呀？莫非是寒症？」

十姑娘沒理她，但動作又細緻又輕柔，一點兒也沒弄疼她。很快的，衣帶和耳環分開了。

小姬善歡喜地轉身道：「謝啦阿十！」說罷，張臂抱住十姑娘。

她的外衣已脫掉了，只剩一件肚兜，尚未發育的身體毫無曲線，卻令十姑娘驟然變了表情。

十姑娘推了她一把。姬善始料未及，被推出七尺，摔倒在地，光溜溜的脊背被冰冷的青石地面凍得一激靈。

小姬善愣住了。十姑娘也愣住了。

小姬善想了想，放聲哇哇大哭，哭得委屈極了。

十姑娘只好走過來，伸手扶她。

她把十姑娘的手拍開，繼續哭，哭得上氣不接下氣。

十姑娘呆滯了片刻後，拿起那件繡著黃花郎的衣服，幫她穿上，動作依然輕巧細緻和溫柔。

小姬善淚眼朦朧地瞪著她。「我見過很多冷冰冰的大人，但還是第一次見到冷冰冰的小孩。妳有祕密，對不對？」

十姑娘繫帶子的手停了一停，這讓小姬善確定：她說中了。

她停止哭泣，騰地坐起身來，道：「其實，我也有祕密。要不，咱倆交換？」

十姑娘定定地看了她一會兒，然後，眼神一沉，手再次推出，將她推倒在地。

小姬善剛要再次哭，十姑娘起身逕自離開了。

「喂，妳去哪裡？喂！不要以為妳救了我兩次，就很了不起，我就要巴著妳。不理我是吧？哼，今日妳這樣對我，他日妳要病了，別來求我救妳。我可是大夫，長大後，我會是唯方最厲害的大夫。妳別後悔！妳會後悔的！妳一定會後悔的！哼！」

那是七月的一個黃昏。天有點熱，地有點涼。小姬善百無聊賴地躺在十姑娘房間的地上，發誓有生之年一定要她後悔。

若干年後，她終於知道了原因——

十姑娘是男的。

他體內，有一隻蠱蟲，主宰了他的命運。那命運如深淵，寫滿凶舛。

「她一直不跟我說話，而當她終於開口跟我說第一句話時，卻在哭。那滴眼淚的殺傷力太大了，以至於這麼多年，我總是會想起來，想著她，不知道她過得怎樣……」

姬善回憶到這裡，長長一嘆道：「我長大了，不再像兒時那樣只想看她的笑話了。她所經歷的一切都讓我更覺心疼。我為救她而來。那麼，請你告訴我——這樣的她，我該怎麼救？」

薄光裡，時鹿鹿終於動了動，兩個圓點不偏不倚地落在他的眼角上，像是兩滴眼淚。

「妳一口一個『她』……」

姬善情不自禁地將脊背挺直，屏息等待。

「雖然伏周奪走了這段記憶，但是，那個人——那個住在連觀洞、男扮女裝、忍受孤獨、看似冷漠卻會出手救妳的阿十，真的是伏周嗎？」

姬善重重一震，臉「刷」地白了。

「只有我是少年啊……阿善。」

禍國 來宜 上

作　　者／十四闕
執 行 長／陳君平
榮譽發行人／黃鎮隆
協　　理／洪琇菁
總 編 輯／呂尚燁
執行編輯／陳昭燕
美術監製／沙雲佩
美術編輯／陳聖義
國際版權／黃令歡、梁名儀
企劃宣傳／楊玉如、施語宸、洪國瑋
文字校對／朱瑩倫、施亞蒨
內文排版／謝青秀

國家圖書館出版品預行編目資料

禍國：來宜 / 十四闕作 . -- 1 版 . -- 臺北市：城邦文化事業股份有限公司尖端出版：英屬蓋曼群島商家庭傳媒股份有限公司城邦分公司尖端出版發行，2022.04
冊；　公分
ISBN 978-626-316-711-7（上冊：平裝）

857.7　　111002694

出版／城邦文化事業股份有限公司　尖端出版
台北市 104 中山區民生東路二段 141 號 10 樓
電話：（02）2500-7600　傳真：（02）2500-2683
讀者服務信箱：7novels@mail2.spp.com.tw
發行／英屬蓋曼群島商家庭傳媒股份有限公司城邦分公司　尖端出版
台北市 104 中山區民生東路二段 141 號 10 樓
電話：（02）2500-7600　傳真：（02）2500-1979
劃撥專線：（03）312-4212
戶名：英屬蓋曼群島商家庭傳媒（股）公司城邦分公司
劃撥帳號：50003021
※ 劃撥金額未滿 500 元，請加付掛號郵資 50 元
法律顧問／王子文律師　元禾法律事務所　台北市羅斯福路三段三十七號十五樓

台灣地區總經銷／中彰投以北（含宜花東）　楨彥有限公司
電話：（02）8919-3369　傳真：（02）8914-5524
雲嘉以南　威信圖書有限公司
（嘉義公司）電話：（05）233-3852　傳真：（05）233-3863
（高雄公司）電話：（07）373-0079　傳真：（07）373-0087
馬新地區總經銷／城邦（馬新）出版集團 Cite（M）Sdn Bhd
電話：603-9057-8822　傳真：603-9057-6622
E-mail：cite@cite.com.my
香港地區總經銷／城邦（香港）出版集團 Cite（H.K.）Publishing Group Limited
電話：852-2508-6231　傳真：852-2578-9337
E-mail：hkcite@biznetvigator.com

版　次／ 2022 年 4 月 1 版 1 刷　Printed in Taiwan